# 石川啄木
# 矛盾の心世界

西脇 巽 著

同時代社

# 石川啄木　矛盾の心世界／目次

## 第二章　啄木の人格形成　87

# 序章——新たなる深淵

小田切秀雄がおっかないことを書いている。

「啄木びいきの善意のひとも、啄木で文筆商売をする売文屋も、ともすれば啄木像を常識的に通りのいいものに仕立てて読者に見せようとするし、また自分のひからびた社会的正義感を啄木に甘ったれて手ばなしで開陳しようとする啄木解説家もある。無数にある啄木論・啄木研究のうち、代表的な著作とされている土岐善麿・金田一京助・中野重治・窪川鶴次郎・石母田正・吉田孤羊・斉藤三郎・岩城之徳および若干のひとたちのものにはそういうところは少ないが、それでもその傾向をまったく免れているわけではない」（『群像 日本の作家 7 石川啄木』小学館〔初出一九六八・九『文学界』〕より）

彼に言わせれば、啄木本を書いて商売にしている人やその種の解説者がいる、ということであろう。小田切秀雄がどれだけ偉い人なのかは筆者には詳細には知らないが、啄木についての著書を書こうとする者にとっては「心してかからねばならない」と思わせる文章である。筆者ならばさしずめどのように位置づけされるものやら感慨深い。

筆者は本職が精神科医師でそれで飯を食っているから著作は商売ではない。しかしその分まだまだ啄木についての知識理解は浅く、それで商売が成り立つとは到底思われない。ただ筆者には、どのように啄木を書こうとも筆者の自由があるだけである。

筆者は二〇〇二年三月、『石川啄木　悲哀の源泉』（同時代社）を著した。啄木の資料としては啄木自身が書いた、詩、短歌、小説、評論、日記などがたくさんある他に、啄木についての書籍は三〇〇冊以上、文献となれば三〇〇〇編から五〇〇〇編くらいあると言われている。とても集め読み切れるものではない。筆者の手元に実際に集まっているのはその一割にも満たない。そのため啄木について調べるのに、これで充分という到達点に達することはある意味で不可能と思われる。そのため不充分とは思いつつもある段階でケリをつけて出版しなければ出版は不可能となってしまう。そのような経過で前書を世に出した。
前書については幾つかの書評が寄せられている。
「まるで石川啄木の精神鑑定書を思わせる。啄木末期の苦杯の章は新しい視点からの推理があり、多少独断的な表現もあるにせよ、読者、特に啄木ファンには刺激的な本といえそう」（佐藤時治郎・弘前大学名誉教授よりの私信）
書評としては二〇〇二年四月二五日付「東奥日報」に掲載された佐藤豊彦・弘前啄木を語る会会長のものを紹介する。

**人間性の真相に迫る**　**佐藤豊彦**

石川啄木没後九十年の今年、精神科医で八甲病院院長の西脇巽氏（青森市）が、啄木の悲哀の源泉を追求された労作を出版された。

二十六年余の短い人生のなかで、啄木は貧困と病苦に苛《さいな》まれながらよくこれらとたたかい、後世の人々の心を癒し、時代を切り開く勇気を与えてくれる、すぐれた文学作品を創作しつづけた。短歌、詩、評論などにおける形式・内容での先駆性ゆえに、文学・社会思想の上で、啄木は高い評価を受けている。今度の著書で西脇氏も、そのことを認めた上でこう述べている。

――人間的評価の面では、賛否両論に分かれ、その実像と虚像が混在してよく見えない――と。

そんな啄木像に迫ることに精神科医として最高の興味を抱き、一年間取り組んだものをまとめたのがこの本である。

女性遍歴や金銭貸借で知人、友人に不義理をしたということで、啄木を非難し、嫌いだという人がいる。僕は長いこと、そんな人たちに反論したいと思っていた。それだけに、西脇氏の啄木に対する人物評価には大変興味を抱いて読んだ。

全九章、三百十九頁の大冊だが、時のたつのも忘れ、短い時間で読み終えた。第一章「啄木は『うつ病』か?・」、第二章「啄木の精神構造」、第七章「漁色家啄木?・」などは特に惹《ひ》きこまれた。

正直に言うと「啄木の人間的弱さと思われるものを毛嫌いしている人たちへの反論の根拠を得られるのではないか」と思って読み進めたのである。

しかし、結果は逆であった。うそつき、生活破たん者、天才気取り、うぬぼれ、はったりが強い等々、伊藤整や井上ひさしのマイナス評価の援用などもあって、僕は落ち込みかけていた。精神医学上の人格障害という断定で、反論の論拠を探ることは容易でないと思ったからである。

しかし、西脇氏の真意はそこになかったということが、最後の「啄木の評価」の章まで読み切ってはっきりした。

——人から敬遠されたり嫌われたりするような非社会的反社会的な人格障害者としての性質を根深く身につけていたことは間違いない。しかしそれは、根本的には啄木の父の代からの生い立ちや養育環境から、運命的に身についたものであって、啄木の個人責任とは言いがたい——。

西脇氏はそう述べたあとで、次のように結んでいる。

——啄木はそれ（自分の抱えた弱さ）を克服しようと努力し、自己洞察を回避せず、自己変革に取り組んだ…

…二十六歳という若さで亡くなり、人格上の欠点が克服されずに残されたとしても、それを批判するのは余りにも酷というものである。不充分ながらも啄木は精一杯自分の人生を全うする努力をしたのである——と。

僕は安どした。西脇氏の啄木観に、全く僕も共感する。啄木の父一禎、母カツの人物観についてはなお疑問が残るが、今度の労作は、精神科医の視点で、啄木の人間像に肉薄したという点で、オリジナリティーに富む貴重な論考である。

ところで筆者本人にしてみれば、前書を著したものの、その直後から新しい資料に目を通したり、資料を読みなおしたりしているうちに、物書きの性とでも言うのであろう、前書の物足りなさが溜まって来るのである。新たなる深淵にはまり、抜け出ることが容易でなくなりつつある。

前書を出版した当時はまだ宝徳寺に一禎の墓があることの経過を調べる前でありよくわからなかった。筆者が啄木について本格的に調べ始めたのは、筆者の三度目の出馬となった青森市長選挙も終わって二〇〇一年五月ころからである。そして遊座昭吾という啄木研究家がいて、いくつかの啄木研究書の編集委員や国際啄木学会の会長を務めたり、最近では『石川啄木事典』の編集委員になっていることもわかった。その時「遊座」という姓が一禎の前の宝徳寺住職で若くして亡くなった「遊座徳英」と同じ姓であることがいささか気になっていた。既存の啄木研究家には、余りにも当然のこととして知られていたことであろうが、そんなことも筆者は知らなかったのである。断っておくが筆者は啄木研究者ではない。啄木に関係する学会に参加しようと思ったことも考えたこともない。ただ精神科の医者として啄木という人物に興味を抱いただけである。

遊座昭吾が次のように書いていることを最近知った。

「万年山の裾に、宝徳寺累代住職の墓所がある。地面に苔が密生して、その緑を増し、一層静寂さを増している。一四世遊座徳英、一五世石川一禎、一六世遊座芳衜、一七世遊座芳夫と並び、そのうしろに卒塔婆が建っている。徳英は私の祖父、一禎は啄木の父、そして芳衜、芳夫は私の父、兄である。……兄は父以上に啄木に関心を示した。一禎和尚の墓が、累代住職の墓所に欠けているのを残念がり、啄木の遺族と相談し、新しく一五世の墓を作った。また、境内に歌碑を建立し、啄木一族の鎮魂にも務めた」(『林中幻想　啄木の木霊』八重岳書房〔初出・NHK趣味講座『短歌入門』昭和六一年十月一日　日本放送出版協会〕)

前書を書いた時点では、函館の石川啄木の墓に妻や子供たちと同時に両親の遺骨も埋葬されている、という説明文を読んでいたので、宝徳寺にも一禎の墓があることが解せなかったのである。

なお宝徳寺の住職問題は次のような経過をとっている。一禎が一度住職を罷免されてから代務住職として中村義寛が赴任したが、正式住職にはなっていないらしい。その後七年間に渡って正式住職が決まらず紛糾していたが、大正三年三月に選挙(有権者は檀家?)が行われ、一禎の前の住職であって急死した遊座徳英の遺児芳衜が当選し、正式に十六代目の住職に就任している。

なお、資料で知っていながら重要視出来ず、論考を加えることをしていなかったことがらもある。

たとえば啄木の誕生日は、戸籍に届けられているのは明治一九年二月二〇日であるが、明治一八年一〇月二七日との説もある。前書を書いた時にはそのことについての資料に触れていながら、何故二通りの誕生日が伝えられているのか、その意味するところはどういうことなのかについて論考を加えることなくサラッと見過ごしてしまっていた。そのため前書の付録・石川啄木年譜では啄木の誕生日を明治一九年二月二〇日説を採用して掲載してしまったが、資料を検討して論考を進めているうちに、本当の誕生日は明治一八年一〇月二七日である、という確信に至った。そして実の誕生日ではない日付を誕生日として戸籍に届けなければならなかった両親の哀切が、啄木の悲劇の根源であることに、新たに気づいた。

また前書では、何故に啄木の人気が、明治、大正、昭和、平成と時代を越えて継続し、また一二五基以上の歌碑が建立されるまで、そして更には国際啄木学会なるものが誕生するほどに国際的にまで広がりを見せているのか、これらについての論考が不充分であった思いが心残りとなっている。

またこの間に研究者に文献として引用頻度の高い『石川啄木傳』（岩城之徳著　東寶書房　昭和三〇年一一月二〇日発行）を、東京神田神保町の古本屋街を散策して入手することが出来た。やはり孫引きではなくて直に文献を入手したかったからである。啄木研究家ならば誰しも読んだであろう書籍であることが読んで納得できる本である。因みに定価は出版時六五〇円であったが二〇〇二年七月時点で二〇、〇〇〇円也であった。また『文献石川啄木』（斎藤三郎著　青磁社　昭和一七年二月二〇日）も入手出来た。今では貴重な文献であろう。因みに昭和一七年は筆者が誕生した年で、昭和三〇年は筆者が一三歳、中学一年のころで函館の啄木の墓の下の海岸で水泳に夢中になっていたころである。

ということで、新たに石川啄木について書き上げたものが本書『石川啄木　矛盾の心世界』である。前著では「啄木末期の苦杯」という事象に対する論考が面白く興味深かったが、今回は「二つの誕生日」「啄木の初恋」に関する論考が面白く興味深かった。しかしながら冒頭でも書いたように、啄木については、あまりに奥が深い。これで全てを書きさった、ということは出来ない。本書を書きおわった直後からまた心残りが溜まってくることを予感しつつ、今現在でのケリをつけることとする。

なお本書に登場する人物については前書と同じく、生死にかかわらず、すべての人物に対して「氏」や「さん」などの敬称を略している。生死の不明の人もいるし、どのような敬称をつけるのが最も相応しいのか判断に迷うし、既に公的な人物に対して敬称をつけることは筆者にとっては何かしらおこがましいような気もして来るからである。そのために礼を失する人も居るかもしれないがお許しいただきたい。

# 第一章 ―― 二つの誕生日の謎

# 一　二つの誕生日

啄木の戸籍には明治一九年二月二〇日生まれと届けられている。現在手に入るほとんどの資料には啄木の誕生日としてこの戸籍を取り上げているが、別の説として明治一八年一〇月二七日説が紹介されているものが多い。吉田孤羊の著書（『啄木写真帖』改造社、昭和一一年）では「明治一八年一〇月二七日、岩手県岩手郡玉山村大字日戸（ひのと）在常光寺住職岩手郡平館村出身石川一禎を父に、盛岡北山龍谷寺の住職工藤対月妹カツを母として生まれ、一（はじめ）と命名された。但し戸籍上のデータでは明治一九年二月二〇日生まれとなっている」となっている。

しかしながら二つの誕生日がある理由や、その意味するところのものについて解説しているものが、少なくとも筆者の手元の資料では見当たらない。

啄木研究家としては大御所的存在であり、文献も多く残している岩城之徳は次のように書いている。

「啄木の誕生日については従来戸籍記載の明治一九年二月二〇日説と、彼が詩稿ノート『黄草集』の扉に書いた『明治一九年二月二〇日生（一八年旧九月二〇日）』の括弧内の月日を新暦に直した明治一八年一〇月二七日説と二説あり……」（人物叢書『石川啄木』岩城之徳　吉川弘文館　昭和六〇年五月一日再刊新装版）。

それとは別に啄木とは高等小学校時代から中学時代まで親交の深かった伊東圭一郎は次のように書いている。

「小学校（下の橋小学校）二年の時だったが、啄木は私に『これから二人は何もかも打ち明けようじゃないか、自分も腹蔵なく何もかも話すが君も打ち明けて欲しい』という。そして二人はそのことを誓ったのだった」

「……二人（啄木と伊東圭一郎）は下の橋小学校の授業がすむとお城の下を通って一年間、日影門外小路（今の小田島旅館本館のところ）の江南義塾に通った。そのころ学校から江南義塾へ歩きながら何を話したか忘れたが、記憶していることが唯一ある。

それは啄木が私に『自分は明治一八年生まれで、君と同じ年だが、役場に届け出るのが遅れたので、明治一九年になっている』と話したことだ。それで私はこれまで『啄木は戸籍では一九年生まれだが、実は私と同じ年の一八年生まれ』とばかり思っていた。

ところが今度岩城氏の『石川啄木伝』を見ると、金田一京助さんと吉田孤羊さんは一八年説を主張し、岩城さんは一九年説を固執していることを知った。多くの啄木伝には、啄木がなくなった時の年齢が二七歳と二八歳と二通りあるのが、このためである。しかし啄木自身は私へは『君と同じ明治一八年生まれだ』といったけれど、やはり若い方がいいので自分の年齢は役場の届け『明治一九年生』で書いていた」（復刻版『人間啄木』　岩手日報）

しかし明治一八年の何月何日かまでを具体的に話したのではないようである。伊東圭一郎は啄木との文通も多く、啄木の旧友であったと同時に成人以後は優れたジャーナリストとなった人物である。ジャーナリストが最も嫌うところのものは虚偽の報道であろう。伊東圭一郎が嘘を書くとは思えないし、伊東圭一郎が書いた『人間啄木』の全体を通しての印象でも疑問とか怪しいと思われるところは部分的にも感じられなかった。また啄木が伊東圭一郎に嘘を話す必然性を感ずることも出来なかった。

筆者の所感としては、一八年生まれなのに戸籍としては一九年生まれに届けざるを得なかった事情があるに違いない、というものであったが、しばらくその事情がわからなかった。筆者がそれと気がつくヒントを与えてくれたのは岩城之徳が見つけ出してくれた資料によるものであるが、それについては次第に明らかにするつもりである。

岩城之徳は『石川啄木傳』の中で「啄木出生月日に関する問題」を書いているが、それについては後述する。前述の資料、人物叢書『石川啄木』（岩城之徳）から類推すると次のようになる。岩城之徳は、単に戸籍に書いてあるから、という理由だけで明治一九年説を唱えている訳ではないようである。

「後者（明治一八年十月二七日）の誕生日を信ずる人々によって、啄木一家の渋民村移住はこれまで明治一九年二月とされていた。しかし石川一禎の後任として日戸村の常光寺に赴任した高田大賢の書いた『常光寺新過去帳』の記載によると『二十二世石川一禎殿、明治二十亥年旧三月上旬渋民村宝徳寺に旦家一統帰依に付移転候也』とあり、また宝徳寺の過去帳の明治二〇年の欄に、啄木の父の筆蹟で、『コノ年旧三月六日ニ移転ス』とあるので、一家の渋民移住は明治二十年春と断定してよい。当時の石川一禎の戸籍にも『明治二十年四月二十六日南岩手郡日戸村五十九番地ヨリ移住』とあり、この事実を裏書している」

つまり、明治一八年生まれ説を信ずる人々の言っていることは、啄木一家の常光寺から宝徳寺への移転時期を間違っているので、明治一八年説も間違っている、という説に理解出来る。このことが明治一九年説を取る岩城之徳の論理のようである。筆者の手元にある資料からはそれ以外には類推出来ない。

啄木が常光寺から宝徳寺に移ってきたのは、明治一九年二月二〇日生まれで翌年春であったとすれば数え年で二歳の時である。明治一八年十月二七日生まれであれば、数えで三歳ということになる。数え年二歳の時に移ってきたことが確実な、間違いのない事実であれば一九年生まれが正しいであろう。数え年二歳に執着すれば明治一九年生まれにならざるを得ないことになる。あるいは数え年二歳と明治一八年生まれに執着するならば、宝徳寺移転を明治一九にしなければならない。しかしながら明治一九年の証拠は薄弱でありむしろ二〇年移転の方が根拠がある、とすれば明治一八年生まれ説では宝徳寺移転は数えの三歳の時ということになる。しかし実際には数え年二歳ということが伝えられているので一八年生まれ説は根拠がなくなってくるのである。しかし筆者は数え年にはあまりこだわる必要がないように思えるのである。一八年生まれ説を採る方が数え年二歳説を採ったのが間違いであって数え年三歳説をとればよかっただけの話である。

ところで吉田孤羊や金田一京助は一八年説なのだが、彼らは本当に宝徳寺移転について明治一九年説をとっているのであろうか？　筆者には確かめようがない。ただ疑問に思うだけである。

明治一九年の戸籍の誕生日は公式のものであり、一八年生まれは一説である。この一説に、宝徳寺移転の時期が数えの二歳の時を機械的に当てはめるのは無理ではなかろうか。一説はあくまで一説であって仮説であり日影のようなものである。筆者の論考では、宝徳寺移転は、公式では二歳の時であるが非公式では三歳の時でよいのではないか、というものである。そして筆者は、公式の戸籍の説よりも、一説の方が真実であろう、と推察しており、その論考を展開していきたいのだが、はじめに戸籍説の代表的なものをあげておく。

## 二　戸籍説の主張

『啄木と賢治』（一九七七年七月　みちのく芸術社）で桜井健治は、「啄木誕生に関する初歩的疑問」と題して戸籍の明治一九年二月二〇日説の代表的見解を述べているが、以下その概略である。

「昆（昆豊）氏の論文は、土岐善麿氏所有の『黄草集』を基礎資料として論考をすすめているが、とくに『黄草集』に記された啄木自筆メモによる『明治十八年旧九月二十日』から、この説を強く主張したものであり、その啄木メモとは次のようなものである」

「父、嘉永三年四月八日生
母、弘化二年二月四日生、二十五年入籍
せつ子、十九年十月十四日生（一月二十日）
一、十九年二月二十日生（十八年旧九月二十日）」

「詩稿ノート『黄草集』巻末の出生日メモは啄木自身の意志によってメモされた唯一の記録である。啄木自筆のメモであることは、土岐善麿氏と確認済である。これによって啄木の真の誕生日は、明治十八年十月二十七日（火）（旧九月二十日）と定め、現行の啄木年譜の起点を右のように訂正し、明治十九年二月二十日は戸籍届出日として扱うことにする。このささやかな論証が過去の不幸な経験を消滅させ、被害者とも言える啄木への鎮魂歌ともなれば幸いである。（昆豊氏『啄木への鎮魂歌』より抜粋要約）」

「昆氏は『黄草集』を有力な資料とし啄木の真の誕生日を明治十八年十月二十七日と断定し、さらに昭和四年に出版された改造社版『啄木全集』（全五巻）を引きあいに出している。この改造社版『啄木全集』の第五巻巻末に掲載されている『石川啄木年譜』の出生欄では、戸籍の誕生日を記載に付け加えて『尤此のデイトは戸籍上の事で、実は明治十八年十月二十八日（水曜日）生まれである』と記されている」

桜井健治論文では、各出版社とも公的な戸籍を紹介しながら一説を次のように位置づけていることを紹介している。

〔改造社版〕尤此デイトは戸籍上のことで、実は明治一八年一〇月二八日（水曜日）生まれである。（筆者注　改造社版で一日ずれている理由は旧暦から新暦に直した時の計算間違いらしい）

〔岩　波　版〕一八八五年（明治一八）一歳　十月二十七日（戸籍面は一九・二・二〇）

〔筑摩書房版〕（一説には明治十八年十月二十七日の誕生ともいわれる。）

つまり明治一八年説の重きの置き方が異なっているのである。戸籍は実際に記録として遺されているのでそれを紹介するのは当然として、一説の方が真実である、という立場を取るのか、一説は仮説にすぎず、戸籍の方がやはり真実である、という立場をとるのか、の相違がある。

筑摩書房版第八巻『啄木研究』の中では、岩城之徳が「伝記的年譜文献目録」と題して、かつてなかったほど詳細で充実した年譜を編集している、とのことである。

「岩城氏の著『啄木評伝』の中に、『啄木誕生問題再説』と題する論文が掲載されており、啄木自身の遺した貴重な資料から彼の誕生日を追求しているが、これらの資料から判断しても啄木が自分の誕生日を明治十九年二月二十日で使用していたと言う事実は軽視出来るものではなく、啄木の性格から判断しても、自分の誕生日が曖昧であれば当然追求したであろうことが考えられる」

「しかるに明治十八年説は岩城氏の言うように啄木の産婆をつとめた草葉チエの記憶によって打ち出されたもので、それが流布されたような気がする」

「石川家にとって啄木の誕生は待望の男子の出生であっただけに、親の立場から察すれば喜びで有頂天になってしまい出生届を忘れるということなどとう底考えられない。啄木の二人の姉の出生届についても几帳面ににやっていたことを考えればなおさらのことである」

「啄木が日記の公開を半ば意図していたとすれば、彼自身が自分の誕生日を明治十九年二月二十日と確信していた意義は極めて大きいといえよう」

「私が戸籍届出年月日である『明治十九年二月二十日』を定説化するように望むのは、これまで述べたこととあわせて、社会通念上は、戸籍に記載された生年月日しか通用しないからである」

「戸籍に記載された月日が誤りで、実は何年何月何日が正しいのだと主張しても、それは公的にも一般にも認められるものではなく、誤りを正すためには法的手続きを踏まえる必要がある」

「確かに、啄木の誕生日は立証すべく資料も明確ではなく謎と言える。それはこれからの調査研究に待たねばならないのかも知れない。しかし、これまで多くの研究家によって研究されてきた状況からみても、決り手となるべき資料が出現されない限り、困難な問題と言える。このような現実を踏まえたとき、私はやはり戸籍届出年月日である明治十九年二月二十日生を定説とすべきだと重ねて訴えたい」

筆者はいろいろな角度から桜井健治とは別の考え方をしている。

筆者の考えでは、公的な戸籍が真実であれば、それと異なる一説が生まれる必要性はない。しかし公的なものが嘘であれば真実はどこかで発生して来る必要がある。だから一般に公的なものに対して一説が発生してくる場合は一説の方がむしろ真実ないし真実に近いものと考えた方が妥当であろう。

引用されている資料から筆者が類推するところのものを述べてみたい。

改造社や岩波の『啄木全集』、さらには吉田孤羊の著書『啄木写真帖』（これも改造社ではあるが）では、戸籍は戸籍として実は明治一八年説を真実としている。これに与しているのは土岐善麿、金田一京助、吉田孤羊、斉藤三郎らである。更には昆豊もであろう。ところが時間が経過して筑摩書房の「啄木全集」からは明治一八年説は「実は……」から「一説には……ともいわれる」に格下げされているのである。筑摩書房版にかかわったのは金田一京助、土岐善麿、石川正雄、小田切秀雄、岩城之徳の五人である。石川正雄と小田切秀雄はどちらの説かは現在の筆者には不明であるが、金田一京助と土岐善麿の立場は既に述べている。戸籍説を強く主張していたのは岩城之徳であることには間違いがない。はじめの頃は一八年説をとる識者の方が多かったのである。明治一八年説を真実から一説に格下げさせてしまったのは岩城之徳に間違いがないであろう。その後岩城之徳は啄木研究家としては第一人者となり晩年には啄木研究者の大御所的存在となっていくのである。

最も新しい文献としては『石川啄木事典』（おうふう）があり、それでは生年月日については「一八八六年（明治一九年）二月二〇日生まれ。（生年月日については、前年の一八八五年説もあるが、確証が得られないため、戸籍の年月日に従っているのが、現在の研究状況である）」となっている。ここでも岩城之徳の主張が影を落としている。

筆者もこの影響を受けて筆者の前書（『石川啄木　悲哀の源泉』）の年譜では明治一九年説を掲載し、しかも明治一八年説があることすら割愛してしまった。慚愧に耐えない思いが本書を書かせているのである。

## 三　戸籍明治一九年説の真実性

もしも啄木の戸籍の誕生日が真実ならば何故一八年説の一説が生まれる必要があるのか、一説の存在意味を検討してみたい。

ところで戦後の年齢の数え方は原則として満年齢が採用されていたが戦前までは数え年で数える習慣があった。数え年では生まれた時が一歳で年が明ければ二歳である。満年齢では生まれた時は零歳で誕生日が来て一歳となる。生まれた時には命が宿ってから約一年間母体の腹の中に居たのだから、生まれた時に一歳というのは理屈に適っている側面がある。しかし年明けで二歳とすることで可笑しなことになってくる。このやり方でいけば大晦日に生まれた子供は翌日の元旦には生後二日で二歳ということになる。なお蛇足ながら競馬馬の世界では子馬は、生まれた翌年は明け二歳と言うそうである。競馬馬の年齢は数え年の習慣である。それでも競馬馬の場合交配出産の季節がほぼ定まっているので人間のような混乱は発生しない。

啄木の場合、戸籍に届けられた誕生日と一説では四ケ月の違いでしかない。しかし数え年計算では一年の違いが出てくるのである。

啄木は明治二四年五月二日、数え年六歳で小学校に入学する。通常よりも一年早く入学を許可されている。これは啄木が早く入学したかったからで、そのために父親・一禎が当時の渋民尋常小学校校長の小田島慶太郎に掛け合ってのことらしい。校長と掛け合うこの時に「実は啄木は戸籍に届けたのは明治十九年だが、本当は明治一八年生まれだから数え年七歳になる。だから入学させてもいいのではないか」などと言った可能性が推察される。一八年生まれ説が出てきた理由として考えられる。しかしそれならば無理して一八年生まれにすることになるので、一八年生まれでも公式に届けた誕生日にもっと近い、一二月に生まれたことにすればよいものを、一〇月にする意味が了解出来ない。

また、戸籍の通り明治一九年生まれが真実だとして、小学校に入学するためにこのような嘘と誤魔化しの操作が必要であったのかについては疑問が生ずるものである。啄木が通常よりも一年早く小学校に入学出来たことについて岩城之徳は次のように書いている。

「啄木は明治二十四年五月二日岩手郡渋民尋常小学校に入学した。数え年六歳の春である。彼は学齢前に入学した事情について次のように述べている。

『今では文部省令が厳しくて、学齢前の子供を入学させる様な事は全くないのであるが、私の幼なかった頃は、片田舎の事でもあり、左程面倒な手続も要らなかった様である。でも数え年僅か六歳の、然も私の様にか弱い者の入学《はい》るのは、余り例のないことであった。それは詰まり、平生私の遊び仲間であった一歳、二歳年長の子供等が、五人も、七人も一度に学校に上って了って、淋しくて淋しくて耐らぬ所から、毎日の様に好人物の父に強情た為なので、初めの間こそお前はまだ余り小さいからと禁めていたが、根が悪い事ぢゃ無し、父も内心には喜んだと見えて、到頭或日学校の高島先生に願って呉れて、翌日から私も、二枚折の紙石盤やら硯石やら筆やらを買って貰って、諸友と一緒に学校へ行く事になった。されば私の入学は、同じ級の者より一ケ月も後の事であった』（小説『一筋の血』）

これは小説の一節であるが、当時の彼の環境から察して啄木自身のことを語っていると考えて差支えない。文中高島先生とあるは当時の渋民小学校長小田島慶太郎であろう。なおこの年啄木と一緒に入学した同級生の一人に、そのころこの村の駐在巡査であった高橋隼之助の次男友松等（明治一九年二月十二日生）がいる。この友松氏は後に医師となり愛媛県宇和島市で活躍したが、同氏もやはり学齢前に入学しており、その間の事情を著者に『私も父母の希望で六歳で入学しましたが、これは私の母が小田島校長の夫人と懇意であったところから、特に頼み込んで許可してもらったそうです。そのころは官尊民卑の時代でもあり、また啄木も私も村では、知識階級に属する者の子供なので、村では寛大に取り扱ったようで、六歳で入学しても誰も文句をいう者はありませんでした』と語っている」（『人物叢書　石川啄木』岩城之徳　吉川弘文館　昭和六〇年五月一日再刊新装版）

つまりここでは、啄木を一年早く尋常小学校に入学させるために、敢えて「一八年生まれ」を持ち出さなくても入学は可能であったことが示されている。

以上に述べてきたように、もしも啄木の誕生日が戸籍通りであれば、たとえ一説にしろ一八年説が生まれてくる必然性が理解出来ない。啄木が何故に詩稿ノート「黄草集」に「明治一九年二月二〇日生（一八年旧九月二〇日）」と記したのか、何故に親友である伊東圭一郎に「（本当は）自分は明治一八年生まれなんだ」と言う必要があったのか、これらの疑問が解決しない。

「小学校（下の橋小学校）二年の時だったが、啄木は私に『これから二人は何もかも打ち明けようじゃないか、自分も腹蔵なく何もかも話すが君も打ち明けて欲しい』という。そして二人はそのことを誓った

学アルバム　石川啄木』（編集・評伝　岩城之徳）に、小さくではあるが、写真で紹介されている戸籍簿を書き写し取ったものと推察される。

これによれば啄木の母・工藤カツは亡父・三作の長女となっている。同事典の別のところの啄木の家系図では工藤カツは、父・工藤条作と母・置屋の七人の子供の末っ子に当たり三女となっているのだが、これは家系図の方が正しいと思われる。しかし戸籍が何故に亡父三作長女となっているのかはわからない。また工藤カツの本家戸主工藤直吉の名前を家系図に見つけることも出来ない。

岩城之徳の著書『人物叢書　石川啄木』では次のようになっている。

「（カツは）父の死後長兄・常敬（維新後帰農して工藤三作と称する）のもとで成長したが」と記載されているので亡父・三作は実は長兄のことらしい。しかし三作の長女と届けられていること、などから戸籍は事実とはかなり異なり、戸籍の信憑性はかなり低いものと思われる。

多くの資料では啄木は、二人の姉と共に母の戸籍に入れられ、その後六歳の時に石川家に入籍、と書かれている。これでは姉二人と啄木は同様に扱われいるが、事実は二人の姉と啄木では戸籍上の扱いは異なっている。長姉・サダと次姉・トラの戸籍をどのように理解したらよいのか疑問が多い。

サダは明治九年八月二日生となっているが、工藤カツの養長女となっている。そして明治一六年七月二一日南岩手郡日戸村平民広内種松妹入籍となっている。トラは明治一一年一一月一日生、工藤カツの養二女となっている。そして明治一七年七月一六日南岩手郡日戸村平民日野沢才次郎二女入籍となっている。

同事典で永岡健右は次のように解説している。

「その後一禎は、対月の盛岡龍谷寺への転出に従い、そこで対月の妹カツを知り、結婚し、南岩手郡日

戸村常光寺の住職として明治七年に赴任したとされている。しかし一禎は、僧籍にある者の慣習から妻の入籍をせず、長女・サダ、次女・トラはそれぞれ別の常光寺檀家に入籍させるという複雑な方法をとり、後にカツの実家におかれたままの籍を日戸村に移して『戸主工藤カツ』の単独戸籍を作成し、その上で長女、次女を養女として入籍している。啄木が誕生した時は直接カツの籍に入れられたが『私生児』として届けられている」

これらの資料からの一連の動きを見ると次のようになる。

一禎は、明治七年に日戸村常光寺に赴任するが、戸籍上の住所としては明治八年三月三日に日戸村に移っている。それに対してカツは戸籍上は明治一六年五月一六に日戸村に移っている。つまりカツがサダやトラを生んだ時はまだ工藤カツの籍は日戸村にはなかったのである。そのためサダは常光寺の檀家の広内種松の妹として入籍させ、その後明治一六年七月二一日になってようやく工藤カツの養女としているのである。トラはおなじく檀家の日野沢才次郎の次女として入籍させて明治一七年七月一六日に工藤カツの養女としている。

啄木の場合はどうであったのか、以下は筆者の推測である。啄木が生まれた時も一禎はそれまでの二人の姉と同じように、檀家の誰かの子供として届け、その後にカツの養子として届けるつもりであったであろう。しかし檀家の中で入籍を引き受けてくれるところを見つけることが出来なかった。そのため仕方なしに工藤カツの私生児として対処することしか出来なかった。さいわい工藤カツの籍がその時には日戸村に移してあったのでそれが可能だった。

啄木が実際に生まれた日付と戸籍にとどけた日付に約四ケ月ものズレが生じたのは、結局は無駄となっ

たのだが、啄木の戸籍を引き受けてくれる檀家を探したり交渉したりするのに要した時間のためと思われる。

啄木は実際には明治一八年一〇月二七日に生まれたが、戸籍の引き受け手が見つからないでモタモタしている間に時間が経過してしまい、戸籍に届ける時には翌年の二月二〇日生まれにせざるを得なかったのである。以上の筆者の論考は、無理な論考であろうか。

ともかくも啄木に関係する人々の戸籍は、嘘だらけであり、啄木の誕生日だけは真実である、ということは信じ難いことである。

岩城之徳が何故信憑性の低い戸籍にこだわり明治一九年説に固執するのか、筆者にはその理由がよくわからない。なお『啄木事典』に掲載されている家系図や戸籍図は岩城之徳が発掘して見つけ出してきたものである。

岩城之徳は啄木に関する資料集めや発掘には精根を傾けており、またその業績は膨大なものである。しかし、資料の欠けた部分は推測するしかない。推測するということは研究者の主観に左右されることが多く、客観性に欠けることとなり科学性に欠けることになることもある。そのため実証出来ないことを推測するのは科学的な姿勢ではない、として排するような考え方がある。しかし、欠けた部分であってもなくても、資料の意味や意義、他の資料との関連なども推測しなければ、資料だけでは資料に埋没するだけで、そこから真実を見いだすことは出来なくなってくる。客観的事実とそこから何をどう理解するか、何を得ることが出来るのかが問題であろう。

実証主義偏重では、啄木の誕生日を戸籍通りにこだわらなければならない。実証主義偏重では、自由に

想像推測を働かせることによって、真の誕生日に到達する、というようなことは不可能なことなのである。例えば京子の誕生日については、啄木の日記が公表されなくとも、元旦生まれということについては疑問の目を向けるのが研究者の視点だと思われるのである。実証されないからと言って公表されたものをそのまま鵜呑みにするような視点では真実に迫ることは出来まい。

## 五　常光寺から宝徳寺へ転出の経過

啄木の戸籍の嘘は「僧籍にあるものの習慣から妻を入籍しなかった」ことがその発生源となっている。つまり、たてまえ上は寺の住職たる者は女犯を犯すようなことがあってはならない、つまり子供を作ってはならないのである。

ところで日戸村の住民、あるいは檀家の立場から一禎はどのように目に映ったかを考えてみよう。

一禎が日戸村の常光寺住職として赴任してきたのは二五歳の時である。如何に田舎村の小さい寺とはいえ一つの独立した寺の住職としては二五歳では若すぎると思われる。しかも妻ならぬ女性を連れての赴任であり、しかもその女性が次々と子供を生んでいるのである。最初の二人まで、つまりサダとトラまでは一禎の願いを聞き入れて自分の子供として戸籍で協力してくれた檀家たちも、啄木の時にはもはや協力してくれる檀家は出てこなかった。住民や檀家から見れば呆れ果てて見ていたことであるかも知れない。

つまり啄木出生のころには一禎は自分の支持者を失い、日戸村には居辛い状況となっていたことであろう。つまり一禎は日戸村から出て行きたくてしょうがなくなっていた。

常光寺から宝徳寺への転出について岩城之徳は次のように書いている。

「啄木の父は長男の生まれた翌年の春、隣村の北岩手郡渋民村（現在の岩手県玉山村）の万年山宝徳寺の住職に転じた。当時この寺の住職は一四世遊座徳英であったが、明治十九年の暮病のため急逝した。しかし彼の子供は、いずれも幼く法燈を継承することは困難であったので、長男が成長するまで代務住職をおくか、或いは正式に後任住職を迎えるか、残された遺族のこともあり、檀家間でも相当問題になっていた。これを知った一禎はかねてより寺格の高く、交通の便利な宝徳寺への転出を強く希望していたので、宝徳寺檀家有力者へ工作する一方、師僧であり義兄である葛原対月を通じて、本寺の報恩寺住職下村泰中を動かして奔走し、ついにその後任住職の地位を獲得した。一禎はこうして明治二〇年三月六日家族を連れて渋民村に移住し、啄木はこの地を故郷として成長するのであるが、このため前住職の妻子は寺を出て生活に困窮したといわれる。啄木の父の渋民移住にはこうした無理があったので、そうしたところからもつれた村人の感情は暗雲となって低迷し、二〇年後一家を悲境に追う原因となってあらわれるのである。生涯啄木を支配した暗き運命はすでにこの時胚胎していたといえよう」（『人物叢書　石川啄木』）

このことについて遊座昭吾は次のように書いている。

「祖父（遊座徳英）の死は早く、しかも突然であった。子どもらは幼く、すぐに法燈を継ぐことはできない。祖母（徳英の妻）は遂に住みなれた宝徳寺を、隣村日戸村の、日照山常光寺の住職で、夫と親交深く、知り尽くしていた石川一禎に、明け渡さねばならなかった。一禎は宝徳寺の檀家総代に語り、転住を謀ったからである。石川家にとりては、仕合わせな出来事であったろう。しかし、遊座家にとっては、生活の糧を一瞬にして失い、一家離散となる事件であった。祖母はそれ以後、石川家に対し、怨念の鬼と化

してしまった。啄木満一歳の出来事である」(『林中幻想　啄木の木霊』八重岳書房)

寺格も上で交通の便のよい宝徳寺へ行きたいのはよく理解出来る。しかし一〇年前に焼けただれて再建もままならない宝徳寺へ、しかも前住職の遺族の抵抗や前住職支持派の檀家が大勢居る宝徳寺へ無理にでも移ろうとしたのは、啄木の誕生によって日戸村常光寺にはもう居たたまれなくなっていたから、という理由が重なっていたのである。格上や交通の利便性という意味では、医者や教員が田舎の職場から都市部に転勤したがることと同じ意味があるかも知れない。しかしその居住地域の住民と人間関係が深まると離れ難くなる心情もわいて来ようと言うものであるが、地域で一禎の有り様を認めてくれる人々は居なくなって、あるいは少なくなっており、一禎には日戸村には居辛い面があり未練は無かったであろう。

『石川啄木傳』(岩城之徳　東寶書房)でも「村の古老の言によると僧侶としての務もあまり熱心でなかったらしく、檀家の評判もよくなかったようである。これは平館村の古老や石川清助氏の示教にもあるように、一禎の性格がきわめて勝気で強情で、非常に気位の高かったことにもよる。もっとも仏事なども熱心でなかったことは事実の様で……」と書かれている。筆者の推測では勝気で強情で、非常に気位の高かったのはカツの方ではなかったかと思われるのだが、日戸村では概して評判のよい住職ではなかったことが了解されるのである。

啄木の誕生日が二つあるのは、何の理由も意味もなく二つあるのではない。啄木の置かれた状況と深くかかわってのことであることが理解されよう。スムーズには事が運ばない状況の下、運命の星の下に啄木はこの世に生まれ出て来たのである。

啄木一家が宝徳寺を追われたその後の経過として、石川家に対して怨念の鬼と化してしまった遊座徳英の妻はその後の執念で大正三年三月、徳英の遺児芳荀を晴れて宝徳寺の一六代目の住職として就任させることに成功している。

ところで一五代目住職石川一禎と一六代目遊座芳荀の間に中村義寛が就任している。一禎は具体的には義寛に敗北して寺を出ているのであるが、義寛は代務のままであり、正式の住職に就くことは出来なかったらしい。その後義寛は正式に住職になろうとしたらしいが、七年間ものゴタゴタの後、選挙（どんな選挙かは不明）で芳荀に負けてしまった。中村義寛がその後どうなったのかについての資料は手元にはない。

## 六　大黒様

「僧籍にあるものの習慣から妻を入籍しなかった」ということについて筆者の雑学的ではあるが最新の知見を述べておきたい。「当時の住職の習慣であった」ということはやはり岩城之徳のいうように事実のようである。

「大黒」について調べてみると「大黒天」という仏教の教典に出てくる神様の一人であるが、その他に「僧侶の妻の俗称」と書かれている国語辞典が多い。つまり僧侶の妻は妻を意味する「奥様」とは言われず「大黒様」と呼ばれていたのである。水上勉は「石川啄木の手帳」（「国文学」一九七八年六月）で「田舎寺におけるだいこくの位置は、禅宗でも殆ど真宗の坊守りと似ていて、仏事一切は住職がやっても、寺の管理や、檀信徒との交渉などだいこくがまめにうけもってこそ、寺院経営がなりたつ仕組みである」と述べている。

何故に僧侶の妻が「大黒様」と言われるようになったかの謂われを論考してみた。

日本の仏教は、奈良時代から平安時代にかけて大きく別けて空海（弘法大師）の真言宗と、最澄（伝教大師）の天台宗の二つの流れから始まっている。二人ともほぼ同時代に中国に渡って仏教の教典を持ちかえっている。大黒天は最澄が中国から持ちかえったもので、最澄はその後に比叡山延暦寺を開くのであるが、その時に大黒天は飲食を豊かにする福の神として寺の厨房にその像を安置する。そのことから由来して寺の厨房を司る者という意味で僧侶の妻を「大黒様」と呼ぶようになったようである。もちろん当時から僧侶は公式には妻帯をしないものとされていた。そのため妻を意味する言葉を使うことが出来ないために、実質的には妻なのであるが、妻を意味する言葉の代わりに厨房つまり台所を司る者という意味で「大黒様」と呼んでいたようなのである。

そして平安の時代から、隠れ妻、妻ならぬ妻、つまり「大黒様」は居たらしい。これに対して浄土真宗開祖の親鸞はそんな誤魔化しを排して、妻帯を公然と認めるように仏教変革に取り組んだのであるが、全ての宗派がそうなった訳ではなく、やはり公然と妻帯を認める訳には行かないために、寺だけに了解可能な隠語のように、僧侶の妻のことを妻と呼ばず「大黒様」と呼ぶようになったものが伝わっているらしい。戸籍が確立する前の時代のことであるから、その女性が妻であるかないか、などはたいして大きな問題ではなかった、おおらかな時代の産物かも知れない。

なお余談ながら「稲葉の白兎」に出てくる「だいこくさま」は「大国様」であって「大黒様」とは発音が同じことから混同されてしまっているが「大国様」は「おおくにぬしのみこと」であって仏教とは無縁の日本土着の神様の方である。

なお親鸞が妻ならぬ妻、大黒様を公然とした妻にしたいと思ったのは、大黒様だけのことを考えれば公然とした妻にしなくてもよかったのであるが、子供が生まれた時の子供の身分や処遇を考えてのことと推察される。

ところで「大黒柱」という言葉がある。家屋の数ある柱の中で、最も太く中心的な柱であり、その柱が折れたりすればその家屋全体が崩壊してしまう程に家屋全体の支えとなっている柱のことである。そのことから意味を転じて、家族の中で最も重要な役割を担っている人物をその一家の大黒柱という。普通一般にはその一家を精神的に支えている支柱となっている人や、経済的に養うための収入を担っている人物で多くは男である主人を意味している。しかし寺の妻のことを「大黒様」と呼ぶということは、実際的に寺を支えている重要な役割を果たしているのは住職よりもむしろ、厨房を支えている実質妻である「大黒様」の方であろう、との考えから来ている「大黒柱」かも知れない。

啄木の両親を見てみる。母親・カツはここで述べた意味での典型的な「大黒様」であり同時に「大黒柱」であろう。住職は父親・一禎であるが、カツは一禎の師僧の妹であり、しかも三歳（本当は五歳かも知れない）も年長と来ている。表向きの寺の仕事は住職である一禎の仕事であるが、それを支える一切のことをカツが取り仕切っていたのであろう。そして寺を出る時の最後の決断もカツの決断「啄木が喰わしてくれる、人に頭を下げてまで寺には居たくない」という思いが一禎を動かしてしまっているのである。一家をそれなりに主導権を持って取り仕切っていたのはカツの方であった。

ところで、妻ならぬ妻、「大黒様」は本人がそのことを了承すれば別に問題は発生してこない。たとえ世間の人がどのように見ようともである。しかしながら「大黒様」が子供を産んだとなると、その子供をどのように位置づけて扱うかの問題が発生して来る。啄木はまさにその「大黒様」が産んだ子供なのである。

住職の子供とすれば、住職は仏教徒の住職として女犯を犯してはならない、という教典に背くことをしたことになる。特に禅宗は、その中でも曹洞宗は戒律が厳しいと言われている。啄木流に矛盾した言い方で言えば、誤魔化しを許さない厳しさが故に、逆により巧妙な誤魔化しも必要となるのである。「大黒様」が子供を産んだことになれば「大黒様」が不倫を犯したことになり子供は罪の子ということになる。一番適当なのは、誰か別の人物の子供をもらってきたことにすればよいのである。

啄木の姉二人はそのように対処されている。しかし啄木から、そのようなことで一禎に協力してくれる人物を見つけることが出来ず、苦慮の結果、カツの人格を貶めて、カツの私生児としたものであろう。同時に父親不明の子として啄木の名誉も貶めている。

「当時の住職の習慣であった」ということが実際にあったとしても、一禎やカツの苦悩は変わらないし、啄木がそのことに強く反応したことも変わりはないものであろう。そして啄木はそんな家族のあり方に反発を覚え、僧侶になる道を選択せず、もちろんのこと愛する節子を「大黒様」にする気持ちなどは微塵もなかったことであろう。

「一握の砂」より

・汝が痩せしからだはすべて
謀叛気のかたまりなりと
いはれてしこと

筆者には、啄木の謀叛気の原点は、このような誤魔化しを当然の如く考える寺の世界に対するものだった、と思われてならない。

筆者は「当時の住職の習慣であった」ということが実際にあったとしても、啄木を論ずるにあたっては、どうしてもそのことを軽く見過ごすことは出来ない。むしろ最も根幹をなすべき問題であろう、という所感を持っている。

「僧籍にあるものの習慣から妻を入籍しなかった」ということは啄木の多くの資料に掲載されているがその源泉は岩城之徳の調査研究に由来するものである。しかし実証主義者の岩城之徳は「僧籍にあるものの習慣から妻を入籍しなかった」というだけで、そのことの意味するところのもの、あるいはそのことの社会的意味、そのことが回りの人々からどのように見られていたか、などのことについては説明していない。

「僧籍にあるものの習慣から妻を入籍しなかった」ということは一禎だけでなく、他の僧侶も多くはそのようにしていた、ということであろう。しかし筆者はやはり一禎の場合はそのように単純に考えられない一禎独自のものがあった、飛び抜けたところがあった、やりすぎがあった、と思われてならない。

啄木の家系図や戸籍まで丹念に調べたのは岩城之徳である。そして岩城之徳は晩年には啄木研究の大御所的存在となっていく。何しろ岩城之徳が啄木について書いた著書だけでも五〇冊くらいにも及ぶであろう。その岩城之徳の説に反対したり疑問を持ったりして自己の説を展開しようとすれば、岩城之徳以上に深く丹念に調査研究を深めなければならない。そんなことは出来ない相談である。つまり岩城之徳の説に対してこだわってしまう。岩城之徳説から自由になれない。しかし筆者の場合は、研究実績というものもないし、研究者でもない。そのため岩城之徳の説に縛られることも全くない。自由な立場に居る。もっとも逆に啄木研究についての実績もないし、教えを受けた師匠もいないので権威もないものでしかないことになるのではあるが。

ところで一禎の前の住職・遊座徳英には妻子がいたことは公然となっている。遊座徳英の妻子も一禎と同じように、内縁であり、養子として縁組していたのであろうか。そのようなことを示す証拠があるのであろうか。「僧籍にあるものの習慣」を一禎以外に見つけることがどれくらい出来るのであろうか。また一禎も結局は子供たちを戸籍上は、つまり法的には養子として処遇するのであるが、これは僧籍にあるものは妻帯しない習慣を破っていることにならないのであろうか。あるいは習慣が変化して行ったのであろうか?

筆者は「僧籍にあるものの習慣」というよりも、独身を通していたことにしていた方が住職に早くありつけた、くらいのことではないかと思われてならない。そういうケースが多く、一般化、普遍化されていたために岩城之徳の言う「習慣」となっていたのであろう。一禎はあまりにそれにこだわり過ぎたのである。「公式に妻子も持っていれば僧籍を剥奪されてしまうのではないか、という恐怖感に苛まれていた」と考えれば一禎のとった措置がよく理解出来る。一禎は一つの寺の住職としての身分、或いは資格は、当落選上のスレスレのところに位置していたのであろう。妻帯していたのでは住職としての身分維持に不利との判断に立っていたものと推察される。

しかし筆者の考えでは、完全な独身を通すか、それが出来なければむしろ逆に、一禎はきちんとカツを入籍して日戸村常光寺の住職に赴任すればよかったのである。そうしないで、表向きは女犯を犯すような坊主には見せかけないような中途半端な誤魔化しをしていた。しかし、地域の住民や檀家の人々からすれば一禎の有り様は見え見えの誤魔化しでしかない。このことが地域住民や檀家からすれば一禎を受け入れ難くさせて行ったのではないか、と思われて来るのである。

## 七　啄木の「私生児考」

二人の姉や啄木の戸籍は『石川啄木事典』などでも公表されているが、妹・光子の戸籍が資料では公表されていない。たぶん啄木と同様に、戸籍上の両親を引き受けてくれる檀家を探すような面倒なことは啄木の時で懲りてやめてしまい、母・カツの私生児としているのであろう。

啄木は尋常小学校二年の秋になってようやく一禎の養子として入籍され、工藤一（はじめ）から石川一になる。おそらくは姉・トラと妹・ミツと一緒にであろう。（姉・サダは前の年に結婚しているので石川家には入籍されないままと思われる。）それでも一禎は啄木を実子として届け直した訳ではない。あくまで工藤カツの私生児である啄木を養子として入籍したのである。一禎は実子を養子とし、啄木は実父を養父としたことになる。

あれほど何でも書いている啄木自身も、また啄木関係者もこのことについては何も書き残していないという。啄木存在の根幹にかかわることであるからではないだろうか。

しかしやはり啄木は書き残しているものがあった。

啄木の最も初期の作品が「爾伎多麻」（啄木らが明治三四年中学四年の時に作った回覧雑誌）に載って

いる。

秋ノ愁ヒ　（美文）　翠江

あきの思ひのなど悲しきや、さながら『やみ』なる世の道をゆく。吾人の子の、思ひそぞろなる秋の夜の夜半、吾を愁ひ人を愁ひては、ああなどかく悲しきや。みそらに高き、花とはに香ぐはしき理想の宮は、そのいかめしき門の戸をひらきて人の子の来るをまつなり。人はそを望みて、あたかもさばくをゆく旅人の『オアシス』を見たらむときの如く、いさみいさみてその宮居に入らむとおしすすむなり……。

この美文は友人から「陳腐」などと酷評されているのであるが、一五歳の啄木のこの悲しみが自分の「出生の不条理」にあると知ったならば理解が違うのではないだろうか。自分の実生活は不条理の世界であり、その問題を解決することは悲しいかな容易には出来ない。こんな不条理のない世界がもしあったなら、砂漠でオアシスに向かうように勇んで飛び込んで生きたいものだが、それが出来ない悲しみ。一五歳の少年が悲しく思うことが他にあるのであろうか？　筆者には啄木の出生の不条理が啄木の最も大きな、根本的な悲しみのように思えるのである。しかも啄木にとっては解決不能の、如何ともし難い悲しみなのである。

その他にも自分自身のこととはことわっていないが、私生児についての啄木の考え方や見解を日記で述べている。

「渋民日記」明治三九年三月七日

「話題と謂ふは、村役場が不統一な事、村会議員の某が、盛岡へ芸妓買に行って失策した事、村に唯一軒の理髪屋が病気に罹って、大変不便な事、二千九百円で買った村有種馬からは、奈何したものか百円円以上の駒が生れぬといふ事、今此村に何人の妊婦があるが誰と誰の腹の子は、あれは慥かに私生児だといふ事、平傘といふ処で百年許り前に失踪した或女が、今岩手山に居る鬼だといふ事。――彼等には無事という外に不幸がない」

ここでは啄木一家の動きを監視的に見張っている渋民村村民の卑俗な無責任な噂話を紹介しているが、私生児を陰性的な存在として位置づけて述べている。

六日後には、啄木は同じ私生児に対して同情的見解を述べている。

「渋民日記」明治三九年三月一三日

「年若き一婦人あり。父なく母なく、ただ一弟あれどもその性愚。便無き二人の孤児は伯父なる人の家に引きとられてそだったのであった。

彼女の生まれた夜、み空の星の光や嘸々冷たかった事であらう、寂寥の世界に生み落とされた彼女は、十有九年を寂寥の家庭に送った。そして、或る学校を卒業するや否や、女教師として東方の一海村に唯一人送られた。其心中察すべしである。「淋しき女」とは彼女の一名である。

茲に一男子あり、妻子あるを秘して巧みに彼女の心を迎へた。不幸なる彼女は、不幸にも其渾身の潔き愛情を彼男に捧げた。無理はない。遂に懐妊するに至った。結婚せむとして成らず。泣く泣く伯父の家に帰って、玉の如き孩提をあげた。然るに一家の人々、彼女の行為を悪む事甚だしく、一室に監禁して誰一人、その孩提を唯ひと目見る事さへ許さぬ、と。茲に至って初めて無理である。

これは、昨日上野女史（渋民小学校の同僚教師・上野さめ子）が来ての話の一つ。逆流！ 逆流！ 灰色の逆流が世の中に渦巻いて居る。川が逆流すれば、すべての陸が海になる道理。然だ、神の与へた清き心情は、今皆「皆自然の海」の底に埋れてしまった。道徳ほど残酷なものは無い、と自分は塾々思ふ。

純潔な処女の心身を弄んだ男にこそ罪はあれ、彼女の恋に何の罪があらう。人は或は言ふかも知れぬ、彼女の恋に罪なきは暫く容すとしても、懐妊までするに至っては最早容すべからずだ、と。然し能く考へて見よ。匂深き朧月夜の次には清々しい曙の光が来る。この曙は、然し、一時間と続くものではない。亜いで来るものは日だ、熾烈の日だ。心と心との契のみを、「生ける人間」に強ひるのは、其残酷道徳に似たりといふべしである。

人はいざ心も知らず自分だけは、罪なくして人生最大の不幸に沈んだ彼女こそ、当然深い同情に値する資格があるのだと考へる。更に況んや、かの孩堤に至っては、彼女の初恋と終生の不幸との美しき涙の記念碑ではないか。人生の霊酒に酔へる彼女が、不用意の間に授けられた天の賚物ではないか。すべての神の児等とひとしく天の清浄と愛とを名残なく享けたものではないか。さるを社会は何故に、唯ひと目見る事をさへ拒むのであらう。私生児？ 何の事だ。人の定めた法律の前に結婚しなかった者の生んだ児は、私生児といふ名によって擯斥されるのか。噫。結婚について神の定めた法律は唯一ケ条ある。曰く、愛。

神様は、際敏い処にまで常に目を付けて被在る。甚麼に際敏い、閃電の様な機会でも、これを無用に過ごし給ふことはないのである。されば茲に有夫の婦あり、人の目を忍んで猛火の接吻を施したとする。そして児を挙げたとする。人の目は忍んでも、矢張り神様の目を忍ぶことは出来なかったのだ。恁（かか）る際にあっても、生まるる児は罪なきこと小羊の如し。総じて神の前に於いては、世に私生児といふ擯斥さるべきものは一人も無い。若し有るとすれば、我も汝もすべての人は皆私生児ではないか。否、否、神の与へた「心」を、自らも擲（なげう）ち人にも捨てさせようとする今人こそ、真の私生児ではないか、異端の徒ではないか。蛇の如く佞知を備へ、虎の如く残酷なる者を称して、我等は今、紳士と云ひ、貴女といふ。

今人の道徳は、一種の消火器である。——神の火盞の滴りの、人の胸に燃えて居る香ひと輝きとを消して了ふところの。

獣の残酷は、まだ肉を裂き、骨を砕くだけであるが、道徳の鋭い牙は、心を裂き心を砕く。現に見よ、哀れなる彼女は、其鋭い牙にかけられて、生きながら殺されて行くではないか。

係る残酷の行為が、宛然一の謹厳なる作法の如く思惟されて居る文明の社会は、欽すべくまた讃すべき哉。罪なき孩提が、己が母の外に世に人ありとも知らで、涙の味の乳を吸ふて居る間に、教会が建てられる、倫理学者が増える、紳士はシルクハットを被って黒塗馬車に乗る、貴女は金剛石の指環を買ひに蓮歩を宝玉屋の店に運ぶ……急げ、急げ、地獄の門にまで。

第二のノアの洪水が、明後日の晩来るさうだ。

……一体予は怎してても狂人であるらしい。脳髄が不具であるらしい。妾を蓄へたり、酒が済むと徳利も芸妓も転ぶものと思ったりして居る紳士達でも、自分の娘が私生児でも産んだなどといふ段になると、真赤に怒って親子の縁を切るの、家の恥だのと騒ぐ。これに類する事件は世の中に沢山あるが、自分には怎しても判断がつかぬ」

啄木が戸籍では私生児として届けられていた事実を認知していたことを証明する資料は残されていないようである。そのことは実証されてはいない。しかし啄木は小学校二年生の時に工藤一から石川一に名字が変えられている。鋭敏で繊細な精神の持ち主である啄木がこの時に、自分は戸籍では私生児として届けられていたことを認知していなかった、とは考えられないことである。

明治三九年三月一三日、つまり啄木が満二十歳の時に書いた日記。この時、啄木自身が戸籍では私生児として扱われていたことを認知しながら、私生児について書き記す啄木の思いは、複雑であり、なおかつ強烈なものがあったに違いない。あるいはそのことについて、認知していたがためにこのような日記を書き記したのではないか、とさえ思えてくるのである。

なお翌日三月一四日付の日記では、渋民村の嫁取りの際の奇習について記されている。自分の両親は、このような奇習とは縁のないことを啄木は哀しんで記しているように、筆者には思えてならない。

また晩年に近い明治四四年四月二六日付日記には次の文章が残されている。

「底の知れない、一生免れることの出来ないやうな悲しみが胸に一杯だった」

これは藤村の「犠牲」をよんだ感想のようでもあるが、自分自身の悲しみのそれへの投影のようにも理解出来る。そして翌日の明治四四年四月二七日付日記には次の文章が残されている。

「昨夜は二時半頃まで眠れなくて弱った。頭の中に大きな問題が一つある。それを考へたくない。何とかしてその昔からの問題、一生続きそうな問題を忘れたい。……かういう気分で予はト（トルストイ）翁の論文を写したり独逸語をやったりしてゐる」

「昔からの一生続きそうな問題」、しかも啄木が考えたくない問題とは一体なんであろうか。それは啄木の出生にまつわる不条理以外には考えられない。
日記の他に次の短歌も残されている。

・生まれにし日にまず翼きられたるわれは日も夜も青空を恋う（明治四十一年のノートより）

啄木が、生まれた日に切られた翼、とは何を意味しているのであろうか？　生まれた時にはあったのに、生まれたその日に切られた翼とは？　それは身体的には五体満足に生まれながら、生まれた日から社会身分としては正常の子供として処遇されてこなかったことを意味しているのではないか、というのが筆者の考えである。

・かなしみといはばいふべき
　物の味
　我の嘗めしはあまりに早かり（「一握の砂より」）

生まれたその日から嘗めさせられていたとすれば、これ以上に早いことはない。まさにあまりに早いかなしみの味である。

啄木晩年には次のような文章も残されている。

「……いつもの苦しい闘いを頭脳の中で闘わせていなければならなかった。破壊！　自分の周囲のいっさいの因襲と習慣との破壊！　私がこれをくわだててからもう何年になるだろう。全く何も彼も破壊して、自分自身の新しい生活を始めよう！　この決心を私はもう何度くり返しただろうか」（「病室より」明治四五年一月一九日）

啄木が亡くなる三ヶ月前に書き残したものである。啄木が破壊したくてたまらなかった「因襲と習慣」

はたくさんあったであろうが、その最たるものが「僧籍にあるものの習慣から妻を入籍しなかった」ことであったことは論を待たない。

　女の子が二人続いた後、しかも次女の誕生の後八年も経過してからようやく生まれた男の子である啄木は、両親から過剰な程の愛情に満たされて養育されてきた。それと同時に私生児としてしか社会的に処遇されず、生まれたその日に翼を切られた、という矛盾する側面がある。啄木は期待されて生まれてきたと同時に、生まれてこなかった方が良かったのである。このことが啄木の「悲哀の源泉」であると同時に「矛盾の心世界」をも造り出している。

　二人の女の子のあとでようやく男の子が生まれて、有頂天になって喜んだ両親が、誕生日を間違うハズがない、などという桜井健治のとらえ方はあまりにも事態の意味についての突っ込みの足りない表面的なものである。啄木の誕生は父親・一禎の住職としての身分を危うくしかねないものである、と両親、特に父・一禎は考えたことであろう。わが子啄木の処置に窮するところに一禎の辛さや悲しみがあり、またわが子が父親不明の私生児扱いされる母親・カツの深い悲しみがある。

　「啄木の人間憎悪と愛が混然して、うめきがきこえる。父のうめき、母のうめきとかさねてみると、渋民村宝徳寺は、啄木のみじかい生涯をつらぬく、精神の根となって鮮明だ」（水上勉『禅寺の子　啄木』一九七八年六月、「国文学」「石川啄木の手帖」初出）

　桜井健治のとらえ方と水上勉のとらえ方とどちらが深みのある妥当なとらえ方をしているか、言うまでもないことである。

　啄木が両親に対して、特に父親・一禎に対して複雑な感情があり基本的に良い感情を抱いていないことは研究者によく言われていることである。その原因は啄木の出生の時の状況に起因しているのであるが、それらについては第二章で述べる。

啄木は戸籍の誕生日を自分の誕生日としたのは公的なものをそのまま受け継いだものであるが、一八年説を啄木がとったとすれば、啄木は事態の不条理を直視しなければならない。結局は啄木はそれを避けて一生を終わっている。しかし心の中にそのわだかまりは残り、既に述べた日記や短歌、随想にときたまポッと表れているのである。啄木が自分の誕生日を戸籍のとおりに記述しているからと言って、それが真実である根拠にはならないのである。啄木の誕生日を戸籍どおりと主張する立場は、啄木の根源的哀切と悲劇性を深く理解出来ない立場なのである。

## 八　啄木のエネルギーの源泉

筆者には、啄木が、自分や自分の回りを見つめての特別な思いが、啄木のあらゆる活動の活力源と思えるのである。啄木であろうとなかろうと、幸せいっぱい腹いっぱいの人生を過ごしてきた者にとっては、この活力源は大きな必要がない。しかし自己存在が危うければ危うい程、それに反比例して自己存在を安定したものにしていくために、大きな活力が必要となってくる。また啄木の悲哀の源泉は生まれた生活社会環境の不幸にあるのであるが、同時に啄木の魅力の源泉も同じく生まれた生活社会環境にあるのである。

孫引き的な文献の引用はあまりしたくないであるが、次のような文章が筆者の心に残っている。

「私が佐藤勝治先生と最初に出逢ったのは、五年前の四月、岩手県立図書館主催の啄木講演会の席であった。『啄木の悲劇と喜劇』と題した講演の最初で演者の佐藤先生は『人は誰れでも地球と同じように、この胸の中に真赤な灼熱のマグマを持っております。そのマグマはいつでも燃えさかり、噴出しようと強い勢いでのたうちまわっております。宮沢賢治はこれを修羅と呼びました。』と話された」（『啄木と釧路の芸妓たち』「あとがき」小林芳弘著　みやま書房刊）

さしずめ啄木のマグマは計り知れない程の莫大なエネルギーを持っていたと思われる。小さいエネルギーしか持っていない我々普通一般人からすればそれは憧憬に値するものであり、啄木の魅力の源泉と言えるものであろう。啄木のマグマのエネルギーが何故にそんなに大きいものであるかと言えば、啄木の個人的あるいは主観的責任ではないのであるが、啄木にとっては生まれた時から身の周りについて廻っていた不幸、戸籍に表れているような不条理等を吹き飛ばしてしまうほどのエネルギーが必要だったからなのである。

黙っていたのでは、翼を切り取られた啄木は地を這いずり廻るだけで、青空に飛び立つことは出来ない。啄木は翼を切り取られたハンデを乗り越えて必死の思いで頑張らなければならなかったのである。「日も夜も」、つまり休むことなくである。

この不条理に負けそうになり、逃避したくなる時には「うつ」の精神状態となったり、「希死念慮」（死にたくなる気持ち）が出没する。勝てそうな時、あるいは勝とうと勇んでいる時は「躁」のような精神状態となることもある。もちろん「うつ」でも「躁」でもなく、冷静沈着に自分の思考を深めることもする。

啄木が今や国際的にまで評価が広がっているのは、啄木のマグマがあまりにも大きく、そのエネルギーは文学を通して表れてくるのであるが、それは日本人以外の人々にも、万国共通して、人の心を引きつける程に達するものであるからであろう。

しかし啄木の生き方を見ていると、「all or nothing」（全てか無か）の傾向がある。全力疾走か止まるか、である。常に全力疾走を希求するが、それに疲れ果てて休んでしまう、の繰り返しである。疲れ果てて死んでしまうことを考えると次の歌となる。

・うらがなし音に啼きしきり病鳥はかの青空にあくがれて死す（明治四一年詩稿ノートより）

頑張ろうとする時は次のような歌となる。

・いつの年いつの時にか我はかのかの青空にとぶことを得ん（明治四一年のノートより）

・生まれにし日にまず翼きられたるわれは日も夜も青空を戀ふ（明治四一年のノートより）

以上の明治四一年のノートの三つの歌はそれぞれ関連している。啄木は自分を鳥とみなして自分の思いを歌っている。

## 九　岩城之徳説について

筆者はここまで書いた時点で岩城之徳説の原文を読むことが出来ず、それを引用した文献しか読んでいない。そのために岩城之徳説の原文を直接読みたい衝動にかられた。そのために上京の機会に神田神保町の古書店街を散策し、ようやく『石川啄木傳』（岩城之徳著　東寶書房　昭和三十年十一月二十日発行）を入手したことはすでに述べたとおりである。

岩城之徳はこの書の「三　啄木の出生と生い立」の章で「付記　啄木誕生日に関する問題」を書いてい

る。重要な文章なので全文を紹介しておく。

## 付記　啄木出生月日に関する問題

石川啄木明治十九年二月二十日岩手県岩手群玉山村に生まる、但しこれは戸籍上のデイトで、事実は明治十八年十月二十八日の出生である……これは世に行われている啄木の年譜・略伝の類の冒頭に揚げられている紋切型の叙述であるが、私は戸籍記載の明治十九年二月二十日（以下十九年説と称す）を軽視し、十八年十月二十八日（以下十八年説と称す）を真の生年月日と断定することについて多少の疑問をもっているので、本書では啄木の戸籍記載の月日によったが、念のため、この問題についての私見を述べておきたい。

十八年説を採用して啄木の生年月日とする研究家は多いが、その根拠について知る人は少ないので、まずこの点から明らかにしたい。この日付をもって啄木の真の生年月日として発表されたのは、昭和四年二月改造社から刊行された啄木全集第五巻に収めた「啄木年譜」からであるが、その出所については何故か少しもふれず、ただ「重大な発見では、故人の手記から、偶然故人の生誕の正しい月日を採り得て記入することを得た」と記載されているのみである。しかし最近明らかになった処によると、これは盛岡市在住の啄木研究家吉田孤羊氏所蔵の”YELLOW LEAVE“（黄草集）と題するクロスばりの啄木詩稿ノートの扉裏に記載された日付によったものである。然し、吉田氏はこの日付をそのまま発表したのではなく、十八年九月二十日と記載されたものを新暦に換算し、十八年十月二十八日として発表したのである。ところが同氏は神宮司庁発行の明治十八年略本暦に照合する時、知人に依頼したため換算に一日の誤差を生じたまま発表したので、略本暦に照合すると新暦では十八年十月二十七日が正しいと言われる。

当時これは何等考証するところなく、またその出所も明らかにされなかったが、世間では一般に信じられ、定説となって今日に至っている。参考までにこのノートに記載された啄木の手記といわれる日付を示すと次の通りである。

父　　嘉永三年四月八日生
母　　弘化二年二月三日生　二十五年入籍
せつ子　十九年十月十四日生（一月十四日）
一　　十九年二月二十日生（十八年旧九月二十日）

右の記録をみると括弧内が真の啄木の生年月日であるとする主張は一応うなずけるが、しかしこの推定は疑点がないという訳ではない。というのは、若しこの括弧内を啄木の事実上の生年月日とするならば、妻せつ子の方の括弧内の一月十四日も、彼女の真の誕生日ということになるが、吉田孤羊氏はこの点は少しもふれられず、かえって妻の場合戸籍の生年月日を主張せられ、この十八年説が発表された三月目、同じく改造社より刊行した同氏の「啄木を繞る人々」の中でも、「夫人は啄木の生誕より遅れること約一年、明治十九年十月十四日、堀合忠操の長女として孤々の声を挙げた」と書いていられる。この「黄草集」のノートは前掲のように夫妻とも括弧内に日付があるのに、こうした片手落な取扱をする処に私は矛盾を感ずるのである。つまり啄木の日付を考証するには、せつ子夫人の括弧内が果して真の生年月日であるかどうかを調べることが有力な鍵であるのに、吉田氏はそうした傍証は行わず、夫人の方はふせて、啄木の括弧内のみ事実と即断した処に問題が残っている。私はこの問題を解くため、夫人の括弧内の日付が果して彼女の真の誕生日かどうか、函館の啄木の義弟宮崎郁雨氏をわずらわして調査したが、やはり夫人の生まれは戸籍通り明治十九年十月十四日で、括弧内の一月十四日が真の誕生日というような事実はつかめなかった。宮崎氏夫人のふき子さんは、せつ子夫人と二つ違いの妹で姉妹中一番長く生活を共にされた方であるが、これについて「姉の誕生日は戸籍通り十月十四日で、一月十四日であるというようなことはありません。またそうした事実を父母や姉から聞いたこともないのです」と語られている。私は念のため昆豊氏の協力を得て娘時代の戸籍と、石川家へ嫁いでからの戸籍とを調べてみたが、そうした事実は発見できなかった。盛岡市役所保存の実家堀合忠操の戸籍（新資料）には、「戸主堀合忠操長女セツ明治十九年十月十四日生」とあり、また幼年時代まだ父と共に祖父の籍にあった時の戸籍（新資料）にも、「戸主堀合忠行孫長女セツ明治十九年十月十四日」と記載されていた。なおこの問題について、宮崎郁雨は「せつ子夫人の父親は非常に几帳面な人ですから、戸籍を九ケ月も遅らせることはないでしょう」と語っていられるので、この括弧内を夫人の真の誕生日とすることは非常に疑問である。それでは、この括弧内の日付は何を示すかということになるが、この点は私にも宮崎夫妻にもわからない。しかしこうして夫人の括弧内の日付に疑問がある以上、啄木の方の括弧内の日付にも疑問があり、吉田氏のように十分な考証なくして、直ちにこれを事実とすることは困難である。

このノートの記載は何時頃なされたのかは明らかでないが、この日付の横に「明治三十九年北遊日程」という記事があるので、三十九年から四十年にかけての期間であろうと推定される。しかしこの期間の啄木日記にはそうした記事は無く、かえって自分の年齢と明治十九年を基算として教えていることが立証される。これはこの期間のみでなく明治三十五年より没年まで克明に記した日記に書いた自分の年齢はすべて戸籍の生年月日によっているのである。此処に私の第二の疑問が存在する。例えば四十年元旦の日記には「一月一日遂に丁未の歳は来りぬ。人一人の父と呼ばれる身となりての初めての新年、我が二十二歳の第一日は乃ち今日なり。父一禎が五十八歳、母かつ子、六十一歳、妻せつ子二十二歳。妹みつ子二十歳、子京子、生後四日」と書いているが、明治四十年の元旦に二十二歳になったというのは、十九年生を起算としていることは明らかである。また夫婦共に二十二歳として記しているので、啄木は妻と同じく明治十九年生を信じていたようである。なお右のノートには母弘化二年生とあるが、私の調査ではこれは明治二十五年石川家に母が入籍する際の戸籍面からで、娘時代届出た戸籍（明治九年調整して工藤三作娘として届出）や、日戸村から渋民村に転居した際の戸籍には、いずれも弘化四年二月四日生となっているので、母の生年月日は弘化四年生が正しいと考えられる。従って嘉永三年生の啄木の父よりは三つ年上ということになる。啄木は当時の母の戸籍が弘化二年と記載されていても、実際は弘化四年生であることを知っていたとみえて、四十年元旦の日記に母六十一歳と書き、父五十八歳と書いたのであろう。つまり日記には実際の母の生年月日を基準とした年齢を書いているので、このノートに弘化二年としている処に若干の疑問が持たれる。いずれにしてもこのノートの括弧内は疑問であるが、啄木自身は明治十九年説を用いていたことは確実である。日記の年齢は勿論、現存する三通の履歴書もすべて明治十九年二月二十日生と書かれている。履歴書は戸籍によるものとしても、日記まで戸籍によるはずがないから、啄木自身、真の誕生日を知っていたのならば、このノート以外にも書きのこしそうなものであるが、そうした事実は無い。またこのノートの括弧内の日付を真の生誕日と啄木が書いている訳ではない。要するにこの啄木のノートの括弧内の日付は、これが発見された時、これが事実上の生年月日であろうと推定されたのが、その出所を明らかにしなかったために、何時の間にか事実として流布されたのである。

では何故当時の関係者が入手経路さえも示されないこうしたノートの記載をもって事実と断定し、世間ではこれを信じたのであろうか。それは次のような理由に基づくものである。

昭和初年啄木の資料的研究が本格的に進みはじめた時、この中心となったのは吉田孤羊氏であるが、同氏によって啄木一家が常光寺より渋民宝徳寺に移住したのは明治十九年二月であり、啄木の出生届は渋民に移ってからなされたものであると発表されたので、これが一般に信じられたのである。即ち金田一京助氏編集の「啄木年譜」にも「啄木二歳　明治十九年二月　一禎師岩手郡渋民村宝徳寺の住職となる。即ち一家の本籍を渋民に移し、この月二十日の日付を以て啄木の生誕を届け出づ。爾来幼年時代をこの禅寺に成長す」とあり、他の書物の年譜もほぼこれによっている。啄木は常光寺に生まれ、父の宝徳寺赴任に伴って渋民に来たことは早くよりわかっていたので、こうした年譜により、渋民に来てから届けられた戸籍の誕生日はあてにならない。他に真の生年月日があるにちがいないと信じられたのは無理もないことであった。こうした時期に、吉田孤羊氏が突然このノートの括弧内の日付を新暦に直して発表したので、一日の誤差があったにもかかわらず、世間では十八年十月二十八日を事実上の誕生日ときめてしまったのである。

しかしこの年譜の記載が誤りであることは、私が昨年の夏現地調査をした結果、資料的に明らかとなった。即ち前にも述べたように啄木一家の移住は明治二十年旧三月であり、啄木の出生届は、前年既に日戸村においてなされていたのである。従って此処に、戸籍の生誕日は単なるデイトであるという従来の説は、再検討の必要が生じてきたのである。

啄木の生地の日戸と渋民とを調査した時も、啄木の生年月日を確認するに足る資料を求めたが、前に掲げた「戸主工藤カツ長男私生一、明治十九年二月二十日生」という、生地出生の事実を示す戸籍を発見した他は、何も得られなかった。しかし日戸を調査した際、この部落に伝わる啄木の生誕日に二説あることがわかった。その一は、常光寺現住職山本金英氏が、啄木の出産を手伝った草葉チヨより直接聞いた月日である。同氏の示教によると、今から三十三年前同寺に着任した時、草葉チヨより聞いた由で、その月日は明治十八年十月二十八日で、これは旧暦であるという。山本氏の説明によると、寺の付近に人家がなく、一番近いのが一丁程離れた農家の草葉某の家であったので、啄木の父の代から女手が必要な時には、何時もこの草葉の妻チヨに手伝を依頼していたという。啄木の姉二人も、この草葉チヨがとりあげたそうで、啄木の出産は、彼女が三十三歳の時であるとのことである。しかしチヨは既に死亡し、その上、同人無筆のため記録が残っていないので、真否の程はさだかではない。この草葉説は新暦に換算すると同年十二月四日となるが、これによって十八年説は、旧九月説と旧十月説の二説生じた訳である。もっとも吉田孤羊氏が「黄草集」の日付によって発表されるまでは、十八年の暮に啄木が生まれたのではないかという考えが関係者にあったことは事実で、大正二年五月東雲堂より刊行された「啄木遺稿」に収めた「石川啄木略伝」にも、執筆者の金田一京助氏が「……四月十三日終に永久に此世を去った。享年廿七、実は十二月生れ廿八になる」と記載されており、吉田孤羊氏に啄木出生の日の有様を語った次姉トラの談話の中にも、「弟の生まれたのはたしか年の暮も迫ってからで、ちやうど真夜中ごろでした」（吉田氏著作「啄木を繞る人々」九四頁）とあるので、十二月誕生説は、記録はないが一考すべきものである。

この草葉説に対して、玉山村の古老で当時寺の日戸小学校へ通って、啄木の誕生を知っている唯一の生存者中川重次郎氏（玉山村川又字釘ノ平居住明治九年二月四日生八十一歳）は、「啄木が常光寺八畳間で生まれたのは確かに春早々である」と主張している。この中川氏は啄木及びその両親を知る唯一の人であるが、同氏は啄木のことを「工藤一（はじめ）さんとよび、啄木の母も「工藤さん」と呼んでいるので、当時は戸籍面のみでなく、村人にもそうよばれていたことがわかる。

いずれにしても、日戸部落にはこうした二説があることは確かである。以上啄木の生年月日についてくどくと述べたが、要するに、十八年十月二十八日をもって事実とすることに問題があるということを論じたまでである。

勿論当時の慣習からみて、真の生誕日と戸籍の届には多少のズレがあることは常識的に考えられるが、私の調査した啄木一家の戸籍では、啄木の父は非常に几帳面な性質で、戸籍の届も、渋民移住の時の戸籍をみてもわかるように、移住後すぐ行っているので、啄木の出生の場合でもすぐ届けたのではないかと考えられる。この点、私は戸籍記載の月日を信頼したいのであるが、たとえ出生と届出とが多少ズレていても十八年十二月の誕生＝十九年二月届出という草葉説が妥当のように思われる。しかし現在資料に確認されるのは、戸籍の日付と前述の「黄草集」に記載の日付とであるのでこれによるべきと思うが、戸籍の日付は啄木自身も用いているのに反して、このノートの括弧内の日付には、前述のように疑問がある。これはなお今後における研究課題である。従って、現段階では啄木の生年月日は、今回明らかとなった生地届出の事実を示す「工藤一」の戸籍により、十八年説は出生上の一説とすべきであろう。

なおこうしたことが今日まで問題とされなかったのは、十八年説の出所が明らかにされなかったためで、またこの出所を明らかにしなかったのは、このノートの入手経路に問題があるためではないかといわれているがこれについてはいずれ機をみて調査したい。

以上が岩城之徳の原文である。やはり原文を読んで見るべきであって、引用文献だけでは理解が十分とは言えない。この原文を読むまでは、筆者は、そのころの多くの啄木研究者は、啄木誕生明治十八年説であり、岩城之徳のみが頑固な明治十九年説者だと思い込んでいた。しかし原文ではいささかニュアンスが異なる。原文では明治十八年説には「黄草集」の十月二十七日説と草葉チヨが流布したと思われる十二月説の二つがあることを明らかにしている。岩城之徳が強く否定したのは「黄草集」の十月二十七日説だけなのである。むしろ岩城之徳は戸籍の明治十九年説ではなくて、草葉チヨの流布した明治十八年十二月説を支持していることがわかる。

「この点、私は戸籍記載の月日を信頼したいのであるが、たとえ出生と届出とが多少ズレていても十八年十二月の誕生＝十九年二月届出という草葉説が妥当のように思われる」と明確に述べているのである。

しかしながら草葉チヨ説は具体的な資料も明確でないため、また戸籍が真の誕生日ではないことを実証する根拠も薄弱なために、戸籍を誕生日として認めながら、明治十八年説を一説として位置づけたのであろう。岩城之徳のいう一説とは明治十八年でも「黄草集」の十月二十七日ではなく、自分が発掘した草葉チヨによる十二月のことである。そして岩城之徳は十八年十二月説を妥当と考えていたことは明らかである。つまり金田一京助とは異なる意見ではなかったのである。

ところでこの著書の「序」で風巻景次郎は著者である岩城之徳について「事実に対する最も熱心で恣意を挟まぬ実証的研究」「実証的研究の極限に達しられたと言うべきである」と述べている。この書の他の部分も含めてそうであるが、こうまで実証をつきつけられては反論は容易ではない。それなりに啄木研究者の中で大きな権威を持っていることが容易に理解出来る。

ところが、その後の岩城之徳は草葉チヨ説を退け、たとえば『石川啄木入門』（監修岩城之徳　編集遊座昭吾・近藤典彦　思文閣出版　平成四年一一月一日発行）の年譜では、一説である明治一八年生まれについては全く触れていない。昭和三〇年では、草葉チヨ説を妥当としながらも、その後それについて触れなくなった理由や根拠については示されておらずよくわからない。その後の研究で明らかにされており筆者の手元にその資料がないだけなのかも知れないが。

そのためかどうか岩城之徳の主張を取り入れたように見せかけて、その昭和三〇年の文献を引用していながら、自己本位に解釈しようとする傾向にも些か気になるところとなっている。例えば前述の桜井健治は『啄木と賢治』（一九七七年七月　みちのく芸術社）では、岩城之徳の昭和三〇年の文献を引用しながら、当時の岩城之徳は草葉チヨ説、つまり明治一八年説を妥当とする、という部分を紹介せず、戸籍説を主張するようになっていたりするのである。

なお、姉のサダやトラの不思議な戸籍のあつかいについて、筆者は二〇〇一年初版の『石川啄木事典』で初めて知ったのであるが、このことはすでに昭和三〇年に岩城之徳が『石川啄木傳』で記述していることであった。ところがその後このことについて他の研究書にはまったく触れていないのが何故なのか不思議でならない。

なお前述の伊東圭一郎は昭和三四年に『人間啄木』を岩手日報社から出版している。

また岩城之徳が『石川啄木傳』を出版してから二九年後の昭和五九年、昆豊は「続・啄木への鎮魂歌―啄木誕生日再説」を「近代文学研究」三一号に書いている。翌年の昭和六〇年には更に「石川啄木の誕生日（上・下）」を東京新聞夕刊に一一月一三日、一四日に書いている。そして同じく一二月四日には岩城之徳が「啄木の誕生日をめぐって―昆豊氏への反論」を書いている。

## 一〇　筆者の見解

筆者の見解は既に述べているのであるが、岩城之徳説を読んだ上での、更なる筆者の見解を述べておきたい。筆者の所感では岩城之徳は昭和三〇年時点では草葉チヨ説、つまり明治一八年一二月四日説を妥当としながら、その後それを排して戸籍説となってしまったようである。筆者の見解では戸籍説はあり得ない。一八年説の二つ（一二月四日説と一〇月二七日説）のうちでは、一〇月二七日説を妥当なものと考えており、その論考を述べていきたい。

## ①　「黄草集」について

明治一八年一〇月二七日説の根拠となった記録は啄木詩稿ノート「黄草集」の自筆の記録によるものである。この「黄草集」なるものが如何なる性質のものかの検討が必要であるがもちろん筆者はその現物を見た訳ではない。『石川啄木入門』のグラビア欄にカラー写真で表紙と自筆のカットが掲載されている。表紙は英語で「YELLOW LEAVES」と書かれており、カットでは大きな円の中に変形文字で「黄草集」とデザインされていてさらに啄木の印がおされている。しかし中身は紹介されていない。問題の部分は岩城之徳の著書『石川啄木傳』に写真で掲載されているが、写真印刷技術がまだ現在ほどに発達する前の段階であり、紙質の問題もあって詳細に読み取ることが困難であるが、以下のごとくなっている。

まずはじめに筆者が感じたことは、クロス張りのノートのわりには粗末な扱いをされていたようである。何しろ明治時代のノートであり古くなったり、人手に渡ったりすることが多かったせいかもしれない。啄木の文字は人によっては達筆であると評価する人も居るのであるが、あまり綺麗な文字とは言いがたい。言ってみれば書きなぐったような印象である。同じ詩稿ノートと言われているものでも「呼子と口笛」（明治四四年六月下旬作成）の読み易く綺麗な文字とは別人の文字の如く感じられる。「黄草集」は冷静沈着に推敲しながら書いたとは思われない。問題の記録のページは全体が右、中、左と三つの部分に分けられる。

右の部分には「三十九年北遊日程×××十六日×××××玄海丸××出航××二十一日　八時野辺地着××午後四時××夜十一時盛岡着」と書かれているが、××は筆者には判読不能の部分である。旅行の日程や時刻についての記録メモと推定される。

岩城之徳は次のように読み取っている。

「三十九年北遊日程　三月十六日夜半一時半盛岡発十七日八時青森着、同十時玄海丸に投じて出帆　午後四時巴港着　二十日夜九時巴港出帆かへる　二十一日朝八時野辺地着午後四時乗車夜十一時盛岡着」
（『石川啄木傳』）

中の部分は英語である。

10Yen（Feb 25）From S Takano（× 10Yen（Feb 24）From S Yamamoto 10Yen（Feb 28）From U Oya（× 20Yen（Feb 28）From K Murai（× 20Yen（3.1）　From K Ota（4..

筆者の解読が正確なものかどうかの自信はないが借金の記録のように読み取れる。Yenは円、Feb は February の略で二月のことであろう。数字は日付である。どういうわけか三月だけはMar (March) としないで3.としているが、三月一日と解してよいであろう。×は筆者には読解不能の部分であるが、返却予定の日付を消したものとも解釈出来る。S Yamamoto とは次姉トラの夫の山本千三郎であろう。K Ota は太田駒吉と推定される。他の名前の特定は筆者には出来ない。太田駒吉については峠義啓が『石川啄木事典』で次のように書いている。

**太田駒吉**（おおた　こまきち）

一九〇六年（明三九）三月、啄木は渋民移住に際し、駒吉より数十円借用。再三返済を迫る駒吉へ、猶予を願う書簡が三通残されている。四月二九日には、直接渋民に出向いているが返済は不明。

数字が金額を意味するとすれば合計で七〇円の金額で当時としてはかなりの金額と推定されるものである。因みにこの年の春から啄木が貰った代用教員の給料は月額八円也、校長先生でも一八円也の時代である。

左の部分が問題の日付となっている。

父　　嘉永三年四月八日生

母　　弘化二年二月三日生　二十五年入籍

せつ子　十九年十月十四日生（一月十四日）

一　　十九年二月二十日生（十八年旧九月二十日）

行は乱れていないが一字一字は読みやすい文字ではない。とくにせつ子の括弧内の一月十四日の文字のうち一と十は極めて小さい文字となっている。

筆者が感じる全体的印象としては、冷静沈着に書いたものとは思われず、無意識的に書き殴ったもののような印象である。

「黄草集」の他のページの中に、その他にどのようなことが記載さているかについては筆者には知る由がない。新聞の切り抜きが貼ってあり、詩三六篇が書かれているとのことである。

## ② 明治三九年の啄木

ところで啄木が「黄草集」を書いたと思われる明治三九年とは、啄木にとってはどのような年であったかについて検討してみたい。

『石川啄木事典』の年譜では以下のごとくなっている。

**一九〇六年（明三九）満二〇歳**

『MY OWN BOOK FROM MARCH 4.1906SHIBUTAMI（渋民日記）』（三月四日～一二月三〇日／末尾に「明治四十年一月賀状発送名簿」がある。）

「九ケ月間の杜陵生活は昨日終りを告げて、なつかしき故山渋民村に於ける我が新生活はこの日から始まる」（三月四日）

書簡、金田一京助（一月一日、盛岡）～同（一二月三〇日、渋民）全集書簡番号No.156～188」

一月、一禎野辺地常光寺の葛原対月のもとに身を寄せる。

二月一六日～二月二一日、一家の窮状打開のため、当時夫が函館駅長であった次姉トラ宅を訪ねるが、不調。

（帰りには、野辺地常光寺に一禎を訪ね、前後策を相談した。）

二月二五日、長姉田村サダが結核のために、五人の子供を残して、秋田県鹿角郡小坂町小坂銅山字杉沢にて死去。（夫の田村叶は、当時小坂鉱山の塗装工として勤務。）

三月四日、妹光子を盛岡女学校の教師に託し、妻と母とともに渋民に帰り、渋民尋常小学校、盛岡中学校の後輩の斎藤佐蔵の縁で、その祖母に当たる斎藤トメ方に奇遇。

三月二三日、宗憲発布による一禎への曹洞宗宗務局の恩赦（三月一四日）通知。

四月七日、岩手郡役所に勤務していた節子の父堀合忠操を通じて、忠操の友人である郡視学平野喜平に就職の斡旋を依頼していたが、渋民村役場に履歴書を提出。

四月一〇日、野辺地にいた父・一禎も渋民に帰還。宝徳寺檀家は、すでに提出済であった代務住職中村義寛の住職跡目願いを撤回して一禎の再住を曹洞宗宗務局に提出。しかし中村派がこれを無視したため、以後宝徳寺檀徒間に、大きな争いを生む。

六月一〇日、農繁休暇を利用して、父の宝徳寺住職復帰運動のため上京。


明治三九年とは、前年啄木の父一禎が、曹洞宗宗務局への上納金の滞納問題や、寺所有の樹木を檀家に無断で処分したことなどで宝徳寺住職を罷免され、盛岡にて居をかまえて生活していたが、それも経済的に破綻し、父は青森野辺地の常光寺に、妹は盛岡の教師に託し、妻と母と三人で渋民村に帰ってきた年である。

　盛岡では、啄木としては文芸誌「小天地」を出版してそれが売れることで収入をもくろんでいたらしいのだが、全く商売にはならなかったのである。何の収入もないままに財を売り食いしていたがすっからかんになってしまって、恥を忍んでの故郷帰りをするよりなかった啄木である。ここから啄木の貧窮生活の新しい段階、売り食いするための売るものすらなくなってしまった段階に突入するのである。

啄木が如何に貧窮に苦しんでいたかが三九年の日記に残されている。

三月四日

……斎藤といふ農家の表座敷が乃ち、此後我が一家当分の住所なので。

不取敢机を据えたのは此の六畳間、畳も黒く、障子も黒く、壁は赭土塗の儘で、云ふ迄もなく幾十年の煤の色、亀の甲の様に幾千幾万と数知れぬ裂隙が入って居る……宛然、世界滅尽の日の空模様かと計り。例に洩れぬ農家の特色で、目に毒な程焚火の煙が漲って居る。この一室は、我が書斎でまた三人の寝室、食堂、裁縫室、応接室を兼ぬるのである。幸運の星の照る夜に生れた都人は知るまい、係（かか）る不満足の中の深い満足を。

三月一〇日

浮世では、敗者弱者を罪人と呼ぶことになっている。

生涯の第一戦に、脆くも敗をとって此林中に退いた残亡の身、我も亦一個の年若き罪人である。然り、年若くして貧しき罪人である。壁は世界滅尽の日の空模様、漲る煙に目も腐れる六畳間、此処はこれ、自ら罪人と名告る予が、我と我が身を投じたひとや（人屋牢獄）である。

三月一三日

前述の私生児考

三月一九日

噫、我が一の姉は、遂に不運の中に死んで了ったのだ。然も予は、其死報を得た時、僅か三〇里を隔てた計りなのに、行って最後の決別を告ぐるをさへなし得なんだのであった。親兄弟誰一人として逢はずに死んだ姉も哀れの極みではあるが、行いて一碗の水をさへ手向け兼ねた我が母と予とも、亦誠にはかないものではあるまいか。不運は我が一族を呑んでしまっている。

三月二七日

貧の辛さがひしひしと骨に泌む。読むに一部の書なき今の身は、さながら何か重い罪を犯して居るかの様に、我と我心に恥ずかしい。

……噫這麼生活！　這麼生活が何処にあらう。此生活から、側はなれぬ恋妻と、故郷に在りと思ふ一念と、一切の追懐とを引き去ったならば、予は死なねばならぬかも知れぬ。

今日予は、一時間一人泣いた。

「黄草集」の話について戻す。「黄草集」は『石川啄木事典』によれば、明治三八年三月中旬から明治三九年一一月一七日迄の詩稿ノートで、詩三六編が書かれている。

『石川啄木傳』に写真で掲載されている扉裏のメモは、その内容からして明治三九年二月〜三月にかけて記録されたものと推定される。右側の部分は北遊日程ということであり、その内容には野辺地や盛岡、また玄海丸、出航などの文字があることから、啄木が金策のために、当時函館に居た次姉の夫である山本千三郎宅に立ち寄ったり、その途中で野辺地の常光寺に寄宿していた父一禎をたずねたりした時の記録と推定される。啄木事典の年譜に記載されている「二月一六日～二月二二日、一家の窮状打開のため、当時夫が函館駅長であった次姉トラ宅を訪ねるが、不調。(帰りには、野辺地常光寺に一禎を訪ね、前後策を相談した)」に該当するものであろう。

中部分の英語の記録は当時の借金の記録として考えられる。一般の人には読み取られないものとして借金の記録を英語にしたものであろう。啄木はその後（明治四二年）に日記をローマ字で書くこともあるが、その場合も人に読まれたくないための操作と考えられるのだが、「黄草集」扉裏の記録を書く時に既にそのような心理状況にあったことをかいま見ることが出来る。つまり「黄草集」の記録は後のローマ字日記の前触れのようなものと考えることも出来る。

普通一般には日記とは公開されるものではない。事実啄木も自分の日記は公開することなく処分するように遺言したとのことである。しかしその内容が、公開されるであろうことを意識して書いたものである、などのことが論議され、没後三〇年余を期して公開される経過をとった。しかしローマ字日記はやはり人には読まれないようにするために意識してローマ字にしたのではないか、と論議されている。それだけにローマ字日記には啄木の深層心理の真実が吐露されていて、啄木日記の中ではローマ字日記こそが一番の傑作である、ということも合わせて論議されているのである。

そのように考えてゆけば、「黄草集」の扉裏の記録も啄木だけのための記録であって、まさか人には読まれないものと考えての記録と思われる。しかしそこには啄木の真の思いが記載されていると思われる。なお詩稿ノートといわれるものも公開されるものとは思われず、公開されるのはノートではなく清書したものだけと啄木は思っていたであろう。

明治三九年二月〜三月にかけて啄木は貧窮の新たな段階のはじまりであった。売り食いの段階から売るものすら無くなり、借金のための金策に駆けずり回らねばならなかった。啄木のあまりにも辛い悲惨な心理状況はその当時の日記からしても明らかである。このような時に啄木が真実の思いを吐露したとしても不思議ではない。北遊日程も、借金の記録も、また自分の生年月日についてもこの扉裏に吐露したものであろう。

この時の啄木の心理としては、自分たちの不幸の直接的原因、つまり父・一禎が宝徳寺住職を罷免された本当の理由を知っていたものと思われる。直接的には曹洞宗宗務局への上納金滞納であり、檀家に無断での寺所有の樹木の処分となっている。しかし本質的には父・一禎が誤魔化しをしていたことである。一禎は、姉二人を他家に生まれたことにして母・カツの養子にし、自分と妹ミツは母カツの私生児として扱い、その上で入籍するような誤魔化しをしていた。啄木はこのことが本当の原因ではなかったか、と認識していた。そして自分自身もその嘘と誤魔化しの坩堝の中から逃れようもなく、生まれたときから巻き込まれていたのである。しかしそのことは誰彼に公開出来る性質のものでもないことも啄木は認識しかつ煩悶していた。そして自分の本当の誕生日は、戸籍とは異なることも知っていたのである。

そのことが黄草集の裏扉にほとばしり出たのであろう。

## ③　誕生日の疑問

啄木は盛岡の高等小学校に入り、伊東圭一郎に自分は本当は明治一八年生まれだと言っている。啄木が自分の本当の誕生日を知ったのはその前であり、明治二五年九月三日、実母・カツが一禎の妻として、次姉・トラと妹・ミツと啄木は一禎の養子として入籍したことをきっかけとしているであろう（長姉・サダはその時は既に嫁いでいてその場には居ない）。それまで母子四人は工藤姓を名乗っていたし、近所の人たちにも工藤○○と呼ばせていたのである。つまり啄木はそれまで工藤一（はじめ）と呼ばれていたのが急に石川一と呼ばれるようになったのである。この時に鋭敏な性格の啄木がことの経緯を感じ取らなかったとは考え難い。

「黄草集」に、母について「二十五年入籍」と書かれているのもそのためであろう。

あるいはその前に啄木を溺愛していた母親から「お前は私生児なんかではなく、一禎が実の父親であり、本当の誕生日は明治一八年旧暦九月二〇日なんだ」と聞かされていた可能性が高い。初めて聞かされた時はまだ子供で、その意味するところを理解することが出来なかったかも知れない。しかし、早熟な啄木は生育につれてその意味するところのものを理解することも早かったであろうことが推察される。

啄木は、実の父親から実の子と認知されていなかったことに大きな衝撃を受けたことであろう。しかしいくら衝撃が強くとも、それは啄木としても如何ともし難いことであり、啄木を生涯苦しめる元となるのである。啄木の母親に対する対応と父親に対する対応の違いもそこから出発するのであるが、そのことについては第二章で述べることとする。

なお啄木の母・カツの誕生日が「黄草集」では、伝えられる戸籍よりも二年早いことが疑問となっている。またおなじく妻せつ子の誕生日の括弧内の日付も実際と異なるものであり、そのことにも疑問が残されている。

母親・カツの年齢は戸籍通りだとすると一禎よりも三歳上である。「黄草集」の啄木の記載による年齢では一禎よりも五歳年上となり、啄木を産んだのは四一歳、妹・光子を産んだのは四三歳の時ということになる。その意味では明治の時代としても高齢出産であり些か考え難いのであるが、絶対にあり得ないことでもなかろう。むしろ産児制限の知識も技術も進展していなかった明治・大正期や戦前の産めよ増やせよ時代の方が、女性は閉経近くなるまで出産をしていたということも考えられる。

筆者はカツが実際は一禎よりも五歳年上であってもおかしくはないという所感をもっている。それは兄・葛原対月との年齢差からくるものである。戸籍通りで行けば対月とカツの年齢差は二一歳である。しかも葛原対月は次男であり対月の上に更に兄・常敬がいることからすると、同胞としての年齢差はより以上ということになり、些か不自然となるのである。また、カツの直ぐ上の兄・常象との年齢差も八歳といささか開き過ぎている。実際のカツの年齢は戸籍より二歳上であれば同胞との年齢差の不自然さがいささか解消されるのである。しかしやはり明治の時代であるから殆どの女性は多産であり、また高齢まで出産していたとすれば、疑問は消失される。

カツの誕生日に二年のズレがあっても、そのどちらにも疑問と妥当性があるのである。戸籍は実際に書き残されている資料だけにどうしてもそれにこだわってしまうのだが、筆者の所感では、明治時代の戸籍はかなりいいかげんなもので、それにこだわることはないのではないか、という所感を持っている。戸籍よりもその他の説として語り継がれたりしている方が真実性が高いと思われるのである。当時の戸籍は戸籍というものがまだ制度として発生してから間がなく、真実というよりも周囲の都合や条件に合わせていい加減に適当に届けられているように思われてならないのである。

筆者の推測ではカツの実際年齢は一禎よりも五歳上であるが、二人が内縁関係ではあるが一緒になる時に、女性の側が男性よりも五歳も年上ではあんまりなので二歳サバを読んで戸籍を書き直したのではないか、ということになる。そしてこのこともカツは溺愛していた啄木に教えていたのではないか、と思われるのである。

『石川啄木傳』では明治二五年に一禎がカツを妻として入籍する時に間違って弘化二年生としたらしく、それまでは弘化四年生となっていて弘化四年生が正しいとしている。しかしこの時に一禎は正しく訂正したのかも知れない。明治三八年三月二日の本籍地変更届の時の記録でもカツの誕生日は弘化二年二月四日となっている。ともかく明治時代の戸籍などというもの信憑性は低く、いい加減なものであろう。

「黄草集」の啄木メモのせつ子の括弧内の誕生日については間違いは明らかであると思われる。岩城之徳は、これが間違いであるのに、啄木の括弧内の記録だけが真実であるとは判断し難い、との考えである。いかにも尤ものように思える。せつ子の誕生日も括弧内が正しいと立証されればそれに越したことはない。

しかし、この疑問に対しては二つの考え方があろう。一つは、「黄草集」に書いたのは啄木であること、啄木がせつ子の誕生日を間違って覚えていればその間違いをそのまま書き込む可能性がある。もう一つは「一月十四日」は啄木のでっち上げである可能性があることである。啄木が意識していたのは自分の出生の不条理についてなのであり、せつ子のことではない。せつ子の戸籍や誕生日のことなどどうでもよいのである。そして啄木は自分の戸籍の生年月日を書いた後で本当の生年月日を括弧内に書いた直後に、妻のせつ子にも自分と同じように本当の誕生日があるかもしれない、あるいは自分と同じようであって欲しい、という思いから適当に書き込んだと思われる。括弧の中身は次のようになっている。始めの括弧「(」と次の文字の「二」の間が極めて狭くなっており、しかも「二」の文字も小さくしか書いていないのである。重要視して書き込んだ印象が薄い。また「二」に縦の線を足せば「十」となりせつ子の戸籍と同じになる。縦の線を書き落としたと考えてもよいのであるが、啄木はせつ子にも自分と同じように戸籍以外の誕生日を欲しいと思ってでっち上げて書き込んだのではないか、と筆者には思えるのである。

筆者の所感を読者はどのように受け止められるであろうか。啄木の括弧内の誕生日は真実であり、せつ子の括弧内の誕生日は異なっていてもよい、という論理はあまりにもご都合主義の空理空想と思われるであろうか。

しかし啄木の戸籍が真の誕生日だとすれば、「黄草集」の括弧内の日付の意味やせつ子の括弧内の日付の意味は一体どういう意味があるのであろうか。実証主義者の岩城之徳は疑問としているだけで、昭和三〇年段階では解釈出来ないでいる。その後平成五年には岩城之徳流の解釈を編み出しているがそれは後述する。

啄木は自分の出生にかかわる不条理の秘密を知ったのは小学校二年生の時である。その後盛岡の高等小学校に進学する時は渋民村からはただ一人だけである。そしてその時は啄木は将来宝徳寺の跡継ぎ者となることを条件でやっと進学が実現したという経緯がある。しかしながら啄木は将来自分が宝徳寺の僧侶になるなどとは一度も考えこともなかったようである。あげくの果ては唯物論者として宗教否定論者になって行くのであるが、それは啄木出生の不条理の根本的原因が寺の世界にあることを鋭敏にも嗅ぎ取っていたからに他ならないであろう。

### ④ 草葉チヨ説について

「黄草集」の他に草葉チヨ説について『石川啄木傳』から再録してみる。

常光寺現住職山本金英氏が、啄木の出産を手伝った草葉チヨより直接聞いた月日である。同氏の示教によると、今から三十三年前同寺に着任した時、草葉チヨより聞いた由で、その月日は明治十八年十月二十八日で、これは旧暦であるという。山本氏の説明によると、寺の付近に人家がなく、一番近いのが一丁程離れた農家の草葉某の家であったので、啄木の父の代から女手が必要な時には、何時もこの草葉の妻チヨに手伝を依頼していたという。啄木の姉二人も、この草葉チヨがとりあげたそうで、啄木の出産は、彼女が三十三歳の時であるとのことである。しかしチヨは既に死亡し、その上、同人無筆のため記録が残っていないので、真否の程はさだかではない。この草葉説は新暦に換算すると同年十二月四日となるが、これによって十八年説は、旧九月説と旧十月説の二説生じた訳である。もっとも吉田孤羊氏が「黄草集」の日付によって発表されるまでは、十八年の暮に啄木が生まれたのではないかという考えが関係者にあったことは事実で、大正二年五月東雲堂より刊行された「啄木遺稿」に収めた「石川啄木略伝」にも、執筆者の金田一京助氏が「……四月十三日終に永久に此世を去った。享年廿七、実は十二月生れ廿八になる」と記載されており、吉田孤羊氏に啄木出生の日の有様を語った次姉トラの談話の中にも、「弟の生まれたのはたしか年の暮も迫ってからで、ちやうど真夜中ごろでした」（吉田氏著作「啄木を繞る人々」九四頁）とあるので、一二月誕生説は、記録はないが一考すべきものである。

この草葉説に対して、玉山村の古老で当時寺の日戸小学校へ通って、啄木の誕生を知っている唯一の生存者中川重次郎氏（玉山村川又字釘ノ平居住明治九年二月四日生八十一歳）は、「啄木が常光寺八畳間で生まれたのは確かに春早々である」と主張している。この中川氏は啄木及びその両親を知る唯一の人であるが、同氏は啄木のことを「工藤一（はじめ）さんとよび、啄木の母も「工藤さん」と呼んでいるので、当時は戸籍面のみでなく、村人にもそうよばれていたことがわかる。

いずれにしても、日戸部落にはこうした二説があることは確かである。以上啄木の生年月日についてくどくどと述べたが、要するに、十八年十月二十八日をもって事実とすることに問題があるということを論じたまでである。

勿論当時の慣習からみて、真の生誕日と戸籍の届には多少のズレがあることは常識的に考えられるが、私の調査した啄木一家の戸籍では、啄木の父は非常に几帳面な性質で、戸籍の届も、渋民移住の時の戸籍をみてもわかるように、移住後すぐ行っているので、啄木の出生の場合でもすぐ届けたのではないかと考えられる。この点、私は戸籍記載の月日を信頼したいのであるが、たとえ出生と届出とが多少ズレていても十八年十二月の誕生＝十九年二月届出という草葉説が妥当のように思われる。

草葉チヨ説とは、啄木を取り上げた産婆・草葉チヨが常光寺住職・山本金英に述べたと言われる明治一八年一二月四日説である。岩城之徳も昭和三〇年ではこの説がもっとも妥当と判断していたものである。筆者は岩城之徳がその後何故戸籍説重視に宗旨がえしたのかその理由がよくわからない。一二月四日説は戸籍説よりははるかに真実味がある。しかしこの説は第三者の記憶によるものでしかない。「黄草集」は啄木自身が書き残したものという意味での真実味が濃い。草葉チヨ説は産婆の記憶によるものである。「黄草集」はおそらく母親・カツから聞かされたことを啄木が記載したものである。どちらがより真実に近いのかの検討が必要であろう。草葉チヨ説は次姉・トラの談話にも出てくる有力な説ではある。しかし産婆を職業としていたならば啄木同胞以外にも多くの子供を取り上げていたことが予想される。それに対して啄木の母・カツは四人しか産んでいない。他人が混じった大勢の中の啄木についての記憶と、実際に啄木を産んだ実母の記憶では、実母の方がずっと確かであろうと思われる。啄木はその母親から聞かされたと思われるので一〇月二七日の方が真実性が高いと思われるのである。

「啄木は小説『刑余の叔父』のなかで、『工藤――私の家は、小身ではあったが、南部初代の殿様が甲斐の国から三戸の城に移った、その時からの家臣なそうで』と述べているが、これは何かの機会に聞かされた母の実家のことを書いたものであろう」(『石川啄木傳』)。

母カツが様々なことを啄木に言い聞かせたであろうことは岩城之徳も推測していることである。啄木の本当の誕生日を聞かせたと推察しても非合理的ではない。

次に筆者の別の所感を付け加えておく。一禎が啄木が生まれて檀家の中から仮の出生先を探したり交渉したりするのに要した時間経過を検討しなければならない。結局は引き受け手を見つけることが出来ず、仕方なくカツの私生児として戸籍に届けるまでの時間経過が二ケ月程度では短か過ぎるのである。一禎の几帳面で執念深い性格から鑑みて、もっと執着心があって時間は掛かってもよいのではないか、努力が足りないのではないか、と思えるのである。六ケ月もかかったのでは啄木出生を隠すにはあまりに大変であるが、結局諦めるまでに四ケ月くらいは執着心を見せていたのではないか、というのが筆者の所感である。

これらの意味から筆者は啄木の誕生日は明治一八年一〇月二七日論者なのである。

啄木の誕生日が戸籍通りなどということは到底考えられない。一禎の子供たち、特に啄木は、初めての男の子として過剰な程に可愛がられて「父母の愛情を一身に受け」（『石川啄木傳』）て養育された、などとは単純に言い切れない。一禎の子供たちのその存在は一禎の住職としての存在を脅かすものであり、一禎の子供としては存在を許されなかったのである。啄木の誕生日が戸籍の通りの説では、その時の一禎やカツの苦悩や悲哀を、また啄木が生育するに従い感ずる不条理を理解することは出来ない。

啄木は生まれながらに過剰なほどに「可愛がられた」と同時に異常なほどに「排斥された」――この両極のあいだの矛盾を抱えていたのである。このように理解することによって啄木の次の歌が真に理解されるのである。

・　生まれにし日にまず翼きられたるわれは日も夜も青空を恋う

この歌は明治四一年の詩稿ノートにあるそうであるから、歌稿ノート「暇な時」の六五二首の中の一つと思われる。また明治四一年八月一〇日付の短歌投稿者菅原芳子宛の手紙に次の文章がある。

「生れ落ちし日に、先づ翼をきられて籠に入れられたる私の心に候。されば、日に夜にかの青空に飛ばむことのみ想ひて、然も遂に永劫に飛ぶあたはざるもの、乃ち今の私の身に候」

啄木はこの頃、「明星」への短歌投稿者であった顔も見たこともない筑紫の女性・菅原芳子へ熱烈なるラブレターまがいの手紙を書いている。菅原芳子との文通は、東京での一人暮らし、しかもいくら書いても売れない小説のため鬱屈としていた啄木のその頃の心境では「仄かな楽しみ」（岩崎正への手紙）であった。しかしそんな手紙ではあってもその内容には、与謝野鉄幹との考え方の相違など、啄木の本音と思われるものが吐露されており、この歌の意味が軽いものであるとは到底思われない。

なお、姉のサダやトラの戸籍の誕生日も真実かどうかは怪しいものであろう。出生後に実子として引き受けてくれる檀家を探したり頼んだりした日数が必要であろう。それに数日は必要としていたことも推察される。それにかかった分だけ実際と戸籍との誕生日はずれ込んでいることが推察される。

中川重次郎が「啄木が常光寺八畳間で生まれたのは確かに春早々である」と主張している、とのことであるが、「春早々」とは戸籍どおりの二月二〇日誕生説の重要な根拠の一つとなると思われる。しかし昭和三〇年出版の書『石川啄木傳』では岩城之徳は中川重次郎説について何も解説を加えていないのが不思議である。岩城之徳は中川重次郎がそのように言っている、ということだけを紹介し、中川重次郎が七一年前の一〇歳の時の記憶として、その信憑性に疑問を抱いていたのかも知れない。しかしその後岩城之徳が戸籍説に執着する根拠の一つになっているのかも知れない。

筆者は、中川重次郎なる人物がどのような人物であるかによって信憑性は異なると思うのであるが、それは筆者にとっては正確には掌握不能である。推測するしかない。筆者の所感では中川重次郎なる人物が、啄木に対して好意的思い入れの強い人物であれば、啄木の戸籍に傷が付くようなことは敢えて言わないのではないか、と思われるのである。冷静で客観的に科学的に物事を考える人物であれば信憑性は増すであろうが。

筆者の所感では、中川重次郎なる人物は、啄木や啄木の父親・一禎の肩を持っていた人物に思えてならない。一禎や啄木の体面的な都合が悪くなるようなことは言わないのである。もちろん科学的根拠はなく、筆者のあて推量にすぎないのではあるが。

なお中川重次郎は明治九年二月四日生八一歳とのことであるが、少々の疑問を岩城之徳に提起しておきたい。明治九年（一八七六年）生まれの人が八一歳になる年は昭和三二年（一九五七年）ということになる。岩城之徳が『石川啄木傳』「あとがき」を書いたのは昭和三〇年（一九五五年）一〇月一日である。当時の中川重次郎の年齢は、満年齢では七九歳、数え年齢でも八〇歳ならば妥当と考えられるのだが。明治初期の誕生日の記録は戸籍も含めて正確なものではないであろうから、どうでもいいようなものであろうが、岩城之徳ほどに実証にこだわるならば、記録したからには正確に願いたいものである。

なお調査の際の高齢者からの事情聴取のあり方やその内容の解釈については別に第三章で触れることとする。

## 二　その後の岩城之徳の見解について

平成七年、『石川啄木とその時代』（岩城之徳　おうふう）において岩城之徳は「石川啄木伝補説　啄木誕生日問題新考」と題して啄木の誕生日問題について総括的に纏めている（初出は平成五年）。そして相変わらず公式戸籍の明治一九年二月二〇日生まれの自説を強調している。その中で吉田孤羊や昆豊らの諸説を強く批判して自説の正当性を述べている。その内容は実証という意味では説得力のあるものにうかがえる。しかしそれは吉田孤羊や昆豊の主張が、岩城之徳の土俵での勝負、つまり実証にこだわる展開をしているからのように思われる。実証だけでは岩城之徳にかなう訳がない。しかし筆者は岩城之徳説が正しいという理解に立つことはとても出来ない。

岩城之徳は昭和三〇年の『石川啄木傳』では「十八年十二月の誕生＝十九年二月届出という草葉説が妥

当のように思われる」と真実に近いことを明確に書いておきながら、平成五年ではそれには触れることなく、戸籍誕生日説となってしまっている。自説の変化の説明がなんらされていない。また伊東圭一郎に啄木が話したという「本当は明治一八年生まれだ」ということについても触れていない。伊東圭一郎が最初に『人間啄木』を著したのは昭和三四年である。岩城之徳の考え方は、公式に戸籍が残っているのだから、それと異なる日を実証できなければ公式の日が誕生日であるとするべきである、というものに過ぎない。他の日付を主張する人の欠点弱点を指摘して自説を補強しているだけである。

そして岩城之徳は自説を強調するために啄木が残したあらゆる文献で戸籍の誕生日を使用していることを実証している。例えば、啄木が明治三九年七月~九月にかけて委託金消費事件で盛岡地方裁判所検事局で取り調べられた時の書類でも二月生まれと書いていることまで持ち出している。岩城之徳がこんな類の文書を持ち出してまで自説を主張するのは、逆に筆者には余程自説に自信がないからとしか思えない。検事局の取り調べに啄木が公的に届けられている誕生日と異なる日付を記載したらどうなるか、ということぐらいは誰でもわかることであろう。詐欺罪としての疑いが益々強まるだけではないか。そんなことを啄木がするわけはないのである。戸籍誕生日説を補強する何の役にも立たないものなのである。こんなものを持ち出される方は辟易するだけである。

また岩城之徳は啄木の「黄草集」の誕生日メモの日付の意味を、渋民尋常小学校の代用教員に採用されるにあたって一年サバを読むための年齢詐称ではないか、と推測している。啄木は明治三八年一一月に代用教員となることを願い出るのであるが、その時明治一九年生まれでは未成年ということでありそれでは不利と考えて一八年生まれをでっち上げたもののメモであろう、と推測している。

しかしいくら啄木は嘘つきであるからといって教員採用にあたって、しかも既に公的となっている誕生日を変えることなど考えられるものではない。ばれる可能性は高いし、もしばれたら教育者にあるまじきこととして逆効果であろう。そんなことを啄木が考える訳がない。また実際にもそんなことをする必要がなかったのである。また啄木が伊東圭一郎に「自分は本当は明治一八年生まれだ」と言ったのは、啄木が代用教員を志願するはるか以前のことなのである。

岩城之徳は、昆豊などの主張に対しては「勝手な憶測による主張はナンセンス」と批判しているが、自分自身の推測はナンセンスではないと思っているのであろう。しかし筆者の感覚とはかなり異なっている。

極論は避けた方がよいとは思われるが、岩城之徳のように何でも実証、実証と実証にこだわるならば、啄木が一禎の実子であることを実証してもらいたいものである。戸籍では啄木は一禎の養子であり、啄木が一禎の実子であることを確実に実証するものは何一つとして無いのである。岩城之徳もそして筆者も、状況からして一禎の実子に間違いはないものと思っているだけなのかも知れないのである。実際には実証されなくとも一禎の実子と見做しているのである。

筆者も知りえた情報状況から真実は推測し論考するしかないのであるが、問題はその推測論考が的を得た妥当なものであるかどうか、であろう。

そして岩城之徳は最後のまとめとして「現段階では戸籍記載の明治十九年二月二十日を誕生日とするのが最も妥当であり、合理的である」と結んでいる。岩城之徳もそれが「妥当で合理的」とは言っても「真実」であるとは言っていない。筆者は誕生日をいつにするのが妥当であり合理的であるかを論ずるつもりはない。真の誕生日はいつか、という真実を知りたいだけである。そして何故それが隠されてきたのか、その意味を知りたいだけである。

岩城之徳は、啄木の姉が他家に生まれたことにされて、そのうえで母・カツの養子となっていること、啄木はそのようにされずに母・カツの私生児とされていること（多分妹・光子も啄木と同じ）、などについて事実を調査して調べ上げてきた人物である。しかし姉二人と啄木は何故異なる扱いをされてきたのか、実証主義者の岩城之徳は実証はしてもそのことの意味については説明をしていない。またそのようにせざるをえなかった一禎夫婦の心情やそのようにされてきた啄木らの心情を汲み取ることもしていない。

啄木が「黄草集」に書いたメモと伊東圭一郎に言った内容、それに口伝えの草葉チヨ説、それら以外に、戸籍誕生日説を否定し、啄木の明治一八年生まれ説を実証するものはない。啄木が公式に誕生日を一九年生まれと書いた文献をいくら探し出しても、啄木はそうしていたのだから当たり前の話で意味はなく、真実の証明にはならない。しかし、いろいろの多くの情報を総合的に検討して論考を重ねていけば、筆者には啄木が生まれたその日から始まった悲哀と真の誕生日が、仄かにではあるが真実として見えて来るのである。また、筆者は啄木と同じ無神論者であるが「真実を早く見極めて欲しい！」という啄木や一禎たち関係者の魂のうめき声（水上勉）が微かに聞こえてくるような気がするのである。

筆者は精神分析専門家ではない。しかし精神分析理論で説明すれば判りやすいかも知れない。啄木が伊東圭一郎に「自分は本当は明治一八年生まれだ」と話したのは高等小学校の時代でまだ子供のころである。このころはまだ社会的にそのことの意味するところのものを深く理解する以前で、子供らしい純粋な気持ちから、また軽い気持ちで伊東圭一郎に話したものであろう。しかしその後啄木はその意味するところのものを次第に理解するようになり、知りえた出生の不条理や真の誕生日などについては深く無意識の深層心理の世界に抑圧してしまったのである。そして意識した現実の世界では、自らの出生の不条理には触れることを全くせず、誕生日は戸籍の誕生日で通しているのである。そのため意識した現実の世界で記録したものはいくら探しても戸籍誕生日しか出てこないのは当然のことである。岩城之徳が戸籍説を証明するためにいくら多くのものを探してきたとしても、それらには真実を証明する意味はないのである。

しかし、いくら抑圧しても無意識の世界からの真実の魂の叫びが、引用した短歌のように、抑え切れずに漏れ出てくることがある。それに気づくか気づかないか、である。なお筆者の精神分析論は第三章でも触れているので参照願いたい。

ここまで書いて来て些か気になる次の短歌を見つけた。

・今日は汝が生まれし日ぞとわが膳の上に載せたる一合の酒

この歌を作ったのは明治四一年六月二五日夜半と記録されている。しかし誕生日が六月二五日では戸籍に届けた二月二〇日とあまりに違い過ぎる。またこの時点では啄木は家族と同居していない独居である。この歌は、ある年の啄木の誕生日に母が銚子を一本膳につけてくれたことを、明治四一年六月二五日に追想しての歌か、あるいはまったくの想像歌か、どちらかであろう。しかしこの歌の元となるような資料が発見されたら啄木の真の誕生日の特定が可能となるかも知れない。

最後に、啄木の真の誕生日が公式の戸籍明治一九年二月二〇日では妥当でないところのもの、つまり不当性について述べておきたい。この説では、啄木が嘘と誤魔化しに組み込まれて生きてきたことの悲しみや苦しみ、そして啄木の人生はそれとの闘いの人生であったことの理解が、浅くしか出来ないのである。

# 第二章

# 啄木の人格形成

## 一　人の成長発達

筆者は著書『心をひらく愛の治療1・精神病』（あゆみ出版　一九八三年）の中で愛の発達について以下のように書いている。

「愛」とはどのようにして生まれ、そして発達してくるのであろうか。それを説明するためには愛だけでなく、精神とか性格といわれるものがどのように発達してくるのか、とあわせて説明するとわかりやすいと思われる。

人が生まれてから、とりあえず成人に至るまでを、次のように区分してみる。

①　少年期以前　〇歳～　五歳
②　少年期　五歳～一〇歳
③　前青年期　一〇歳～一四歳
④　青年前期　一四歳～一七歳
⑤　青年後期　一七歳～二二歳
⑥　前成人期　二二歳～三〇歳
⑦　成人期　三〇歳～

以上の各時期について説明してみよう。

① **少年期以前**（〇歳〜五歳）

この時期の人々、つまり子どもたちは、まだ一般には両親を通してのみの社会しか知りえない。愛はもっぱら両親から子どもに向けられるもので、子どもは両親から愛されることによってのみ安定を保っている。

このことは生物学的に、種としての人類保存本能としても基本的に重要なことと思われる。ほかの動物でも一般に母性本能ともいわれているが、とにかくこの時期に親から、とりわけ母親からの愛がなければ人類は滅びてしまうことであろう。

この時期の後半、三〜五歳ごろに自分の意志の最初の自覚により、親の意志に従わない時期、一般に第一次反抗期といわれているものが生じてくる。

② **少年期**（五歳〜一〇歳）

この時期はまだ親からの愛に包まれている時期であるが、社会性の発達という面から見れば、親を通してのみの社会から、遊び友だちを求める時期、同年配の遊び友達を通して直接社会と接しはじめる時期、つまり社会性の始まりということが出来る。

もう少し説明を加えると、自己と他人を意識する時期である。この時期では、自己の欲望や能力だけでなく、他人の欲望や能力にたいしてもその存在を認めるようになる。同時に他人も自己にたいしてそれを認めているということを知る時期でもある。

つまりこの時期に客観性が生まれ、それ以前の親を通してのみの社会とは質が異なって、一段と発達した段階となる。

しかし、この段階ではまだ、他人の立場に立ってみるような「愛」の現象は生まれてこないで、自己中心的、利己的なものである。

「愛」はもっぱら大人から、それもほとんどは親から受ける一方的なものである。

### ③ 前青年期（一〇歳～一四歳）

この時期は少年期と青年期の中間にあたる。

この時期になると「愛」が生まれはじめる。

この愛はまだ異性愛的なものではない。この時期に生まれくる愛とは、他人のために自分もどうにかしてやりたい、という感情である。自分がほしいものを得るためにはどうしたらよいか、を考える時期から、他人がほしがっているものを得させるためには、自分は何をしてあげられるか、を考えはじめる。

このことが「愛」の発生と考えられる。

なお、この時期から、他人と自己の体験を観察し、分析し、他人と自己の関係を通して比較することによって、人格形成、あるいは成長に修正が行われる。

修正が行われるということは非常に大切なことである。修正が多様に行われることによって、個々人それぞれの個性ができあがっていく。修正されることがなければ、画一的人間、たとえていえば、みんな親とそっくりな人間になってしまう、と思われる。

### ④ 青年前期（一四歳～一七歳）

「愛」がもっと多様なものに発展し、さらに異性への愛も加わってくる。他人とのかかわりがもっと大きく、多様に複雑になってくる。

愛すること、愛されること、これらの愛を求める反面、自分は愛されていないのではないか、むしろ嫌われているのではないか、などと不安感が生じ、孤独感や劣等感にさいなまれることにもなる。そのため、ときには反抗心も生じてくるであろう。いっぽうでは、一個の人間としての自立心も芽生え、希望と夢がふくらむが、同時に高い理想と現実のギャップとの戦いも始まってくる。それまで依存的相手だった相手、特に両親にたいして、自立と依存の間を動揺し、それが第二次反抗期となって表れてくる。

この時期の反抗にたいして親は手を焼くが、これは正常な発達の証明と思ったほうがいいようである。というのは、精神病を発病した患者の多くは、発病前は親にとって、いうことをよくきく、素直なよい子であり、反抗期がみられないのである。親から見て手に負えないくらい反抗を示す子どもは、まずもって、精神病にはならないと安心していいわけである。

### ⑤　青年後期（一七歳～二二歳）

この時期に入ると、両親との対立抗争は一段落し、自分自身について考えるようになってくる。

いくぶん哲学的になるが、

「自分とは何なのか」

「自分に期待されるものは何か」

「自分に要求されるものは何か」

「自分は世界の中でいかなる地位を占めるのか」

などと考え込む。

それなりに自分で納得のできる生き方、方向が定まってくると、積極的、活動的にエネルギーを発揮して、一般的にいわれる、好ましい意味での青年らしくなっていく。その際にも、愛されていること、愛することの安定感が必要なことはいうまでもない。

この青年期をうまく乗り越えられないといろいろな精神的障害を引き起こしてしまう。精神分裂病（現・統合失調症）といわれるものも、そのほとんどがこの時期に発病となっている。

⑥ **前成人期**（二二歳〜三〇歳）

最後のこの時期は、青年期と成人期の間にあたり、成人になる前の準備期間とでもいえるところである。日進月歩の技術革新の現実の世界で、これについていくには、これで充分という心理的ゴールがない。いつまでも、これで充分自信もついた、というようになれないで、心理的不安につきまとわれ、独立した成人に成りきれずにいる状態である。

甘えともいうべき、大人たちから愛されていることの心地よさにいつまでもひたり、そこから、なかなか抜けだせないでいるわけである。

以上、人が生まれてから成人に至るまでの精神発達、あるいは人格発達を「愛」のかかわり説明してきたが、もちろん、これは一般論であって、国により、地方により、そのときどきの時代により様々である。さらに、個人差となればそれこそ千差万別となるであろうが、以上述べたことを一つのものさし、基準として考えればよいと思う。

以上述べた成長発達の理論において、発達がある段階でとまってしまい、それ以上に発達しないことを

「固着」といい、ある段階まで発達しながら，また前にもどってしまうことを「退行」という。精神障害を理解するために、あるいは精神障害にかぎらず、人間理解のために、この「固着」と「退行」という言葉で説明すると非常にわかりやすくなる場合が多い。

## 二　絶対的安心感と九～一〇歳の壁

### ①　絶対的安心感

人と人との人間関係は乳児期に子と母の関係から始まる。この時期の母子の関係は一方的なものであって、母が子を愛するものである。それも無条件に愛するということが重要なポイントである。子供というよりも赤ん坊であるが、彼（もしくは彼女）はどんなことをしでかしても——といってもそれほどたいしたこともできないが——大小便をもらしても、それは赤ん坊として当たりまえのこととして、叱られたり怒られたりはしない。そのほかにどんなことをしでかしても怒られたりしないで安心していられるのは、親からの無条件の愛によるものと考えられる。空腹となったり、痛いところがあったり、かゆいところがあったり、またおむつがぬれたり、そのほかのことで不快なことがあったりしても、ただ泣くだけでその要求は満たされる。

親、特に母親の愛によって安定していることができるということは基本的に大切なことと思われる。もちろん父親の愛も当然重なってくるが、子どもを身ごもり、出産し、母乳を与えるという意味での母親の役割はより重要と考えられる。

親から愛されていることによる安定感、このことが乳児期、幼児期に充分満たされなければ、その子どもは自分自身、人間としての存在をおびやかされやすくなって、客観的に見れば、不安感や恐怖感を抱きやすくなっていくであろう。

二歳ぐらいの子供は、大人から「高い！　高い！」と抱き上げられると非常に喜んで、何回でもしてもらいたがる。それは、「高い！　高い！」が恐怖である反面、冒険心を満たし、そして降ろす時にはしっかりと抱きかかえてもらえると信じ込んで、安心感があるからである。もし「高い！　高い！」をする度にドスーンと落としていれば、「高い！高い！」は、もう恐怖だけになるであろう。大人が近寄っただけで、あるいは大人の顔を見ただけで「高い！　高い！」をされるのではないかと、不安と恐怖に襲われてしまうであろう。精神分裂病（現・統合失調症）患者が、まったく些細な、あるいは普通の人ではちょっと訳のわからない理由で、自分自身の存在を危うくするような被害妄想や世界没落体験などを持つことが多いのは、絶対的な愛に包まれた安定感の体験が不充分だったからではないか、と考えられるのである。

## ②　九～一〇歳の壁

ところで乳児期、幼児期、少年期、成人期と、次へ次へと人は成長していくが、それを考えてみると、成長するにつれて愛される度合いは変化していく。つまり、乳児期、幼児期はもとより、少年期までは大人から、それも主に親から一方的に愛されることによって生きてきているが、それを過ぎると受け身的な愛だけではすまなくなってくる。

子どもは成長するにつれてその要求は高まってくる。はじめの要求は親からだけでもほとんど満たされるが、少年期のころになるとそれだけ要求も高まり、まわりの大人たちがその要求に全面的に、無条件に応えることは困難となってくる。そこで自分自身の要求を満たすためには、他人の愛をあてにする受け身的な愛にたよるのではなく、自分自身の能力に頼らなければならなくなる。

このことは、大人たちから愛されてばかりでよかった状態からの質的な大転換である。これを突破すると、一方的、受け身的愛だけでなく、他人を愛する能動的愛が芽生えてくる。そして人を愛する精神が大きく成長して、成人としての人格になって行く。

九～一〇歳の壁についてもう少し述べてみる。

小学校一～二年生のころは偶然隣の席に座った子どもと友達になる。いわば友達は偶然に与えられたものである。自分ではまだ友人を選べない。しかし五～六年生になると自分の友人は自分で好き嫌いを判断して選択する。つまり小学校三～四年生は、与えられた友人で満足していた時期から、友人は自分で選ぶ時期への転換期で、自立ないし自律に悪戦苦闘している最中ということが出来る。

②少年期五歳～一〇歳から③前青年期一〇歳～一四歳にかけてがまさにその時、九～一〇歳の壁となるのである。

なお、この年齢は現代を基準にしているが、啄木の時代は二割くらいのズレがあると解釈した方が妥当と思われる。啄木は一九歳で結婚しており、あまりに早熟と思われているが、現在の年齢では二四歳くらいに相当するであろう。早婚かも知れないが極端な早婚でもない年齢である。

## 三　啄木の乳幼児期

自分自身が禅宗でも臨済宗の寺で八歳から小僧としての体験をもつ水上勉は、次のように述べている。

「詩人であり、思想家でもあった石川啄木を論ずる場合、誕生の根、つまり球根がどのような土壌によって育てられたかを見ることは重要である。私は、渋民村を石をもて追われるごとく去り、はるか異郷の旅の寝枕に、しょっちゅう思いだしていた啄木の故郷というものの正体に、父一禎が辛酸をなめさされた禅寺の陰湿な庫裡生活を憶う。消しゴムで消せない暦の根雪として「寺」があったことを憶うのである。在家に生まれておれば、いくら貧困家庭でも、多少は違った父母の温かみというものを知ったろうが、寺の生活では、ニュアンスがちがったのである。寺でくらした私には、啄木の屈辱感の内容がかなり屈折していたろうことが想像できる。一所不在、只管打坐は、宗祖道元の言葉である。さらに「学道用心集」では「学道の人は貧なるべし」といっている。そういうたてまえと、実生活の矛盾が、少年啄木の精神形成に、どのように影響したかを考えることに、興味がある」(『石川啄木の手帳』一九七八年六月　学燈社)

筆者の所感では、水上勉が感じたものは啄木よりも、啄木の父親・一禎についての方が悲哀が強烈でより妥当なものと思われる。

啄木が生まれた時、父親・一禎は三六歳で日戸村常光寺住職となって一〇年になる。母親・カツは父より三歳年上の三九歳。その時既に長姉・サダ一〇歳、次姉・トラ八歳が生まれていた。なお啄木出生の二年後には妹・光子が生まれている。

一禎の出自には謎が多く、岩城之徳説（『人物叢書　石川啄木』岩城之徳　吉川弘文館）や川崎むつを説（『石川啄木と青森県の歌人』川崎むつを　青森県啄木会刊）など幾つかの説がある。戸籍記録では西根村平館の農民・石川与左衛門とゑつの六人同胞の五番目五男となっているらしい。しかし一禎の真の父親は巻堀村の亀井豊醇で、ゑつは亀井豊醇の妻であったが、離縁されてから一禎を妊娠中に（あるいは一禎出生直後に連れ子として）石川与左衛門の後妻となった、と言われている。

そのために石川家とは直接的血縁ではない、ということになり、石川家としては一禎の上に四人もの男児がいるので必要のない人物ということになる。そのため一禎は幼少の時に井上宇兵衛の養子となったが、まもなく宇兵衛の妻・まんが懐妊したために戻されてしまう。その後石川家の菩提寺である大泉院に託されることとなる。一禎が大泉院に託されたのは五歳の時で、得渡したのは九歳の時と言われている。

ともかくも一禎は、石川家としては必要のない人間としてお寺に捨てられた、と解釈出来よう。つまり一禎は、特に父親とされる石川与左衛門にとっては、この世に生まれてくる必要のなかった人間として生まれてきたのである。啄木が生まれた時に啄木が後に感じた「その日に翼切られた」と感じたもの、せっかく生まれたにもかかわらず、一禎にとって自分の子供と認めることが出来ずに、その処遇を困らせたもの、として生まれてきている。啄木と一禎の共通点を見ることが出来る。

一禎はお寺に捨てられたが、啄木は生まれた所がお寺であるから他に捨てるところもなかったとも考えられる。そのため啄木は一禎から実子としては認められなかったものの捨てられた訳ではなく、同じ寺の境内内で、しかも実母に養育されている、という違いは大きい。そのために啄木の人格には父親・一禎に良く似た一面と違った一面を見ることが出来るのである。

後に娘・京子にむかって啄木は歌っている。

・その親にも、

　親の親にも似るなかれ――

　かく汝が父は思へるぞ、子よ。

この歌の「親」は父親か母親か、両方を意味しているのか明確には述べてない。子は娘・京子で女だから女である母親を意味しているのかも知れないが、父は思へる、だから父親を意味しているようでもある。筆者の所感では、啄木は母親・カツに対してや京子の母親であり自分の妻である節子に対してはもっと素直な感情をもっており、いささかひねくれた言い方であるこの歌の親は父親を指しているものであろう。

一禎は幼少のころから家庭の愛というものを充分享受してきていない。一禎はお寺の小僧として住職や先輩たちに揉まれてきたであろうが、肉親である親から充分愛を受けてきていない。その一禎が、今度は自分が親としてどのように子供を愛するか、戸惑いがあったことであろう。何とか父親らしく振る舞い威厳を保とうとしていたようである。後に啄木に次のように歌われている。

・父のごと秋はいかめし

　母のごと秋はなつかし

　家持たぬ兒に

一禎は啄木を、生物学的にはともかく社会学的には、実子と認めてはいない。啄木は小学校二年生（六歳）まで石川姓ではなく、工藤姓を名乗らされていた。その時から石川姓になったが、実子として認めたのではなくて養子として扱っただけなのである。

また一禎はお寺で子ども時代を過ごし成人となっていたため、もちろん学校などにはいかず、托鉢などの厳しい禅宗としての修行はしたものの、社会で働いた経験などなく、一般社会常識というものをあまり身につけてはいなかったようである。

一禎は頭は良かったのであろうが、自分の人生は流れにながされるままで、自ら切り開くということが出来ず、自分自身の頭で考えて、自分自身の責任で行動する、という主体性に欠けていたと推察される。

一禎を、五歳で寺に捨てられた身でありながら一つの寺の住職にまで登り詰めてきたのであるから、立志伝中の人物である、と評価する人も居るかも知れない。一禎の能力として、一〇年間も焼けただれたままであった宝徳寺を僅か三年ほどで建て直したことで高く評価するむきもある。しかしながら、その時は一禎の師僧である葛原対月の指導があったからと推察される。一禎にはそれ以外の功績を認めることは出来ないし、葛原対月が明治二八年に青森野辺地の常光寺に移り、日常的に指導を受けることが出来なくなってからは無力な人間でしかない。その後は啄木に振り廻された人生となり、寺を追われる不始末を起こし、それに対して有効な手だてを打つことも出来ず、闘わないで家出を繰り返し、人生の後半は世捨て人となっている。それでも無理をしない人生、闘わない人生を送り、七八歳までの長寿を全うしている。

啄木の人生の途上で、母親・カツの親戚は大勢出てくるが、父親・一禎の親戚は一人も出てこない。一禎は捨てられた人間であり、捨てた方の人間、一禎の方の親戚とは無関係となっているのである。

啄木の母・カツは一禎の師僧、葛原対月の末の妹である。七人同胞の末っ子三女であるが、親が亡くなってから長兄（対月の兄に当たる）の工藤常敬（後に三作）の養女となり、成人となってから次兄・葛原対月が住職をしていた盛岡の龍谷寺の家事手伝いをしていた。その時に一禎と知り合い、一禎二五歳、カツ二八歳（三〇歳とも考えられる）の時に日戸村の常光寺に赴く。僧侶の妻でない妻、いわゆる「大黒様」となっている。正式な入籍は宝徳寺に移り子供が四人生まれて後の四五歳になってからである。

一禎は田舎の農家に生まれ、さらに生まれた時から捨てられた人生が始まっているのに対して、カツの方は由緒ある南部藩の武士階級の出身である。その意味では自尊心の強い性格で同時に末っ子らしい我儘自己中心的要素も持っている。

捨てられ人の一禎が、不遇の身を拾い上げてくれた師匠の妹にあたり、しかも三歳も年上の妻に頭が上がる筈はない。しかし読経などの仕事は住職の専門の仕事であるが、檀家や信徒との遣り取りや経済的なことも含めて寺の裏方の仕事などについては、むしろ妻・カツが主に取り仕切り「大黒様」としての役割を充分果していたのであろう。カツは龍谷寺で家事手伝いをしていたが、そのことは将来には寺の「大黒」になる修行をしていたことを意味している。

そして一禎が住職としての身を守るために曹洞宗の寺としての格式を厳守し、子供たちを実子と認めないなど厳めしく一線を画して汲々としているのに対して、カツの方は母性本能丸出しであった。

普通の子供の「絶対的安心感」は主に母親の母性本能によって得られる。啄木も例外ではない。したがって乳児期・幼児期までの啄木には特別な問題は発生していない。しかし啄木の個性が生ずる少年時代になると、母親の過剰なまでの愛情と威厳だけの父親の影響が、寺という独特の雰囲気の中で、啄木の人格形成に影を落とし始める。

このような両親の下で啄木は尋常小学校時代までを過ごすのであるが、どのような幼少時代を過ごしたのであろうかを示す資料は少ない。妹である三浦光子がいくらか書いているだけである。

「兄も私も負けず嫌いだから、私が負けてさえいれば兄の機嫌はいいのだが、少しでも勝とうものならたちまちふくれあがり、二人の間には、母に止められるまでけんかになっていった。そして私がいつも、女で年下なのだからと母に叱られる。いかにも損な話であった。あるときなどは、兄が例の大きないろりの火を火箸でとばし、私はやけどをして泣きだしたが、母はそれさえも『そんな小さな火がとんだってあついはずがない』と私を叱った。――このときは父が見かねて、『どんな小さい火でも火はあついものだ。一がわるい』と、兄のほうがひどく叱られたが、ともかく、こうした空気でもわかるように、兄はなんといっても一粒種の男の子、一家の寵児として、きわめてわがままないたずらっ子に育っていったのはたしかである」(『兄啄木の思い出』三浦光子　理論社)

こんな時の様子を後に啄木は歌稿ノートに残している。

・　母われをうたず

　罪なき妹を

　　うちて懲らせし日もありしかな

「兄のわがままは、夜中でも『ゆべし饅頭』がほしいといいだすときかないで、家じゅうを起こしてしまう。やむなく起きだしてそれをつくってやるというあんばいであった。どんなに寒いときであろうと、それが夜中であろうとこの調子であった。この母は、死ぬまぎわのころの兄の病気が少しでも軽くなるようにと『茶断ち』をしていたそうだが、そのとき私はいっしょにいないこととて知る由もない。ただ、兄が小さいときあまり弱いので、なんとかじょうぶに育つようにと、卵と鶏を絶ったとかで、それらを絶対に口にしなかったことを覚えている。……一面から見れば、その親心はじつにありがたいものだが、後から考えると、あまりに盲目的な愛が、兄をああしたわがままな人間にしてしまったのだともいえる」（『兄啄木の思い出』）

啄木は、女の子が二人も続いた後に、八年振りでようやく授かった男の子として溺愛された、という一面も強い。

・　ただ一人の
　をとこの子なる我はかく育てり。
　　父母も悲しかるらむ。

幼少時には、餓鬼大将というほどでもなかったようであるが、近所の遊び友達も多くいたようである。幼少時の啄木の遊び友達には一～二歳年上が多かったようである。だから餓鬼大将にはなれなかったが、その後年上の友人に対しても臆するところがないところや啄木の早熟性はそのためであるかも知れない。また啄木は通常よりも一年早く小学校に入ったのは、回りの友達が一斉に小学校に入って啄木一人が取り残されたため寂しくてたまらなくなって強引に小学校に行った経過もある。（第一章参照）

「しかし気性は形のように殊勝ではなく、ときどきは、私のかわいがっていた猫が炬燵の上に丸くなっているのを、どこからか探しだしてきた脇差で、脊椎の曲がったところを肉の見えるほど斬りつけて、ニヤニヤ笑っていたこともある」（『兄啄木の思い出』）

啄木は成人してから愛犬の耳を切っている歌が残されている。

・　愛犬の耳斬りてみぬ

あはれこれも
物に倦みたる心にかあらむ

「またひとつのことを思い立つと、熱心にやり遂げる性質も兄のもので……」（『兄啄木の思い出』）

これは啄木の熱中性、集中性を指していると思われる。

啄木は生まれてから約一〇年間を家族と共に宝徳寺（初めの一年間は常光寺）で過ごしている。この間に啄木の基本的な人格が形作られる。

啄木の基本的な人格としては次のようなことが上げられる。

知能レベルとしては頭脳明晰。思考力、記憶暗記力、理解力、などの能力は抜群であるがこれらの主たるもの、いわゆる頭の良さは天性のものであろう。性格としては、感受性鋭敏、攻撃的、自己愛的、熱中的、短絡的、社交的、非社会的、自由闊達的、夢想的、などなどの啄木の特徴的人格の基礎が作られていく。これらは父母の影響など養育家庭環境による後天的なものである。創造力は天性の知性と性格が合体した能力であろう。欠けるものとしては執着性、ねばり強さ、辛抱強さ、などであろう。啄木の場合はお寺という独特の雰囲気や生活環境のそのものが、養育家庭環境として人格形成に影響を強く与えていると思われる。

ついでのことで言うならば、啄木が執着心の足りない短気な性格とは逆に、妹・光子は執念深い執拗な性格となっている。光子の執念深さは、啄木没後三七年もたってから、啄木末期の苦杯、啄木の妻・節子の節操問題を公表するに至るくらいなのである。詳細は筆者の前書『石川啄木　悲哀の源泉』を参考にしていただくとして、光子が啄木の影に隠れて主に母親から苛められてきた怨念が、光子を執念深い性格にしていると考えればわかりやすい。啄木は唯一人の男の子としてチヤホヤされて来たので熱中性は認められるものの、妹・光子程には執念を強く持つ必要がない性格となっていき、短気で飽きやすい、粘り強くない性格になっていくのである。

なお啄木は小学校に入学後、二年生の時にそれまでの工藤姓から石川姓になっている。啄木は母親の私生児から一禎の養子としての社会的身分に変換したのであるが、啄木はその当時、その意味をどのように捉えていたのかを明確に示す文章は残されてはいない。当時ではまだ啄木の他の文章も残されておらず、当時の啄木がどのような心境であったかは不明である。

## 四　啄木の少年期

啄木は渋民村からは唯一人盛岡の高等小学校に入学するために、一〇歳で生家を離れた生活をする。母方親戚や長姉の嫁ぎ先の世話になるのであるが、生家を離れる、ということでは実家からの独立を果たすという意味でも大きいことである。

友人も、これまでの偶然に与えられた友人から、自分から友人を選び、人生のさまざまなことを相談したりするようになる。親からの自立分離と自我の拡張が始まる。

そしてここでの友人・伊東圭一郎に「自分は戸籍では明治一九生まれになっているが、本当は前の年の明治一八年生まれなんだ」と告げている。

また、ものの見方考え方が一段と社会的に広がり、世界的となる。　啄木は二〇歳の時に「林中書」で一〇歳の時のことについて次のようなことを書いている。

「日清戦争が済んだ時、人は皆杯をあげて犬コロの如く躍り上がった。そして叫んだ『帝国の存在は今世界の等しく認むるところとなれり！』当時十歳であった予は、これを聞いて稚心にも情けなく思った」

一〇歳の時にこのように啄木が本当に思ったとすれば、驚くべき社会感覚、国際感覚であろう。啄木をこのようなものの見方考え方をするように指導した、あるいは影響を与えた人物が居るであろう。一般の人のように「躍りあがったりしない」ということでは父・一禎の仏教観、あるいは自然の流れに逆らわない人生観、無常観、何事かが起こっても一喜一憂しない、という一禎の精神が影響しているかも知れない。

しかし啄木のこのものの見方考え方は、無常観から来るものではなくて、社会的視野を広く持ち、正確な状況観察と社会的視野に立った判断に基づくものであろう。啄木は一〇歳で既に親を乗り越えて居るのである。啄木は晩年には社会主義者となるのであるが、この時既に啄木思想の原型が出来ていたかのようである。

「林中書」では「当時十歳であった予は、これを聞いて稚心にも情けなく思った」と日清戦争勝利に浮かれている日本の国情を憂えていた、となっている。このことは二〇歳になった時点で一〇歳のころを思い出してそのように想像して言っている可能性を否定することは出来ない。

・大形の被布の模様の赤き花
　今も目に見ゆ
　六歳の日の恋

成人してから子供のころを思い出してのこの歌である。子供のころの戯れを「恋」と文学的になぞらえて表現している啄木であることは第三章で述べている。それと同じように一〇歳の時に既に二〇歳の時点と同じような社会観を既に身につけていた、と想像して「林中書」に書いたのかも知れない。

しかし早熟で理解力の優れた啄木は真実その当時から、将来社会主義者となる、社会観の基本を既に身につけ始めていたのではないか、とも考えられる。それが中学入学後の、足尾銅山の鉱毒問題や八甲田山雪山行軍遭難事件への関心となって行き、また中学校改革のためのストライキ闘争への関わりとなって行く。途中で「与謝野鉄幹の浪漫主義」や他の文士による「自然主義」に寄り道したものの、最終的には「社会主義」の思想にたどり着いたものであろう、と思われるのである。

一〇歳当時すでに啄木がそのような資質を身につけていたとすれば、啄木をそのように教育した、あるいは育んできたのは誰か、啄木の基本的ものの見方考え方を教えた人物は誰か、あるいは啄木に大きな影響を与えた人物は誰か、ということが疑問として浮かび上がってくる。

もちろん一〇歳以前も大切である。しかし一〇歳以前は両親の性格的なことが子供の人格に影響をあたえるが、知性的なこと、ものの見方考え方、思想といったものはまた別である。

一〇歳と言えば、盛岡高等小学校に入学した歳である。もちろん、今の小学生の一〇歳とは条件がまったく異なる。尋常小学校での義務教育を終えて、生家を離れて渋民村からは唯一人の上級学校への進学である。啄木の成長過程での一つの転機であろう。

ところで、啄木が生家から離れ、啄木に大きな影響を与えた人物としては、当時の高等小学校の校長であった新渡戸仙岳がいる。啄木が恩師と呼んでいるのはおそらく新渡戸仙岳だけであろう。新渡戸仙岳については浦田敬三が『石川啄木事典』で次のように述べている。

**新渡戸仙岳**（にとべせんがく）

一八五八年一〇月五日（安政五・八・二九）～一九四九年（昭二四）九月二六日。九二歳。教育者、俳人、郷土史家。啄木の高等小学校時代の恩師。啄木は新渡戸仙岳を次のように書いている。『馬町の先生と言へば、説明するまでもない。此地方で一番有名な学者で、俳人で、能書家で、特に地方の資料に就いては、極めて該博精確な研究を積んで居る。自分の旧師である。』

一八九五年（明二八）三月、郷里の渋民小学校を卒業して、盛岡市立高等小学校に入学、一八九八年（明三一年）四月、盛岡中学校に入学するまで在籍する。当時の小学校長が新渡戸仙岳である。

一九〇〇年（明三三年）一一月、市立盛岡高等女学校長、一九〇二年四月、同校は岩手県立高等女学校と改称され、引きつづき校長として一九〇七年（明四〇）四月三〇日まで在職、その間、岩手県教育会の会長をつとめる。一九〇七年（明治四〇）五月から翌年三月まで宮城県の私立石巻女子実業学校長。一九〇八年（明四一）五月一二日の『岩手日報』には『新渡戸仙岳氏を本社客員として聘し、今後益々紙面の改善を図ることとなりたり。』といふ社告がある。啄木と岩手日報との関係は主筆福士神川時代に始まるが、新渡戸仙岳の入社後は『空中書』『日曜通信』『小春日』『胃弱通信』『百回通信』を寄稿し掲載されている。なお『岩手日報年表』によれば、一九一三年（大二）五月二七日、新渡戸仙岳退社とある。

一九〇九年（明四二）一〇月二日、妻・節子の家出事件が起きる。啄木は思い余って新渡戸仙岳に妻への帰京説得を依頼する書簡を送っている。

一九一二年（明四五）四月一六日、新渡戸仙岳は啄木の死を悼み『岩手日報』に次のように記す。『去る四十一年来其の詠歌・随筆・評論等を岩手日報に寄せて、時々紙上に花を添へたりし人が、此今はすなはち亡し。玉樹凋摧して、山、色を失し、筆花雫落して硯・塵を生ずるの感に堪えず。殊に其の女の尚幼なるに想到せば、同情の涙禁じ得ざるものあり。』

新渡戸仙岳は教職から離れて、一九〇九年（明四二）から岩手県誌編纂顧問。南部藩史編纂委員岩手県史跡名勝天然記念物調査会委員などをつとめた。一九二九年（昭四）、岩手毎日新聞社長就任。一九四七年（昭二二）、岩手県立図書館嘱託となり、広範な郷土資料の充実とその整理にあたる。

著作には『岩手における鋳銭』『南部むらさきの由来』『素郷・平角の再認識』『南部藩の消防』『南部藩刑罰誌』などがある。

一九四八年（昭二三）六月、郷土史学研究の功績により、第一回岩手日報文化賞を受けている。

一九五七年（昭三二）三月、仙岳会の人々により、新渡戸仙岳先生記念碑が菩提所大慈寺に建つ。

斉藤三郎『啄木と故郷人』の〝啄木の旧師、新渡戸仙岳先生を訪ふ〟で、素顔の新渡戸仙岳が紹介されている。また仙岳随談』第四刷には新たに六つの論考と著作細表が加わった。

新渡戸仙岳という人物を一言で言えば「岩手県の教育文化の重鎮」と言うことが出来よう。高等小学校で啄木は運悪く最初の担任教師の急死や次の担任教師の転勤などのために、担任教師には恵まれなかったが、それ故にかえって校長である新渡戸仙岳から直接の影響が強かったことが推察される。新渡戸仙岳がどのようなことで啄木に影響を与えたかが興味深いところである。校長であるから直接担任にはならなかったであろう。しかし渋民村で神童といわれるくらい頭のよかった啄木に対して校長としても特別に強い興味と関心を抱いたことであろう。新渡戸仙岳は担任ではなく校長という立場から学科別の教えではなく、天才主義とものの見方考え方の基本的なところを教えたのではないか、と思われる。

天才とは、国語辞典では「生まれつき人並み以上に優れた才能」を意味している。しかしここでいう「天才」とはいささか意味が異なる。尋常小学校から高等小学校へと初めて選別されたことの意味である。選別されたエリートたちは、他の人たちよりも優れた秀でたところのもの、つまり才能を持ったものである。この才能が文化とか文明あるいは社会を指導しリードしていかなければならない。この人たちが科学的に正しく事象を見る目を養わなければ、また正しい考え方を身につけなければ社会は滅んでいくであろう。エリートたちは社会を啓蒙していく任務があるのである。

啄木は、事物に対する、あるいは学ぶということに対する基本的な態度姿勢を新渡戸仙岳から教わったのではないかと思われるのである。そのため啄木は最後まで新渡戸仙岳を恩師として位置づけているのである。

啄木の天才主義には単純に天才的に頭がよい、という意味だけでは理解があまりに浅すぎる。たしかに啄木には、文章が推敲することなくスラスラと出てくるような天才的な能力は認められる。しかし啄木は単に能力だけに頼るのではなくて、猛烈な勉強家であり努力家の一面も持っている。啄木が書いたものからは、啄木の知識は欧米アジアと全世界的であり、世界史的であり、その量の豊富なこと、理解の確かなことなど驚くべきものである。これらは如何に天才といえども猛勉強しなければ身につかないものである。

啄木の「天才主義」には、その後ニーチェの個人主義的超人主義に些か毒されたようであるが、基本は、自分の頭の良さだけをひけらかすものではなくて、才能のある人間はその才能を社会に貢献して生きて行くべき、という内容が含まれている。才能ある者の社会的役割といったものを考えることであろう。才能ある者の中でも図抜けて才能のある者、その究極は「天才」ということになるが、その天才は如何にして生きて行くべきか、という問題になっていくのである。

啄木のこの基本姿勢は高等小学校時代に新渡戸仙岳を代表とする教育者たちによって導かれたものであろう。そしてそれは中学に入学後に文学として開花していくのである。

なお啄木が高等小学校に進学できたのは、啄木が父親・一禎の後継者として将来は宝徳寺の住職になるものとして檀家有志の経済支援があったればこそ実現したものである。しかし当人の啄木はまだそのことの意味を理解するには至っていない。そのことで悩み始めるのは次の段階、中学に進学してからである。

## 五　中学中退事実経過

啄木は中学五年生の九月、卒業まであと残り僅か六ケ月というところで突然中退してしまう。啄木の妹・光子は啄木の中学中退経過について次のように書いている。

「兄が中学五年の夏休みでしたか、休が終っても学校に帰ろうとせず、学校をやめると言い出しました。父母はすっかり驚いてしまい、僅かあと半年で卒業出来るものをと大反対だったのですが、兄は校則にしばられるのがいやだとどうしても承知しませんでした。この事件も石川家に学資が続かなくなったからだという話も出ているようですが、決してそんなことはありませんでした。少しも勉強しないので落第しそうだったからだという説はあるいは本当であったかも知れませんけれど、東京への憧れ、与謝野（鉄幹・

晶子）さんたちへの魅力が最大の原因だったでしょう。兄はとうとう強情を通し母の手で支度して貰った白い縞の着物に黒紋付で上京して行った姿を思い出します。それは明治三十五年の秋、兄が十七の時だったと思います。一體に早熟であった兄の内面生活には、既に此の頃から、かなり変化も生じて居たでしょう。又色々複雑な問題も起りかけて居た頃に思われます。学校の窓を抜け出して不来方城跡の草むらに寝ころんでいたのもこの頃のことでしょう」（『悲しき兄啄木』）

啄木が中学を中退した直接的きっかけとしては前年度後期のカンニングの露顕に続き、五年生前期のカンニングの露顕がある。この時のカンニングの首謀者は啄木とみなされ、その責任をとっての退学という見方もない訳ではない。

しかし、きっかけは直接的に原因と思われる傾向があるが、それだけが本質的原因とは思われない。以下に筆者の論考を展開していきたい。

## 六　啄木の進学事情

その当時は義務教育が制度として成立し始めていたころである。だから啄木が尋常小学校に入学したことに対して特別に障害があった訳ではない。もしあったとすれば通常よりも一年早く入学したことであろう。しかしその当時は制度が出来たばかりのころで、あまり事細かに規則で縛るということもなくおおらかな時代で、啄木は遊び仲間に追いついて通常より一年早く尋常小学校に入ることが出来た。通常よりも遅れて入学することも珍しいことではなかったようである。

問題は四年間の尋常小学校を修了した次の高等小学校進学である。当時の義務教育は尋常小学校四年間だけであった。そして尋常小学校の次の段階の高等小学校は渋民村にはまだ存在していない時代であり、高等小学校に進学するには盛岡まで行かなければならなかった。啄木が盛岡の高等小学校に進学した時に、渋民村から進学したのは啄木一人しかいなかった時代だから、如何に渋民村では優れて選択された存在であったかが推察される。

実家を離れて盛岡に遊学させねばならなかったのであるから、それなりに経済的に力量がなければ実現不可能であった。しかしながら、宝徳寺にはそのような経済力は充分備わっていなかったのである。そのため檀家の協力や親戚の協力が必要であった。実際には父親の親戚から協力を得ることは不可能で、母方の親戚から協力を得ることになったのである。

啄木が生まれたのは日戸村の常光寺であるが一歳のころから育ったのは渋民村の宝徳寺である。宝徳寺の方が常光寺よりも格が上とされている。しかし宝徳寺が経済力のある寺であったかどうかについては論議のあるところであろう。渋民村の全体としての基本産業は日本の田舎の村はどこでもそうであったと思われるが農業であろう。それも豊かな農業というよりは啄木が後に歌うような貧しい農家の多い村である。宿場町としての性格もあったかも知れないが、金持ちの旅人が泊まる場所でもなさそうである。そのような中でのお寺であるから周りの貧しい農家に比較すれば、宝徳寺は経済的に豊かであったかも知れない。しかし基本的には宝徳寺も貧乏寺であったことと推察される。

父・一禎が新住職として赴任する前に火事で焼けただれていたのに一〇年ほど再建もおぼつかなかった寺である。一禎が住職に就任して僅かの間に再建を果たしているが、筆者の所感ではそれは、宝徳寺に経済力があったからではなくて、一禎の師僧の葛原対月の影からの指導があったから可能であったと思われる。しかし再建のためには村や檀家に経済的にかなりの無理を強いた可能性があり、そのことが後の悲劇を生んだ土壌となった可能性も否定しきれない。

筆者が宝徳寺は貧乏寺でしかなかったと思う根拠は、次のようなものである。一禎は自分だけの経済力では、つまり宝徳寺の経済力だけでは啄木を高等小学校に進学させる力がなかった、ということである。そのため妻・カツの実家の力を借りねばならなかった。またさらには檀家の力も借りねばならなかったのである。檀家の立場からすれば、啄木が将来には父親の後を継いで宝徳寺の住職になるのであれば経済的援助を惜しまないという状況もあった。将来、宝徳寺の住職にならない人に対して檀家が援助をする理由はまったくないのである。岩城之徳は「啄木が盛岡へ進学出来たのは、小学校時代の神童ぶりを愛した檀家の有力者が、宝徳寺のあとをつぐことを条件として承認したためである」という関係者の言説を聴取している。（『石川啄木傳』）

寺の収入については筆者は門外漢でよくはわからない。水上勉によれば「収入は葬式、法事の布施と寄附金によっているのだし、寺の修理や、和尚夫妻（の生活費）、子供らの学費も、檀信徒が持ち寄る志納金が当てられる」とのことである。

啄木が盛岡の高等小学校に進学出来たのは、母方実家の援助と檀家の篤志家の援助があったからであろう。啄木の中学進学もその延長線上にあったことは言うまでもないことであろう。

宝徳寺が如何に貧乏寺でしかなかったか、ということはその後の一禎の住職罷免の理由からしても明らかである。一禎は啄木の最初の上京、その時つくった借金補填、旅費その他の出費がかさみ、曹洞宗宗務局への上納金を収めることが出来ず、さらには檀家に無断で寺所有の樹木を処分しなければならない程であった。これらのことで一禎は宝徳寺の住職を罷免させられてしまうのであるが、これらのことは如何に宝徳寺に経済的余裕がなかったかを示しているものであろう。啄木は渋民村では知識階級に所属し、それは上流階級に連なるものである。しかしながら経済的には富裕とは言えない階層に所属していたのであろう。

別の見方をすれば、啄木は高等小学校に進学した時から、将来は宝徳寺の住職になることを寺の内外から義務づけられていた、ということが出来る。それが嫌ならば進学はあり得ないのである。そのことについて啄木は、高等小学校時代はまだ子供でありあまり意識することもなかったであろう。しかしながら盛岡中学校に進学し、進級するにつれて嫌でも応でも意識せざるを得なくなっていったであろう。卒業が近づくにつれてその問題は啄木の今後の人生について決定的な課題となっていくのである。

## 七　啄木の中学中退事情

啄木は後に中学を中退したことを後悔している。それは中学を中退したために学歴は小学校卒だけでしかなく、何の公的資格も得ることが出来なかったことを自覚してからである。たとえば小学校卒の資格だけでは正式の教員免許を得ることも出来ず、代用教員にしかなれないのである。いくら日本一の代用教員をめざして頑張っても代用教員は代用教員でしかない。正規の教員にはなれない。代用教員では正規の教員と比較しても給料の差は歴然とするほどのものである。啄木が渋民尋常小学校の代用教員をしていたころの給料は八円であり、この時の同僚の女教師の堀田秀子は一四円、校長は一八円であった。これでは残り六ケ月ばかりを残したのみで中学中退したのを後悔するであろう。

啄木の中学中退は、二度に及ぶカンニング露顕が直接的きっかけとなっていることは間違いがない。啄木は中学校の入学試験の時は一二八名中一〇番目、入学後の学業成績では一学年の時は一三一名中二五番目、二学年の時は一四〇名中四六番目である。学年が進むに連れて学業成績は低下の傾向にあるが劣等生ではない。

しかし二学年になってから授業の欠席が多くなり、三年生になると成績もがた落ちしていくのである。確かに当時の盛岡中学校は、前年のストライキ騒動の反動で校則が強化され自由の気風がなくなり官僚的学校運営となっていく。教員が家庭訪問の名のもとに自宅を訪れ、本箱の中や机の引き出しまで私物検査をする、という程だから異常な程である。それにしても啄木の欠席は月のうち三日しか出席しないなど、度が過ぎるものとなっていく。つまりカンニング事件以前から既に学業を続けていく意志は殆ど消滅してしまっているのである。

啄木が中学をそのまま中退せずに進学したとすれば、その延長線上に宝徳寺の住職に就任する、という事態が待っていたとすれば、啄木はそれをどのように受け止めていたのかが問題であろう。啄木はそれは絶対に拒否したかったに違いない。啄木が寺の住職の仕事に魅力を感じていたとか、寺の住職になりたかったという意味の言説資料を見つけることは出来ない。

啄木の中学中退理由については色々の説があるようである。妹・光子は否定しているが宝徳寺の経済事情も背景にあろう。岩城之徳は経済事情を重く見ている。

「明治三十五年以降東北未曾有の凶作で、農民は困窮し宝徳寺も檀徒より五合米の寄進で辛うじて生活を続けていたので、年収は百五十円程度でありさしたる貯えのないところから上級学校へ進学は不可能となったのである。このため啄木は進学せず独立独歩で文学に生きることを決意し、東京に出てその宿志を果そうと、独学で英語を勉強しその時期に備えた」（『石川啄木とその時代』おうふう）

一般には文学と恋愛にのめり込んでしまい勉学が疎かになってしまった、などと言われている。直接的にはカンニングが露顕し、譴責や落第ではあまりに恰好が悪くて自分から辞めてしまった、ということも言われている。

筆者は、前書（『石川啄木　悲哀の源泉』）では成績が低下の一途を辿っているのに、やはり卒業したかったから敢えてカンニングまでして卒業したかったのではないか、と推測していた。しかし啄木は退学のきっかけにカンニング露顕を利用したに過ぎないのかも知れない。そのように考えた方がカンニング前からの怠学の意味が了解出来るのである。

これまで一番強く主張されているのは、啄木は情熱家であり、恋愛と文学にのめり込んで学業がおろそかになり中退するに至ってしまった、というものである。啄木は誇大的な自信家である。自分の書いた作品が売れて、ある朝に目を覚ませば、昨日までの自分とは異なって超有名人となっていて、収入もがっぽり入る、こんなことを夢見ていたのであろう。こういうことを夢想していたとすれば、チマチマと学校なんかには行っていられなくなる気持ちになる。禁断の実といわれる恋愛に没頭して学業が疎かになることも考えられないことではない。丁度啄木が文学にのめり込むのと節子と知り合って恋愛に没頭して行くのが時期的に一致して始まっているために、その後の中学校中途退学の理由としてあげられているのである。

筆者は文学と恋愛のためという説を否定する訳ではない。しかし、のめり込んだり没頭したために冷静さを失い、前後のことを考えることなく中退してしまった、という説には同意出来ないでいる。

啄木にとって文学はある意味では苦悩に満ちた人生からの逃避的役割を担っていたと思われる。苦悩煩悶を文章にすることによって現実を昇華してしまうのである。その意味で文学は観念の世界、或いは仮想現実の世界である。節子との恋愛は文学とか芸術の世界、あるいは観念の世界ではなくて、現実の世界の事象である。恋愛はその延長線としての結婚生活という現実的生活が関わってくるのである。

啄木は自分の中学中途退学当時の心境について次のように書いている。

「煩悶とは？　その当時、教科書を売ったり、湯屋へ行く銭を節したりして、密かに買ったある種の書籍――先生からは禁じられた旨い旨い木の実――と、自分の心中に起こったある新事件とによって、朧ろ気に瞥見した『人生』という不可測の殿堂の俤と、現在自分の修めている学科、通っている学校との間に、何の関係もないらしいという感じであった。アダムでなくても禁制の木の実には誰しも手の出したいもの。予はこの漠然たる感じに刺激されて、日に日に『人生』の殿堂を夢想し始めた。人生を夢想する事は、当時の予にあってはすなわち直に一の煩悶であった。予は一書を読みおえるごとに、人生の『美』と『厳粛』とについて、必ず何らかの智識を得た。予の好奇心はますます高まる。そしてまた、予の心中に起こった新事件は、日に日に芽を出し葉をのばして、人生の奇しき色彩と生命の妙なる響きとを語った。予の不安は、予をして一瞬時の安逸をも貪らしめなかった。予はその頃、たいてい夜は二時三時まで薄暗き燈火の下に読み、あるいは沈思した。予はこのため、その後一年ばかりも薬餌に親しまねばならぬほどの不健康の素を作ったのである。蟄した頭を夜風に冷まそうと外へ出る、上を仰げば満天の星！　その星の断間なき瞬きも、予のためには何か宇宙の大秘密を囁き合うているかのように見えた。予は時としてその厳粛なる夜の空に心を搾る黙祷を捧げたこともある。そして声なく寝静まった夜の街々を、喪家の犬の如く一人彷徨き廻ることもあった。かくて朝になると、おおかた授業の始まった頃に目を覚ます。落第しては両親に気の毒だ、というような心が起って垢じみた校服を着て学校へ急ぐ事もある。まず遅刻の理由を訊されて席に着く、すぐ欠伸が出る。真面目になればなるほど睡くなる。ままよ徒らに倦怠を学ぶよりはと、ノートブックへ和歌を作った事もある。『I love the man but nature more』というバイロン詩中の一句を五十行も六十行も並べて書いた事もある。その頃好んで読んだ審美学の本を物理の時間に密読した事もある。かくて予は二時間か三時間の後には、何の得るところなくして飄然と寓居に帰るのであった。正直に後悔する。予はこの煩悶のために毫厘の楽しみも『学校』なるものに認むることが出来なくなった。たいていの先生をさえ、今に至って慚汗に堪えぬ次第であるが、壊れた時計の如く、進むも退くも人生に何の影響なき人々であると思ったのである。これはむろん生徒としては許すべからざる罪悪であるが。しかし予は信じている。これは予一個の罪ではない、『人生』という恐るべき誘惑の女神の罪である、と。——予の学校生活の最後の一年間は実にかくの如くであった」（「林中書　評論」盛岡中学校校友会雑誌　明治四〇年）

なお啄木は「林中書」とは別に「岩手日報　百回通信」（明治四二年一二月）に一〇年前の思い出として「二七　富田先生がこと」と題して次のように書いている。

「二年生に進みて丁級に入る。復先生（富田先生）の受け持ちたり。時に一四歳（数え年）。漸く悪戯の味を知りて、友を侮り、師を恐れず。時に教室の窓より、また其背後の扉より脱れ出でて、独り古城跡の草に眠る。欠席の多き事と師の下口を取る事級中随一たり。先生に拉せられて叱責を亨くる事殆ど連日に及ぶ」

しかし二年生終了時の成績が一四〇名中の四六番であるから、次第に学力低下傾向にあったとしてもまだ優秀な方である。筆者は啄木の怠学と学力低下は三年生になってからと推測している。もし「百回通信」が本当ならば二年生の時の成績はカンニングがばれなかったからとしか考えられない。そして四年生と五年生の時にとうとうカンニングがばれてしまって、いよいよ中学中退の経過をとるのである。

## 八　啄木の人生の煩悶

誰でも思春期の頃には自分の人生について考えることがある。明治三六年五月、一高生藤村操はあまりに深く考えすぎて「人生不可解」と日光、華厳の滝から飛び降り自殺している。啄木も自分の人生について深く考えたであろうことは間違いない。問題は啄木は自分の人生についてどのような内容で煩悶したか、である。

啄木の人生に対する煩悶は盛岡中学三年生の頃から始まっており、文学と恋愛にのめり込んだ時期とにほぼ一致している。それとは無関係ではないであろう。

啄木は高等小学校時代は、まだ子供らしく自分の人生について深く考えるということでもなかったであろう。つまり自分が高等小学校に進むということが、将来歩む人生は父親と同じ僧侶の道であり、いずれは宝徳寺の住職に就くということは考えもしなかったであろう。しかし進級するにつれいつまでも子供でいる訳にはいかなくなってくる。中学三年生になったころより、将来の進路について真剣に考えなければならなくなって行くのである。

筆者には、啄木の「煩悶」は岩城之徳のいうように経済的理由で上級学校にいけそうもないことに起因するものとは思えない。もしそれが本当の理由ならばわかりやすいが、三浦光子が書いているように、親も驚き反対していることが理解し難い。経済的理由ならばあと少し、たった半年ばかりの期間を頑張ってせめて中学校は卒業しておいた方が得である。あるいは逆に経済的理由で退学するのならば、卒業六ケ月を残すまで頑張らなくてもっと早く退学してもよいであろう。またなによりも中学に進学して二年生になったころより授業をさぼり始める理由が説明出来ない。啄木の「煩悶」は経済的理由のような判りやすい単純な理由とは思えない。

以下は筆者の推測である。

啄木はどのように考えても僧侶となり宝徳寺の住職に就くのは嫌であった。もし啄木が僧侶になる可能性をかいま見るとすれば、最初の東京から挫折して帰郷し、実家つまり宝徳寺で静養していた時であろう。何の職にも就かずお寺で安穏と過ごすことがゆるされるとすればそれは僧侶になるための修行の一部として認められているから、ということくらいである。しかしその時も僧侶となる修行とは何の関係もないワグネルの研究に没頭していたのだから、啄木は自分が僧侶となることは全く考えたこともなかったと思われる。

中学に入り初恋の人・節子とめぐり合う。そして節子との恋愛が次第に本格的となっていく。旨い旨い禁断の木の実（恋愛や性欲を意味しているのであろう）に埋没して学業を疎かにしてしまった、という説も成り立たない訳ではない。しかし啄木が煩悶したのは恋愛と学業の両立なんかであろうか。

啄木は節子と結婚した場合、もし啄木が僧侶の道を歩んだ時には、節子を僧侶の道の巻き添えにしなければならない。僧侶の道の巻き添えとはどういう意味であろうか。それは妻を正式に娶ることが許されず、生まれた子供は自分の子供と認知することが許されない生活である。啄木は自分自身がそのように処遇されてきたことを忌避し、認めたくなかった思いがあまりにも強かった。

啄木の人生の煩悶とは、節子との恋愛が進展するにつれて僧侶への道が大きく立ちはだかり、それとの闘いがどうしても必要であったのである。僧侶への道を条件とした学業を継続することは、啄木の意志とは無縁であり、それればかりか強烈に反することなのである。啄木は具体的にそのことを述べてはいない。しかし啄木が煩悶した内容をその他の課題に探すとしても適切なものを推測することは出来ない。

啄木は僧侶の道へ導く学業を続けていく気持ちを失して、学業をさぼり欠席が多くなり、先生へも反抗的となって行くのである。

・　教室の窓より遁げて
　ただ一人
　かの城址に寝に行きしかな

・　師も友も知らで責めにき
　謎に似る
　わが学業のおこたりの因

・　そのかみの学校一のなまけ者

今は真面目に
　はたらきており

結局啄木は中学を中退することによってその問題にケリをつけたのである。そのことによってようやく啄木は節子との結婚を決意することが出来た。

啄木は中学を退学して直ぐの上京の時に、野村長一（胡堂＝「銭形平次」の原作者）の忠告もあって、神田近くの中学校の五年生に編入を照会したが欠員がなく諦めている。しかしもし編入が認められても学資を宝徳寺関係に依存しなければならなかった、とすれば編入したかどうかは大いに疑問である。住職として寺に戻ることを義務付けられた紐付き学業に啄木が応ずるとはとても思われない。そのためと思われるが中学編入に執着心を見せてはいない。

なお、その後啄木の母・カツの反対や節子の父親の反対があったにもかかわらず、姉・サダの取りなしで啄木と節子の婚約が成立した時の喜びと感激を、啄木は次のように日記に書いている。

「田村姉より来書あり。せつ子と結婚の一件また確定の由報じ来る。待ちにまちたる吉報にして、しかも忽然の思あり。ほゝゑみ自ら禁ぜず。友と二人して希望の年は来りぬと絶叫す」（明治三七年一月一四日付日記）

啄木は節子を正式に妻として迎える約束が出来てその喜びを隠しきれず、無意識にでも顔がほころんでくる、啄木の歓喜の気持ちがよく理解できる。父・一禎と母・カツのように籍を入れないで、実の子供を私生児にしたり養子にしたりするようなこと、複雑で不条理なことをする必要がないことの喜びである。

啄木は僧侶にならない決意をしたことで節子との結婚の決意も出来た。しかしながら、そのことはそれまで援助してきた檀家の中の協力者を失うことにつながり、その後の悲劇となることまで啄木は予想していなかったのであろう。

啄木はその後父・一禎が宝徳寺住職を罷免となった時、復職運動に邁進している。その間渋民村に留まり安月給の代用教員となったのも父一禎の宝徳寺住職復職の運動のためである。しかし、だからと言って啄木が熱心な仏教信者であったとは到底思えない。父の復職運動に努力したのは単に経済的理由だけからであろう。五歳の時から寺でしか暮らしたことのない一禎が寺の住職以外に職を得るとは思われないのである。しかし啄木が一禎の宝徳寺住職復職運動にかかわっている間は啄木自身も寺との糸が切れないでいる、という事態をも意味することである。

しかし結局は一禎の家出により復職は絶望となり、その後は一家離散の憂き目を見るのである。啄木は一家離散の出発の日、明治四〇年五月四日付の日記で次のように書いている。

「午後一時、予は桐下駄の音軽らかに、遂に家を出でつ。あゝ遂に家を出でつ。これ予が正に一ケ年と二ケ月の間起伏したる家なり。予遂にこの家を出でつ。下駄の音は軽くとも、予が心また軽かるべきや」

一家離散の憂き目にあい、心が軽かるはずはない。なのにあえてこのように書くのは、啄木独特の負け惜しみを文学的に書こうとしただけなのであろうか。筆者は啄木の心の内の一部に軽らかな部分があったからこのように書いたのではないか、と推察している。憂き目にあいながらも心軽らかとなる要素としては次の二種類が考えられる。

第一は自分たちを追い出そうとした村民との決別である。もしも啄木一家が渋民村に居残ったとしても彼らとのウジウジした関係が持続するであろう。それらとの決別は啄木をして軽らかな気持ちにさせたことであろう。

第二は、筆者は第二の方が肝要と推測しているが、宝徳寺との縁がこれで一〇〇%、完全に切れたということである。啄木の出生の不条理は宝徳寺（その前は常光寺）という寺の世界がゆえに生じたことである。その寺に対する未練をすっぱりと切り捨てることによって啄木の気持ちはさっぱりとして心軽らかになったのではないか。

そのような気持ちで今、新たな人生の旅立ちをする啄木なのである。

啄木の人生を全体的に通してながめれば、それは田舎を捨てた東京指向ということが出来る。そして啄木が本当に捨てたのはお寺の生活、お寺の世界なのである。啄木はあれほど田舎つまり故郷を偲ぶ歌を歌いながら、それらはほとんど山や川などの故郷の自然についてである。故郷の貧しい庶民、あるいは教師仲間だった堀田秀子や上野さめ子など啄木にとって特別な人を歌っている歌もあるが、故郷の人々が作っている社会を懐かしがっている歌は認められない。啄木が愛したパイロンの詩の一節は「I love the man but nature more」となっている。この詩を啄木が愛した理由がよくわかるではないか。渋民村では人よりも自然をより愛する啄木なのである。

## 九　啄木の反抗期

反抗期については次のことが言われている。

「人格の発達の過程において、両親をはじめまわりの人々に対して、ことさらに反抗的態度をむける時期がある。それは二歳半から三歳半にかけての時期と、青年期、特にその中期（一六歳～一八歳）において著しく、前者を第一反抗期、後者を第二反抗期とよぶ。第一反抗期の反抗は、素直だった幼児が急に強情になり、親の干渉や禁止にすね、ごね、かんしゃくを示すという形で現われる。子どもは二歳半になると、ほぼ歩行も自由になり、自由に物をあつかえ、またどうにかことばで欲求を伝えられるようになってくる。さらに自分が親とは独立した存在であることも、はっきり理解できるようになってくる。こうなると自分の思いどおり自由にふるまい、親を敵対的関係において、自分の自主性をたしかめたいという要求が出てくる。この自己主張の態度がこの時期の反抗と呼ばれるものであるが、このふるまいのなかで子どもの自我意識が芽ばえ、またそこから生じる葛藤の処理を通して現実性、社会性を身につけていく、といわれている。第二反抗期は親（ことに同性の）との距離をおいた対立抗争、権威に対する攻撃的態度という形で現われる。反抗は依存にまつわる不安と、自立への欲求との葛藤の表現だといわれているが、この時期の反抗はまさしくその相剋をあらわしているといえよう。青年期は、身体的変化によびおこされた不安の中で、新たな自己像の修正、自己同一性の確立をはからねばならない動揺に満ちた時期であるが、青年はまずそれまで依存関係にあった対象に攻撃的感情をむけ、対立的態度をむけることによってその動揺をやわらげようとし、対抗のなかで初めて自分の存在を確認しているものと理解できる。そして、反抗しながら対象と同一化し、反抗を通して新しい価値感を対象からとれ入れているとみなすことができる。第一反抗期と第二反抗期では、反抗の表現も、その背景にある精神力動もことなっているが、ともに、そこでの抗争を通してえられた体験がその後の人格の飛躍的な成長の基になるものであり、もしこのような反抗がまったく現われない場合、健全な自我の発達が阻害されるとみなされている点では共通している」

（増補版『精神医学事典』村田豊久　弘文堂）

事実、精神科を受診したり相談に来られるケースでは、親が「異常や問題が発生するまで、親として何の手もかからない子どもでした」と述べることが多い。反抗期を通して人格の切磋琢磨がなされてこないために脆弱な精神となってしまうからのようである。

啄木の第一反抗期がいかようであったかは知る由もない。啄木の中学三年生になったころからの怠学傾向や先生に対する態度は第二反抗期の一種と見てよいであろう。

啄木は「幼児期・少年期に両親をはじめとするさまざまな人たちの愛を満身に受けて成長した」と思われているが事実はそうではない。既に繰り返して述べてきたように、複雑不条理な扱いをされてきたのである。幼児期、少年期にはまだそのことが理解出来る年齢に達していなかったので反応することもなかった。しかし中学に進み、恋をし、大人への足がかりをつかむ思春期に、自分の両親と自分の関係の不条理に対して大きく反応を起こしたことは当然の成り行きと言えよう。

その時に両親、特に父・一禎が適切な対応をしていれば、あるいは啄木は納得了承したかも知れない。しかし父・一禎は、神童と言われるくらいに頭が良くて鋭敏な性格の啄木が納得できるような説明は出来なかったであろう。啄木と父・一禎との父子関係はそのようなことを話し合うことが出来る雰囲気ではなかったことが、啄木の作品などから推察出来るのである。

第二反抗期も普通の場合は、人格が成人に近づくにつれて、社会を知り、大人となってくることによって、若い純な気持ちでは許せなかったことを許容出来るようになって解消されてくる。しかし啄木の場合は自分の出生にまつわる不条理の問題であるだけに容易には解消され得なかったものであろう。

後になって啄木は中学中退を反省するのであるが、その時は第二反抗期の延長線上での勢いで両親の猛反対を押し切って中学校中退に踏み切ってしまったのである。

・ただひとりの
　おとこの子なる我はかく育てり。
　　父母も悲しかるらん

この歌は「悲しき玩具」の歌で追想歌ではない。しかし啄木が両親に反抗して悲しい思いをさせた始まりは中学退学である。それまではとりたてて大きく両親を悲しませたこともない啄木なのである。そしてその後はかく育ってしまったのであるが、この歌を歌っている時点では反抗期は克服され、自分も両親をもかなり客観視することが出来るようになっている。

## 一〇　エディプス・コンプレックス

幼児に対して親戚や他人の大人がよく尋ねるあまり感心しない質問がある。

「お父さんとお母さんと、どっちが好き?」

幼児であればあるほど「お母さんの方」と答えるに決まっている。乳を飲ましてくれるのはお母さんである。お父さんを好きになるのはもっと成長してから始まる。

もっとも日露戦争の時代から兵士が銃弾に当たって倒れて死ぬ時は「おかあさーん!」と叫んで死ぬとか。「おとうさーん!」とは叫ばないらしい。生物本能的に生死にかかることは母性の方が父性よりも強烈なのであろう。しかし昨今ではクレーマークレーマーの時代であり様変わりしているかも知れない。

ところで精神分析を創立したフロイトが言い出した「エディプス・コンプレックス」という次のような概念がある。

フロイトによって明らかにされた無意識心理に関する精神分析の基本概念の一つ。フロイトは幼児にも性的なものが存在すると考え、幼児が三～四歳になると精神・性的発達上の男根期に入り、それが六～七歳まで続くとした。幼児はこの時期に入ると性の区別に目覚め、異性の親に性的な関心を抱くようになる。特に男の子は、母に対して性欲の萌しを感じ、父を恋敵とみなして父を嫉妬し、父の不在や死を願うようになる。反面彼は父を愛してもいるために、自分の抱いている敵意を苦痛に感じ、またその敵意のせいで父によって処罰されるのではないかという去勢不安を抱くに至る。このような異性の親に対する愛着、同性の親への敵意、罰せられる不安の三点を中心として発展する複合体を、フロイトはエディプス・コンプレックスと命名したのである。（一九〇〇年）

この名称は、それと知らずに父であるテーベの王ライウスを殺害し、母たる王妃ヨカーテスと結婚し、やがて真相を知ってみずから両目をえぐり抜いた「エディプス王」の悲劇（ソフォクレス作）に由来している。

なおこのコンプレックスには二種類が区別され、陽性エディプス・コンプレックスでは男の子が母に愛着して父を憎悪し、女の子が父に愛着し母を憎悪するが、陰性エディプス・コンプレックスではこの関係が反対になり、男の子が父に愛着して母を憎み、女の子が母に愛着して父を憎む。

前者は正常な幼児の発達過程で経験されるものであって、男の子はこの後父に対する敵意の抑圧を経て父同一化を行ない、男性化の道を進んでゆく。後者の場合、たとえば男の子が女性性に向かう強い本能素質をもっている時には、去勢不安に脅かされると、母を愛して父と競争するよりは、みずから進んで父への敵意や男性らしさを放棄し、母同一化することによって父に愛されようとする退行的な口愛願望を強く持つようになり、男性性は失われて同性愛傾向が強まってゆく。

六歳頃になると男根期が終り、それとともにエディプス・コンプレックスも消えてゆくが、この解消され方が性格形成、神経症の発症などに重要な関連をもつのである。（増補版『精神医学事典』馬場謙一弘文堂）

エディプス・コンプレックスの概念は現在も生き続けているが、それをフロイトの学説に忠実に幼児の性欲に依拠しているとの考え方（汎性欲論）は後退していると思われる。少なくとも筆者は性欲を主力には考えてはいない。またフロイトの時代の父親と母親のあり方は現代とはかなり異なっていたであろう。そのため、それの機械的な当てはめは妥当ではないかも知れない。特に現代では男性の社会的役割と女性の社会役割の区別が次第に少なくなってきているのでなおさらであろう。

そしてエディプス・コンプレックスは、普通一般に誰にでも発生してくるもの、とされているのであるが、正常な発育家庭では、それは調和のとれた両親からの愛情によって克服され、自然に消失していくものとされている。

しかしながら父親と母親の愛情のあり方の違いから、現象としてはエディプス・コンプレックスに似た現象が発生してくることはしばしば認められる。

啄木の場合は古典的なエディプス・コンプレックスに近いものがあるようである。以下その問題について述べていく。

・大形の被布の模様の赤き花
　今も目に見ゆ
　六歳の日の恋

六歳の子供にもフロイトの言うように性欲があると解釈し、この歌がまともな恋の歌であるとの考えに基づいて、啄木の作品の全て、或いは啄木の悲劇性の基を、この歌に求めている啄木研究者がいる。啄木の恋の歌の全ては六歳の時の恋が失恋に終わった、相手の女性にふられたような単純な失恋ではなくて相手の女性（もまだ子供であるが）が亡くなってしまった、そのことによる悲劇が啄木の芸術作品の創作エネルギーである、とのことらしい。このことについては本書の第三章で述べている。

筆者に言わせればこの歌がまともな恋の歌とは到底思われない。男と女の性の違いを意識しはじめた頃のことを、比喩的にあるいは演技的に芸術的に恋になぞらえて懐かしがっているだけの歌であろう。

啄木に見られるエディプス・コンプレックスとは、父に対する感情の特異性と母に対する感情の大きな違いである。

筆者の理解では、両親の仲が円滑でなく頻繁に喧嘩を繰り返しているような家庭では子供は心理学的に健全に発達出来なく、子供が神経症となっていく素地となる。仲の悪い両親はそれぞれ子供を自分の味方につけるべく子供に働きかける。子供はどちらの味方につけばよいのか思い悩むことになる。子供は父母両方から愛されたいと思っているのに、片方の味方につくということは他の片方を敵にすることになるのである。そのため理屈だけは達者でも決断力や実行力のない性格となり、不安に陥りやすい神経症となっていくのである。

## 二一　啄木のエディプス・コンプレックス

中島宗は「啄木随想　啄木と山と両親と」（「みちのくサロン」一九七五年五月季刊春夏合併号〈石川啄木特集〉　みちのく芸術社）で次のように述べている。

啄木研究家、斎藤三郎著『啄木文学散歩』（角川書店）には、次のように書かれています。「啄木の日記を見ると、母カツと父一禎に対する思慕の情は、比重において七対一、あるいはそれ以上と考えられるほどに母に対して重いのであるが、これは世間一般の例とばかりはいえないような気がする。おそらくは彼は、父一禎の人間的欠点を知りすぎるほど知っていたにちがいない」

小沢恒氏はその著書「啄木――秘められし愛の詩情」（角川書店）のなかに、「お母さんっ子であった啄木には、父の歌はきわめて少ないようである」と述べています。

……啄木の全歌の中で――

・父母を同時にうたったもの　一三

・父をうたったもの　一二

・母をうたったもの　二五

「同時」をうちわけて父と母に加えますと、父は二五、母は三八となりまして、母の方がずーっと多いのです。歌い方も、大ざっぱに見て、父に対しては抽象的、倫理的な要素が多く、母に対して具体的、感情的な傾向がつよいといえそうです。父よりも母に対して、より親近感を持ち、いたわりの感情が深いのです。父に対しては、感謝と陳謝の気持ちはあっても、何か一歩へだてたものがあり、ある程度の不満と遠慮があったことも十分想像されそうです。最小限の引例をあげてみましょう。(順不同)

・わが父は何に怒るや大いなる青磁の瓶を石上に撃つ
・父と吾無言のままに秋の夜中並びて行きしふるさとの夏
・すでに三日つづけて何か怒りたる父我が枕蹴ると夢に来
・親と子とはなればなれの心もて静かに対ふ気まずきは何ぞ(筆者注　親＝父)
・よく怒る人にてありし我が父は日頃怒らず怒れと思ふ
(以上二五首のうちから)
・母われを打たず罪なき妹をうちてこらせし日もありしかな
・たはむれに母を背負ひてそのあまり軽きに泣きて三歩あゆまず
・あたたかき飯を子に盛り古飯に湯をかけ給ふ母の白髪
・母上の仮名の手紙のこのごろは少し上手にならせ給へる
・薬のむことを忘れてひさしぶりに母に叱られしをうれしと思へる
・ひと塊の土に涎し泣く母の肖像つくりぬかなしくもあるか
・母君の泣くを見ぬ日は我ひとりひそかに泣きしふるさとの夏
(以上三八首より)

……

母へのいたわりと感謝とは、短歌のほかに、日記や手紙のなかにもたくさん発見することができます。逆に、父へのそれとない不満やら批判なりは、やはり日記や書簡の中に散見しているのです。

『石川啄木事典』では小川武敏が次のように書いている。

**父**（ちち）

『一握の砂』の「父のごと秋はいかめし／母のごと秋はなつかし／家もたぬ児に」や、「燈影なき室に我あり／父と母／壁の中より杖つきていづ」など、両親を歌った歌はよく知られている。しかし父のみを歌った歌は、同一歌を各誌紙に発表したものを一首として数えるなら、初期習作をふくめわずか二〇首ほどに過ぎない。母を歌った歌に比べて格段に少ないのである。しかも『一握の砂』所収の「よく怒る人にてありしわが父の／日ごろ怒らず／怒れと思ふ」や、一九〇八年（明四一）作歌の「わが父は何に怒るや大いなる青磁の瓶を石上に撃つ」「すでに三日つづけて何か怒りたる父わが枕蹴ると夢に来」「我れ父の怒りを受けて声高く父を罵り泣ける日思ふ」などに見られるように、厳めしさとともに（怒り）のイメージと結合して歌われるのに気付かざるをえない。

歌稿ノートに「父と母猶ましませり故に我死ぬを得ざりとまた筆をとる」と記すように、家の制度は重圧として啄木にのしかかっていた。「わが父は六十にして家を出て師僧の許に聴聞ぞする」や、削除された草稿に「雪深き八重の山をただひとり越えてゆきけむ老いし父はも」があるように、家出を繰り返す父を気遣う心情は、「ローマ字日記」で家父長制を疑いつつも、棄て去ることのできぬ家族の象徴として存在する。晩年になるにつれ、『一握の砂』に収録しなかった「父母の老いし如くに我も老いむ老いは疎ましそれを思へば」(『東京朝日新聞』明四三・三・二六)のように〈疎まし〉という感情が付随するようになり、『悲しき玩具』で「かなしきは我が父!／今日も新聞を読みあきて、／庭に小蟻とあそべり」「その親にも、／親の親にも似るなかれ――／かく汝が父は思へるぞ、子よ」と歌うに至る。父の存在は敬うべきものでありながら、肯定的に歌われることがない。

おそらくこの父の姿が基層にあって、小説や草稿での〈老人と青年〉の対立的イメージが形成されたのだろう。小説「道」(『新小説』明治四三・四)では、人生行路を暗示する山道で疲労困憊する老人たちが、極端に戯画化され嘲笑の対象にされているが、同時期の日記に記す喜劇「父と子」や草稿「杖の喜劇」「喜劇・父の杖」では、不調和な安っぽい洋食店を象徴的な舞台にして、父のみならず子の世代も批判される予定だったらしい。「我等の一団と彼」を経て「時代閉塞の現状」に至ると父の世代概念が広がり、明治の社会を建設したのは〈父兄〉の手によるとされ、〈青年〉たちへ組織的な明日の考察の必要性を訴える。「はてしなき議論の後」(明四四・六)では〈人民の中へ〉という呼びかけが青年に対してなされるが、この詩においても、老人は早く死ぬものとして一蹴されるのみで、父の世代への理解が見られないまま否認されるのが特徴である。

こう見てくると啄木は父親とは対立があり、母親べったりの典型的エディプス・コンプレックスということが出来る。しかしながら、啄木のエディプス・コンプレックス残存が幼児期の性欲に起因するものとは考えすぎと思われる。

母については同事典では安森敏隆が書いているが、母についての短歌を詠嘆と架構として虚構化していると解説しているだけで、父との対比や母についての啄木の心理については述べていないので割愛する。

## 一二　啄木のエディプス・コンプレックスの発生起因

普通のエディプス・コンプレックスでは男子女子ともに同性の親との敵対、異性の親との愛着が成人以後も残ることで表れてくる。啄木は前述のごとくである。啄木の姉二人サダとトラについては不明であるが、妹光子の場合は母との敵対、父親への愛着となって出てくる。はじめに光子の場合について述べてみる。

光子の著書『悲しき兄啄木』（初音書房）、『兄啄木の思い出』（理論社）やその他の文献を読むと、母・カツに対しては「敵対」といわれるほどの大げさなものは書いていないが、三人目にしてやっと生まれてきた男の子である啄木の次に生まれてきた、つまり啄木の影のような存在に対して親、特に母親に不信と不満を抱いてきたことは窺えるものである。

啄木の歌であるが、次の歌が残されている。

・　母われを打たず罪なき妹をうちて懲せし日もありしかな

妹光子の立場からすれば、このようなことでは母に対して疎ましい気持ちが発生しても当然であろう。しかし光子の書いたものからは、この歌から予想されるものほどには母への極端な憎悪や陰性感情を読み取ることは出来ない。それは光子がそれなりに大人となってから書いたものであるからであろう。しかし母・カツが啄木を偏愛するとばっちりを受けていた光子に対して、父・一禎がそれを補っていたとすれば、光子の父・一禎に対する好意的感情が発生してきても不思議ではない。

「兄も私も負けず嫌いだから、私が負けてさえいれば兄の機嫌はいいのだが、少しでも勝とうものならたちまちふくれあがり、二人の間は、母に止められるまでけんかになっていった。そして私がいつも、女で年下なのだからと母に叱られる。いかにも損な話であった。あるときなどは、兄が例の大きないろりの火を火箸でとばし、私はやけどをして泣きだしたが、母はそれさえも、『そんな小さな火がとんだってあついはずがない』と私を叱った。——このときは父が見かねて、『どんな小さな火でも火はあついものだ。一がわるい』と、兄のほうがひどく叱られたが……」（『兄啄木の思い出』）

光子の書いたものでは父親に対して弁護的な姿勢が特徴的である。筆者に言わせれば、父・一禎は曹洞宗の住職でありながら、住職を罷免されたり、子供たちを仏教徒として養育することも出来ず（啄木は無神論者、光子はキリスト教徒となっている）、更には無責任な逃避的家出を繰り返すばかりの人物である。そんな父親ではあるが、光子は父・一禎を石川家の当主として崇め、世間で言われるほどの力の無い拙劣な人物ではないことを強調している。禅で鍛えた歌も読める、教養も高い人物として描いている。光子は自らはキリスト教徒となりながら父親一禎を必死で庇っている印象が強い。

「父と母は仲のよい夫婦であった。けんかなどはほとんどなかった。あんなになんでも書いている啄木の日記にだってたった一度しか書いていないではないか。父は高僧とはいえないかもしれないが、禅できたえられた人であった。だから俗ばなれしていたり、人づきが悪かったりはしていたが、つまらないけんかなどする人でなかった。暇があれば読書したり、歌をつくったりしていた。家出の理由は『放浪癖』などと呼ばれるものではない。渋民時代のそれは宝徳寺に復職することで檀家がもめていることに無常を感じたことと、あわせて啄木が月給八円で一家六人をかかえているので口減らしの意味があった。それをいいだしたところで兄が認めるわけはない。その後の場合も同じである。野辺地の伯父の寺では町の人に渋民和尚と慕われていた」（『兄啄木の思い出』）

そのため光子にもエディプス・コンプレックスに類似の心象があるように思える。しかし光子の場合も、幼児期の性欲に基づくものとは判断し難い。光子の場合はそれよりも、啄木の死後、啄木の名声が高まるにつれて啄木や妻の節子や友人の宮崎郁雨らだけが善人とされて世間に喧伝されていき、母や父、それに自分までもが、啄木の足を引っ張る悪役を演じさせられていくことに対する反発が強く、そこから由来してくる父親擁護のように思われる。精密な意味でのエディプス・コンプレックスとは判断し難いものである。

啄木の場合に話を戻すのだが、その前に両親のことを理解しなければならない。

## 一三　一禎夫婦の葛藤

啄木の父親・一禎は出生や養育環境に哀切なものがある。詳細は筆者の前書『石川啄木　悲哀の源泉』で書いたが、異母兄が沢山いるところへ生まれ、出生後間もなく養子に出される。しかしそこの養母が懐妊したために、もどされて五歳の時に寺へ出される。普通の家庭で両親に養育されるという経験を充分積んでいない。幼児期から寺という特殊な環境で養育されて成人となっている。父親像も母親像も知らないで、本来的な家庭というものは知らないままであろう。

僧侶に自主的になりたくてなったのではない。お寺に捨てられて、僧侶になるしか生きていくことは出来なかったのである。そのためかどうか、檀家有志から将来の宝徳寺住職になるべく啄木の進学に対して経済的に協力を得ながら、一禎自身は啄木に対して僧侶の道を歩むように熱心に働きかけた様子を見受けることは出来ない。自分が嫌だと思っている道を自分の子どもに強要することは出来ない。良く言えば「無常」、自然の流れに任せるだけで主体的働きかけはしていないのである。

母親・カツは一三歳の時に実父が死に長兄のところへ養子に入ったようである。母は一禎に比較すればまだ家庭というものを体験的に感じ取ってきているであろう。その中で南部藩武士階級出身のプライドを身につけていったと思われる。その後次兄の葛原対月の居る龍谷寺へ家事手伝いに行って、対月の弟子であった一禎と運命的に知り合うことになるのである。

ところで啄木の両親は普通の両親ではない。啄木の両親が正式に結婚したのは啄木が小学校にあがり二年生となった秋、明治二五年九月三日である。それまでは母親や啄木も工藤姓を名乗らせていたのである。長姉のサダは既に他家（田村家）に嫁に行っていたので次姉のトラと啄木、妹の光子が、母親と共に石川一禎の戸籍に入籍となったが、あくまで一禎の子供として認めた訳ではない。養子として認めたに過ぎない。

光子の著作を読んでも、光子や啄木と両親との家庭に、和気あいあいとしたものがあまり感じられない。生物学的には親子関係に間違いがない家庭なのであろうが、社会適応としては親子でないことになっていることに、ある種の不自然さや無理が加わっているからであろう。

一禎とカツが光子が書いているような仲のよい夫婦であったとは到底思われない。啄木が生まれて中学中退までの期間、啄木一家には波風はたつこともなく平穏なうちに過ぎている。その間の夫婦関係に問題があったかどうかについてはよくは知られていない。何事もなかったかのように過ぎている。啄木など、子どもたちの誕生に纏わる不条理も、何事の問題も何もなかったかの如くである。

しかし啄木が中学を中退したのをきっかけのようにして、その後一禎は宝徳寺住職を罷免され啄木一家のあまりにも悲惨な悲劇が始まる。しかし一禎とカツは協力して難局にあたろうとはしない。一禎は逃避的な家出を繰り返すだけである。しかも、糊口を減らすためならばカツを連れての家出も可能であったと思われるのだがそうはしていない。啄木が函館に行った時はカツは渋民村の知人の家に預けられている。啄木が迎えに来て函館に行く途中で、一禎の居る野辺地常光寺に啄木と立ち寄ったくらいで、カツだけが一禎を野辺地に残して函館に行っている。カツは結局は最後までベタベタと啄木にへばりついているのである。

一禎は啄木の臨終を看取っても、その前のカツが亡くなった時は姿を見せてはいないのである。このように一禎とカツの夫婦仲は決して円滑なものではなかった。そのような両親の下で啄木は育てられたのである。

カツは日戸の常光寺に行った時に早く正式に入籍を望んでいたとおもわれるが、入籍を拒否したり遅らせたりしていたのは父親の方であろう。本当は父親一人の思惑でというよりも、伯父・つまりカツの兄で同時に一禎の師匠にあたる葛原対月の指示によるものと思われるが、形の上では一禎の責任である。

そのため啄木が母の気持ちに同情して、父親に対して疎ましい感情を抱いたとしてもそれは極めて自然な成り行きであろう。そのことが啄木にエディプス・コンプレックスを抱かせるようになった基本的要因と考えられる。

父・一禎が家出をした時に啄木の心情として次のことが書き残されている。

「此の一日は、我家の記録の中で極めて重大な一日であった。朝早く母の呼ぶ声に目をさますと、父上が居なくなったといふ。予は覚えず声を出して泣いた。父上が居なくなったのではなくて、貧といふ悪魔が父上を追ひ出したのであらう。暫くは起き上る気力もなかったが、父上は法衣やら仏書やら、身のまはりの物を持って行かれたのだ。母が一番鶏の頃に目をさました時はまだ寝て居たったのだといふから、多分暁近く家を出られた事であらう。南へ行ったやら北へ行ったやら、アテも知れぬけれど、兎に角野辺地へは問合せの手紙を出すことにした。此朝の予の心地は、とても口にも筆にも尽くせない。殆ど一ケ年間戦った宝徳寺問題が、最後のきはに至って致命の打撃を享けた。今の場合モハヤ其望みの綱がスッカリきれて了ったのだ。それで自分が、全力を子弟の教化に尽くして、村から得る処は僅かに八円。一家は正に貧といふ悪魔の翼の下におしつけられて居るのだ。さればとて父上は、自分一人だけの糊口の方法もと、遂にこの仕末になったものであらう。予はかく思ふて泣いた、泣いた。

午后四時、せつ子と京ちゃんとは、母者人に伴はれて盛岡から帰って来た。妻の顔を見ぬこと百余日、京子生まれて六十余日、今初めて我児を抱いた此身の心はどうであらうか。二十二歳の春三月五日、父上が家出された其日に、予は生まれて初めて、父の心といふものを知った」（明治四〇年三月五日付日記）

「予は生まれて初めて、父の心といふものを知った」ということで、父に対して肯定的にとらえることが出来るであろうか？　啄木は父が自己犠牲的に糊口を減らすために家出したことを知って初めて父の心を知り感動したのかも知れないが、逆に言えばこの日記はそれまで父親の心を知る気がなかった、父の心理状況を考えてあげるようなことは殆どしてこなかったいうことの証明でもある。やはり啄木には父親に対して陰性感情が根深いのである。「殆ど一ケ年の間戦った宝徳寺問題が、最後のきはに至って致命の打撃を享けた。今の場合モハヤ其望みの綱がスッカリきれて了ったのだ」とは無断で闘争を放棄して逃げていった父を非難しているのである。

あるいはまた「子を持って知る親の恩」といわれる諺のごとく、啄木自身が京子という子供を得て父親になり、そのことによって初めて父親・一禎の心というものを知ることが出来た、とでもいうのであろうか。もしそうだとしても父親を見直している訳ではないようである。

・われつねにひとり歩みぬわが父の葬りの日にも遠き旅にも（明治四一年のノートより）

明治四五年四月一三日の啄木臨終にあたっては、父・一禎はその前から駆けつけて臨終には間に合っている。しかしその四年前の啄木の心境では、父がもし死んだとしてもその葬式には駆けつける気持ちのないことを歌っているのであろうか？　遠き旅とは啄木が旅をしているのか、父が旅をしているのか、理解困難な歌である。ともかくも父に対して好意的肯定的な心情を啄木に窺い知ることは出来ない。

「父が怒って母を擲《なぐ》った。私は何年振りに父の怒るのを見た。それはかなしいことであった」（明治四四年五月三日付日記）

「夕方隣の小峰の細君目の色を変へて来る。京のいたづらの尻を持ち来るなり。京を叱り、晩餐は皆の喫し了るまで待てと命ず。父故なくして之を遮らんとす。予怒り、飯茶碗を投じて立つ」（明治四四年九月二日付日記）

「父は今迄にも何度もその素振りのあった家出をとうとう決行した。何処へといふあてのあらう筈もないが、多分小坂の田村（実際は小樽の山本）へ行ったものかと家の者は想像した」（明治四四年九月三日

付日記)
明治四四年は、その前に一度家出していた一禎であったが東京の啄木一家に戻ってきたのである。しかし家の中ではゴタゴタが絶えない。また家出ということになってしまったのである。この時の父の家出については明治四〇年の時とは異なり、啄木は大きく心を動かしてはいない。

## 一四　啄木の人格形成

啄木が父親に対して陰性感情を強く抱いていたことは多くの研究者たちも述べているし間違いのないことであろう。母親との愛着の方がはるかに強い。しかし啄木によって辛い目にあわされているのは母親の方が多いということも出来る。父親・一禎は啄木一家から逃避して師僧である葛原対月のところへ身をよせたり、次女の嫁ぎ先である山本千三郎宅に転がり込んでばかりいた。そのため啄木の臨終に立ち会ってはみたものの、その他に啄木のしでかしたことの巻き添えを食ったりはしていない。無責任と言えば無責任ではある。しかし一禎にとってはその方が幸いであった、というべきであり、一禎はそれをわかっていたものと思われる。

カツの方は理性とか知性というものではなく感情そのものだけのような人物であり、啄木にベタベタと最後までへばりついて廻った人である。啄木との間は愛情深いものであったが、それだけに苦労も多く、また啄木に悩まされ続けたとも言える。

・　たはむれに母を背負ひて

そのあまり軽きに泣きて
三歩あゆまず

啄木の親孝行を代表する歌で有名な歌の中の一つである。しかし妹光子にいわせれば文芸作品としてのこの短歌の評価はともかくとして、啄木くらい母親を泣かせた親不孝者はいないのではないか、ということである。

例えば、詳細については光子は知らないことであろうが、妻・節子が啄木の対応に耐えきれなくなり京子を連れて家出をした時には、母に向かって「節子が家出をしたのは母さんのせいだから母さんが迎えに行くべきだ」などと自分の責任を棚に上げて母を責めるといったあんばいなどである。

ところで啄木は母親と父親のどちらに性格が似たのか興味深いところである。無責任なところや直ぐに仕事をさぼるところ、などは父親似のようである。啄木が家族を残して単身赴任をしたり上京したりしているのは父親の家出に似ている。父親・一禎は師僧対月がそばにいて指示指導をしなければ能力を発揮出来なかったり破綻してしまうことは、啄木が妻セツ子が傍らにいないとやはり借金地獄からはい上がることも出来ずに浪費して生活破綻に導いてしまうところなどとそっくりである。

一禎は自らの意志で僧侶になったのではない。僧侶をやめたのも自らの意志ではない。運命に弄ばれたとしか言いようがない。いくら妹・光子が弁護して、禅で鍛えたとはいえ自分の意志のない意志欠如者であった。啄木はそれに対して自分の意志や我を通すところが強い。これは母親の性格であり、旧南部藩の武士階級の末裔としての誇り高い意識を受け継いだものであろう。

啄木は両親のそれぞれの特徴をそれなりに受け継いでいるのである。

知性がずば抜けていながら、人格形成の時に恵まれない状況があると、独特の歪みを持った人格形成となって行く。筆者は前書（『石川啄木　悲哀の源泉』）で、啄木の人格は古典的にはドイツの精神医学者クレペリンが提唱した精神病質人格の「軽佻者」であり、現在の国際分類では「演技性人格障害者」に該当すると書いている。そして「軽佻者」は父親ゆずりであり、「演技性人格障害者」は母親ゆずりであろう、としている。それは啄木の短い人生の中ではかなり長い期間であった。

しかし啄木は晩年の二～三年の間に、自己の人格的問題をそのままにせず、自己変革に最後まで努力して行くのである。それは啄木の文芸作品にも表れてくるし、評論や日記、手紙など、啄木の書くもの全てに表れてくるのである。啄木の自己変革については別に第五章「啄木の文学と思想」でも述べるが、北原白秋は次のように書いている。

「啄木くらい嘘をつく人もなかった。然し、その嘘も彼の天才児らしい誇大的な精気から多くは生まれて来た。今から思ふと上品でもっと無邪気な島田清次郎といふ風の面影もあった。彼は嘘は吐いたが高踏的であった。晶子さんに云はせると『石川さんの嘘をきいてゐるとまるで春風に吹かれてるやう』であった。その彼がその死に先立ち二、三年前より嘘をつかなくなった。真実になった。歌となった。おそろしい事である」（「短歌雑誌」一九二三年九月　初出）

啄木は人格を高めていく自己変革の途上で死没したのである。

# 第三章

# 啄木の初恋

# 一　初恋

・大形の被布の模様の赤き花
今も目に見ゆ
六歳の日の恋

・何がなく初恋人のおくつきに
詣づるごとし
郊外にきぬ

・砂山の砂に腹這ひ
初恋の
いたみを遠くおもひ出づる日

啄木が歌った初恋とは、どの時の恋なのであろうか？　もちろん一般的には、啄木の妻となった堀合節子との「恋」と考えられているが、どの恋が初恋と言える恋であるのか判然としないものもあるであろう。しかし、何が何でも六歳の時が初恋とは考えすぎであろう。性の違いをようやく意識しはじめたばかりの頃に、幼児から少年への移行期の異性に対する感覚を、大人になった啄木が文学的表現として「恋」と言ったまでのことであろう。

ところが啄木のこんな歌でも論争が起こるのである。

石田六郎という精神科の医師は、啄木の六歳の時の恋の相手は、二年後にジフテリヤで亡くなった宝徳寺出入りの大工・沼田末吉の娘サダであると断定し、そのサダの供養碑が昭和三七年一〇月ころに石田六郎の自費で報徳寺境内に建てられ、それにサダのことを歌ったものとして啄木の詩「凌霄花《のうぜんかつら》」の一節が刻まれている。

石田六郎は精神分析的に啄木を解釈してのことのようである。石田六郎の説では「初恋人のおくつき（墓）に」の「おくつき」もサダの墓であり、啄木の多くの小説の作品に出てくる女性もサダがモデルであり、啄木が節子との結婚式に欠席したのもサダへの思い入れが原因、としている。しかしこれに賛同する啄木研究者がどのくらいいるのかは不明である。あまりに珍奇な説であるがために殆ど無視されているのかも知れない。

これに対して青森県の啄木研究者・川崎むつをは石田六郎の「六歳の日の恋」の相手はサダではないことを多くの資料から証明し「この（サダの供養碑）建碑に賛同したという一、二の啄木研究家の無責任さと、住職の商売気は困ったものである。少なくとも一般の研究と賛同を得てからにすべきであるとおもう」（「新日本歌人」昭和三八年六月号）と厳しく批判している。

石田六郎の説は支持者がなく、したがって歌碑も自費で建てるしかなかったようであるが、あまりに変わった珍奇な説であるために、啄木研究の文献にはしばしば紹介されている。筆者も石田六郎と同じ精神科医師であるが、とても石田六郎説に与する気にはならない。フロイドの精神分析のあまりにも機械的な無理な当てはめとしか思えない。

もっとも世の中は広いもので石田六郎の後継者が現れて書をものにしているが、そのことについて説明していくことにする。

## 二　怨霊のたたり

大沢博は『悲哀と鎮魂　啄木短歌の秘密』（おうふう）のあとがきで、次のように述べている。
「私は石田六郎氏の研究に触発されて（詩稿ノート）『暇な時』に興味をひかれ、研究してきたのであるが、昔から日本人の心に深く存在している、霊の観念と信仰、霊のたたりに対する恐怖、そして鎮魂の思いが、啄木のこの大歌稿群に表現されていることに気付いた」「啄木の歌には悲哀感の表現が多いが、その根底にはこのような心が存在していたと思われる。梅原猛氏や井沢元彦氏は、日本の歴史を理解するのに、怨霊のたたりへの恐怖という見方が不可欠であることを主張しておられるが、啄木文学の研究においても同じであると私は思っている」

そして本文では「暇な時」に書かれているたくさんの歌を上げてそれを説明している。その最も大きな柱となっているものは、六歳の時の啄木の初恋の三歳年上の女性、二年後一一歳でジフテリヤで死んだ宝徳寺出入りの大工、沼田末吉の娘、サダのことである。サダの怨霊のたたりへの恐怖が啄木の心の深層にあるというのである。そして啄木は死んだサダの墓を指で掘ってサダの骨を掘り出したことになっている。

大沢博にいわせれば、啄木の歌に使われる砂山は土葬の土まんじゅうの墓を意味し、石は墓石を意味する。白砂の白は白い死装束となり、砂はサダその人なのである。

・　手が白く

　且つ大なりき
　非凡なる人といはるる男に会ひにし

大沢博の解釈では、怨霊のたたりにより手の血の気がなくなり、むくんで大きくなってしまったというイメージとなる。

・はたらけど
　はたらけど猶わが生活楽にならざり
　ぢっと手を見る。

はたらいてもはたらいても生活が楽にならないなあと思うと、次の瞬間には、やはりこの手でサダの墓を堀り、骨をいじったからだという観念がわいて、ぢっと手をみてしまうのであろう。

もっとも傑作な解釈は啄木の代表歌である次の歌の解釈である。

・東海の小島の磯の白砂に
　われ泣きぬれて
　蟹とたわむる

「東海」には函館に残した妻節子の意味があり（以前に節子は東海よりという詩集を啄木に贈っている）、「小島」の「小」は釧路の小奴の意味があり、「島」は函館（渡島の国の島）の橘知恵子、「磯の」は渋民村の佐々木いそ子、「白」は長姉サダの霊、「砂」は少女サダの霊、「蟹」は東京で付き合っている植木貞子となる。東海の歌はこのような経過で生まれたのではなかろうか。

一見して海岸の情景が歌われているこの歌は「暇な時」の歌稿の研究では、妻節子を初めとする女性達のイメージ、とくに少女サダのイメージに泣く我は、現前の女性との戯れの恋に陥っている我でもある、という意味である。中心は死別したサダの霊に泣いているのである。

・頬につたふ
　なみだのごはず
　一握の砂を示しし人を忘れず

この歌こそ、まさに少女サダの埋葬場面の回想であろう。「一握の砂」とは土葬の際の最初の一握りの土を意味している。

・大海にむかひて一人
　七日八日
　泣きなむとすと家を出でにき

この歌は、少女の亡霊に直面して、七日も八日も恐怖におそわれながら部屋の中にいたが、外に出て思う存分泣き、悲しみにひたろうということであろう。

・いたく錆びしピストル出でぬ
　砂山の
　砂を指もて掘りてありしに

「砂山」は土葬の墓、「いたく錆びしピストル」とは、土のついた骨片の隠喩と思われる。この歌は、少年時代に、少女サダの墓を手で掘って、骨片を掘り出してしまった体験の回想を、隠喩を使って表現したものと解される。

・ひと夜さに嵐来たりて築きたる
　この砂山は
　何の墓ぞも

「砂山」の背後には墓のイメージがあることを示している歌である。「嵐」とは、少女サダの命をうばった運命の嵐という意味を秘めていると解される。

・砂山の砂に腹這ひ
　初恋の
　いたみを遠くおもひ出ずる日

少女サダの土葬の墓が思い出され、彼女との予期せぬ死別の際の、痛切なる悲哀感を思い出したことを、さらに回想した歌であろう。

・砂山の裾によこたはる流木に
　あたり見まわし
　物言ひてみる

「砂山の裾によこたはる流木」とは、少女サダの墓のそばに倒れていた、塔婆のことであろう。あたりを見まわしてから、その塔婆に語りかけたことの回想であろう。

・いのちなき砂のかなしさよ
　さらさらと
　握れば指の間より落つ

「いのちなき砂」は、まさにいのちなきサダであり、サダの墓石の土のイメージが秘められていると解される。その土を手に握って悲しみにひたった幼き日の思い出を、澄んだ表現にして読んだものであろう。

・しっとりと
　なみだを吸へる砂の玉
　なみだは重きものにしあるかな

手にのせたサダの墓土に落とした涙が、その土の中に吸い込まれていった、幼き日の悲しい思い出を読んだもので、「砂の玉」はサダの魂であろう。

・大といふ字を百あまり
　砂に書き
　死ぬことをやめて帰り来れり

少女サダの墓の土に、指でその名を書いたことがあったのであろう。「死ぬこと」を望んで「砂」のところに行くイメージは、サダのそばに行きたい願望にもとづくものであろう。「大」は大きく見える怨霊の意味である。しかし死の決意をひるがえさせるものは、生の意味の再発見である。啄木にとって、生きる意味は大作家になることであった。

啄木は「一握の砂」の冒頭一五一首を「我を愛する歌」と題している。「我を愛する歌」とは何か。少女サダとの死別の悲哀感を今も抱き続け、怨霊恐怖におそわれることもあるので、むしろ霊の世界に行きたい死の願望がわいてくるが、なお生きて作家として仕事もなしとげたいという、そんな自分をいとおしむ歌ということであろう。また我はサダを胸に秘めているので、サダを愛する歌でもある。

・己が名をほのかに呼びて
　涙せし
　一四の春にかへる術なし

この歌は、推敲前は「君が名を仄かに呼びて涙せし幼き日にはかへりあたはず」であり、少女サダとの死別の悲哀と解される歌であった。

・潮かおる北の浜辺の
　砂山のかの浜薔薇よ
　今年も咲けるや

この歌には「砂山」がある。これまでの論証にもとづけば砂山は墓であり、少女サダがかくされているのである。（函館の）大森浜の砂山の風景に託して、実は渋民村の宝徳寺に眠る少女サダを詠んだのであろう。「わすれがたき人々」の第一の人は、亡きサダということになる。

・手套を脱ぐ手ふと休む
　何やらむ
　こころかすめし思ひ出のあり

「こころかすめし思ひ出」とは、サダの墓を手で掘った思い出であろう。手にさわりが来るというたたりへの恐れが、手套を脱ぐ手をとめさせたものと思われる。

・底知れぬ謎に対ひてあるごとし
　死児のひたひに

またも手をやる

一握の砂の末尾に、生まれて間もなく死んだ、我が子真一を詠んだ歌がある。この子が死んだのも怨霊のたたりのためかという思いが、ふと心の底をかすめたのであろう。

以上のように歌集「一握の砂」はその題、各章の題、各章の少なくとも第一首、第一章については冒頭の一〇首が、すべて亡き少女サダに密接にかかわる内容と解されるものばかりで、それらの解釈は相互に一致して整合する。かくて歌集「一握の砂」構成の最も主要な動機は、少女サダの鎮魂であったと思われるのである。

その他にも大沢博は、啄木が怨霊のたたりに恐怖していたという持論を色々と展開している。それらがある意味で虚構に徹していれば簡単にことは済まされるかも知れない。しかし事実と虚構があざなえる縄のごとくに捻じりあえば事実と虚構の判別も困難となってくる。啄木も日本人の一人であり、怨霊のたたりに恐怖したとしても奇怪しいことではない、などと思ってしまう。

## 三　石田六郎説に対する反論

### ①　三浦光子の見解

啄木の妹、三浦光子は石田六郎の啄木の初恋については一笑にふしている。（『兄啄木の思い出』）

一昨三十七年に、渋民の宝徳寺に『啄木の幼き日の恋人の供養碑』が建ったということを聞いて、ほんとうに狐につままれたような気がした。

その碑を自費で建てたのは、石田六郎という精神科のお医者で、今までの研究家とは違った方面から啄木を研究したということである。つまり、ご専門の医学的方面からと社会的方面からということで、そのことは大いに期待されてよいと思う。

啄木とその一家を苦しめた病気と貧乏、その原因や経過が究明できれば、啄木研究にプラスすることも多いと思う。

しかし、その研究の一部であろうところの精神分析学的研究の結果が、妙なことになってしまったのは、まことにこっけいである。

その結果というのは、

「啄木の全生涯、全作品に影響を与えたのは、彼の幼き日の恋人の死である。その満たされなかった願望が潜在意識となって作用した。

その影響した作品は短歌『六歳の日の恋』ほか、詩『のうぜんかつら』『盲目の少女』ほか、小説『二筋の血』など沢山ある。

その母とも姉とも慕った少女は宝徳寺前の大工の娘・沼田サダである。

サダは唯一人の女の同級生であった。十一歳で死んだ。

それでそのサダの供養のために宝徳寺に自費で碑を建てた。

その碑にはサダのイメージを歌ったという詩『のうぜんかつら』の一節を刻んだ」

というのである。

いかにも啄木には六歳の日の恋をうたった短歌はある。

・大形の被布の模様の赤き花
　今も目に見ゆ
　六歳の日の恋

それはもちろん恋とよばれるほどのものではなく、その言葉どおり、大きな赤い花の模様のついた被布を着た女の子の思い出ではないのか。

そのころ、東北の寒村で被布を着れる女の子は幾人もなかった。だから、この歌はサダをうたったのではないと思う。

サダの家は内福（筆者注：内職？）で、継母は始終機織りをしていた。妹の八重子などはいつも手織りの小ざっぱりした物を着ていたがサダは違っていた。虱のたかるようなボウボウの髪をして、よごれた着物を着て、継母が産んだ児を背負わされていた。それで小学校にはいるのが遅れて九歳かではいった。二、三年生のころジフテリヤで死んだが、その時継母は味噌をつけた握り飯を一つ枕もとにおいて野良に働きにでておったので、虐待死ではないかと取沙汰されたものだった。

村のある老婆が「『ハジメさん』『オサダッコ』といって遊んでいるのを見た」といったというが、同級であり、家が近くだから全然遊んだことがないとはいえないだろう。しかし、私は二人が仲よく遊んだのを見たこともないし、遊ぶわけもないと思っている。それに同級生にサダ一人しか女の子がいなかったというのもおかしい。だからどうしても、もし幼き日の恋があったとしてもサダとは思えないし、その死が啄木に影響したとも思えない。

そういうサダの供養碑を建て、しかも啄木の詩を刻んだというのには、驚きをとおりこしておかしくさえなる。

その研究か建碑かに賛成した有名な研究家も二、三あったというが、いいかげんなものだと思う。そしてそれを建てさせた寺も寺であると思う。

この碑の建設に反対した青森県啄木会の川崎むつを氏らの説を私は支持する。川崎氏は「新日本歌人」（昭和三十八年六月号）の中で、「啄木と精神分析学」と題して、この問題をとりあげているので一読をすすめたい

## ②　川崎むつをの見解

筆者の手元には「新日本歌人」（昭和三十八年六月号）がないが同じく川崎むつを著作の『石川啄木と青森県』（こころざし出版社刊　青森文学会発行）に掲載されているのでそれを紹介する。

### 啄木と精神分析学

石田六郎という精神科のお医者さんの「人間啄木の新しい解釈」（民友新聞何年か？・八月二十四日）その他河北新報の記事等を読んで何だかキツネにつままれたような気がした。

精神分析学な研究ということで、私は知らないが、学説としては立派な学説であるのだろう。シュテールケの「満たされない過去の願望は人の心の中で永劫であり、不滅である」という言葉も真理であるかも知れない。そして「啄木の六歳の日の恋の相手の死が啄木の全生涯、全作品に影響した」ということも或は本当なのかも知れない。

しかしながら、その六歳の日の恋の相手が大工の娘サダであると断定したことには大きな疑問をもっており、したがって、そのサダの供養碑なるものをたてたことにも賛成できない。

まず石田氏が精神分析学的に解釈したという点を一通りあげ、それについての私見をのべよう。

（1）サダが啄木の六歳の日のエディプス・ラブの対象である証拠のように、

①啄木が学齢に達しない六歳で就学したのはサダ（九歳）が小学校に入ったからである。

②サダは同学年で只一人の女の子である。

③サダはハジメさんと呼び、啄木はオサダッコと呼んでよく遊んでいたと村の老婆が云っている。

ことをあげている。そして、

④サダは継子であったが三年生（十一歳）の時ジフテリヤで死んだ。それで、姉とも母とも思慕したサダの死が啄木の精神界に致命的傷痕をのこすことになった。

としている。

（2）その満たされぬ願望やエディプス・ラブの影響した作品として、

①短歌「大形の被布の模様の赤き花今も目に見ゆ六歳の日の恋」のモデルは、小説「二筋の血」のモデル佐藤藤野と同じで、山口村の礼子を歌いながらサダの像にかさなっている。

②短歌「何がなく初恋人のおくつきに詣づるごとし郊外にきぬ」はサダの墓のある故郷にひかれている証拠である。

③小説「二筋の血」に三人の少女がでるがサダの像はその影にかくされている。

④「二筋の血」の清光童女の墓は、実は宝徳寺にあるサダの墓の弘済善童女で、コウセイとセイコウと音を逆にしたものである。

⑤佐藤藤野という名の少女と啄木はその後萩の浜で会った。

⑥詩集「あこがれ」及びそのころの詩「お蝶」「梟」「凌霄花」「わかば衣」「めしひの少女」等のモデルはサダである。

なお、

⑦啄木の婚礼のときのことを「また花婿のいない結婚式となって友人から絶交された怪事件も動因は六歳の日の恋に基く絶対的な無意識の力にあって、結婚という重大な現実的性問題に逢着して、かれを無意識的に故郷の自然に引きつけたとすれば合理的に解明できる」としている。

以下私（川崎むつを）の私見である。

（1）の①啄木の学齢前入学がサダが入学したからだという証拠はない。遊び仲間が入学したからだと啄木が何かにかいている。

②啄木の同級生に女の子はサダ只一人だということはウソである。

啄木日記明治四十年一月一日のところに、

「后一時帰り来て、金矢信子女子及び其二妹と元旦の昼食を共にす。（中略）十幾年前、予六歳の春、初めてここの郷校に上がりし時、同級二十幾名、女子も亦其中の一人なりき。四年にして尋常科教程を卒へたる後、更に笈を負ふて杜陵の学校に遊べるもの、女史と唯二人のみ……」とあるので明らかである。

③啄木の本名一（はじめ）だからハジメさんと呼ばれたことは確かであるが、啄木の妹の光子さんは「おサダと遊んだのなど見たことはない。あの人が六つのときの恋人だなんてトンでもない」と強く否定している。

④右のことからも「サダを母とも姉とも慕った」とは思われない。サダがジフテリヤにかかったときも継母は味噌をつけたニギリメシを一つ与えて田圃に出たと云われており幸うすく死んだ子に対する傷心は多感の啄木に、或いはいくつかの歌か詩かに取り上げさせたとしても、それを「幼き日の恋」とするのは性急であろう。

（2）の①「六歳の日の恋」の相手は素直に被布を着た人とすべきではないか。当時、村で被布を着た娘は二人あった。一人は金矢信子らしく、もう一人は秋浜起乃である。起乃さんは昭和三十六年青森で亡くなったが、生前私に語ったことを要約すると、『わたしの家は医者で、ハジメサンもご姉妹もよく遊びに来ました。当時被布をきた人は二人しかなく、私のはメリンスの菊の花の模様であの歌にうたわれたのは私だとおもっています」起乃さんは明治十七年生まれで啄木の一級上であったが、当時単級であったので毎日同じ教室で学んだ。美しく才たけた勝気な人であった。（青森啄木会の有力なメンバーであった。）

②この歌は郊外のさびしさを歌ったもので、ふる里の歌ではない。「初恋」と「幼き日の恋」とはちがう。

③⑤小説「二筋の血」の藤野のモデルは或いは何人もの像が重なっているかもしれない。「渋民日記」の中にある高等科二年の奥山絹子らしいところもあるし、小説の場合はフィクションがあるので断定はできないとおもう。只、日記四十一年四月二十六日のところで、啄木が北海道から三河丸で南下する途中、萩の浜に上陸して休んだ旅店で給仕に出た娘の名を聞くと佐藤藤野と答えている。「珍しい程大人しく愛嬌があった」その娘の名を同年執筆の「二筋の血」に借用しただけであると

おもう。

④「清光」と「弘済」と音を逆にしただけであるとはコジツケではあるまいか。藤野の美しさが清く光るようだというので啄木がつけた戒名とは思われないだろうか。

⑥大体、或る先入感をもってする研究はこまる。「あこがれ」一巻は啄木が「初恋人」といっている節子に捧げる詩篇が多いと見るべきで、殆どが美しく才たけて、しかも良家の娘である。啄木の趣味は貴族的なので賎しくみにくいものは、あわれみはするが魅力は感じなかった。しかも「呼子と口笛」時代になると、その「満たさない願望」はもはや「六歳の日の恋」などではなく、かれが空拳をもって闘った社会のからくりを改めることにかかっていたのではないか。

⑦啄木が友達から絶交されたのは「はなむこのいない婚礼」のためではない。「故郷の自然にひかれた」とするのもあたっていない。絶交されたのも、婚礼に出なかったのもともに経済的な理由であったことは諸家も認めているところである。ただ性的なことでないかと見たところは精神科医らしいところであるが、以上のことから暗合であるとすべきであろう。

「満たされない願望」が生涯に影響するということが真理であったとしても「六歳の日の恋」だけがそうだとは思われない。啄木の場合はかれの一家を絶望の底につき落とした事件、「寺を追われたこと」、復帰のための必至の努力も空しくついに「村を追われたこと」とみるべきではないか。それだからその死に至るまで故郷をおもう歌をかいたのである。そして、郷校（教育）の改革、新聞社の改革、ひいては社会の改革を考えたことは、みなかれが当面し、なお満たされなかった願望からであったとみることができよう。

精神分析がいかに勝れていようとも、その当てはめ方に誤りがあれば、かえってマイナスとなるのではないか。

サダの供養碑は三十七年七月ころ石田氏の自費で宝徳寺に立てられ、それに啄木の詩「凌霄花」の一節が刻まれているという。この建碑に賛同したという一、二の啄木研究家の無責任さと、住職の商売気は困ったものである。すくなくとも一般の研究と賛同を得てからにすべきであるとおもう。

注① 石田氏はその後「精神分析からみた啄木」を一冊にまとめたが、「サダが同学年中只一人の女の子であった」というところは削ってある。

注② エディプス・ラブとは、幼い男児が父親を排して母を思慕すること。

（「新日本歌人」昭和三八年六月号）

なお川崎むつをの所感に筆者の所感も加えておく。

小説「二筋の血」に出てくる女の子藤野について、そこでは次のように書かれている。

「百何人の生徒はみな目をそばだてた。じっさい藤野さんは、いま思うてもあまり類のないほど美しい子だったので。前髪をまゆのあたりまでさげた顔がまるく、黒味がちの目がぱっちりと明かるくて、色はあくまで白く、笑うごとにえくぼができた。男生徒は言わずものこと、女生徒といっても、赤いきれか何かでもむぞうさに髪をたばねた顔を、あかじみたあさぎの手ぬぐいにつつんで、雪でも降る日には、ぶかっこうなつまごをはいて、はんぶんに切った赤毛毛布を頭からすっぽりかぶってくる者の多い中に、大きく菊の花を染めた、はでな唐ちりめんの着物を着た藤野さんの姿のまじったのは、村はずれのどろ田にれんげの花の咲いたよりもなおあざやかに、私どもの目に映ったのであった」

ところで三浦光子が描く大工の娘サダは次のようなものである。

「虱のたかるようなボウボウの髪をして、よごれた着物を着て、継母が産んだ児を背負わされていた。それで小学校にはいるのが遅れて九歳かではいった。二、三年生のころジフテリヤで死んだが、その時継母は味噌をつけた握り飯を一つ枕もとにおいて野良に働きにでておったので、虐待死ではないかと取沙汰されたものだった。村のある老婆が『〝ハジメさん〟〝オサダッコ〟といって遊んでいるのを見た』といったというが、同級であり、家が近くだから全然遊んだことがないとはいえないだろう。しかし、私は二人が仲よく遊んだのを見たこともないし、遊ぶわけもないと思っている。それに同級生にサダ一人しか女の子がいなかったというのもおかしい。だからどうしても、もし幼き日の恋があったとしてもサダとは思えないし、その死が啄木に影響したとも思えない」（『兄啄木の思い出』）

小説の中の藤野はどう見ても「掃き溜めに鶴」という感じである。実際のサダは「掃き溜めに相応しい虱たかり」である。これを同一人物、あるいはモデルとしてイメージしろと言われても出来ない相談である。それに小説の終わりごろにはわざわざ「むろん恋とはいわぬ」と書いている。わずか八歳の年の半年あまりの短い夢としているが、もっともなことである。

これらのことから啄木と大工の娘サダとの初恋を連想することがどうして理解できようか。無理とこじつけなしには到底理解出来るものではない。

## 四　怨霊とたたり

初恋の女性サダ説は、石田六郎の外国生まれの精神分析と大沢博の日本古来の怨霊たたりとの合作である。はじめに怨霊たたり説から述べていく。

## ① イメージについて

大沢博は砂山は墓のイージであると規定している。大沢博は実際の函館の砂山を見たことがあるのだろうか。筆者は前書（『石川啄木　悲哀の源泉』）でも書いたが、小学校時代の冬に一度だけ函館の砂山にソリ遊びに行ったことがある。今はその砂山は影も形も残されていないが、その時は数百人とは言わないが少なくとも数十人の子供たちが思い思いにスキーやソリで遊んでいた。もし函館の砂山が墓のイメージとするならば、ピラミッドとか古墳のような規模の大きいものである。それくらい大きいものである。しかしピラミッドや古墳のように形の整ったものではなく、いびつで潮の流れや風が作った自然の造形物なのである。大工の娘の墓の土盛り饅頭とはイメージはまったく合わない。

砂山の砂を掘ることで言わせてもらうならば、砂山は土の山とは異なって、指で掘り易く、また指で掘っても土の山のように指が汚れることがない。なんとなく安心して指で砂山を掘ってみたくなる。あるいは砂を握ってみたくなるのである。その意味でも墓の土を掘ってサダの遺骨をさぐりあてたというイメージとは程遠いのである。

啄木が砂山を墓と見立てた歌はある。

・ひと夜さに嵐来たりて築きたる
　この砂山は
　何の墓ぞも

しかしこの歌で、砂山が「何の墓ぞも」と歌っているのであって「誰の墓ぞも」とは歌っていない。つまり「人間の墓」とは歌っていない。自然の驚異を墓にたとえて歌っているだけと解釈するべきであろう。

次に「石」のイメージについて、大沢博は「石」は「墓石」のイメージである、と主張している。しかし啄木の歌には「石に腰掛け」という語句が多い。

・今日ひょいと山が恋ひしくて
　山に来ぬ。

　去年腰掛けし石をさがすかな。

・城址の
　石に腰掛け
　禁制の木の実をひとり味わいしこと

しかし石を墓石としてイメージするとして、墓石を尻の下にして腰掛ける、というイメージが一致するとは思われない。なんでも石を墓石にイメージするのは無理であろう。

大沢博は、なんでもかんでも怨霊のたたりに啄木が恐れおののいていることにするために、無理な解釈をしているに過ぎないとしか思えない。

「東海歌」が大沢博が七人もの女性を折り込んだ歌と解釈するような歌ならば、それに類似する歌をもっと発掘すべきであろう。あるいは立花さだ子、堀田秀子、上野さめ子、梅川みさお、菅原芳子、などの名前を折り込んだ歌も発掘して説明すべきであろう。そのような歌を作る条件とか土台となるものの説明を抜きにして、「東海歌」をいきなり七人もの女性を折り込んだ歌である、と解釈しても、それは大沢博の独りよがりの解釈でしかなく、説得力にほとんど欠けるものである。

大沢博は啄木が函館で作った詩「蟹に」の中の「東の海の砂浜のかしこき蟹よ、今此処に」を引用しながら東海歌の「蟹」は当時付き合っていた植木貞子のことである、としている。その理由はその当時啄木は植木貞子と別れたいとおもっていたが、貞子の方が啄木を掴んで別れようとしなかった。貞子は蟹で、そのハサミで啄木を掴んで離そうとしなかった、というものである。そして啄木にとっては貞子との付き合いは真剣なものではなくて遊びであったので「たわむれ」であり「蟹とたわむる」となるのである。これを「こじつけ」と言わずして何を「こじつけ」というべきか。

おなじ「こじつけ」でも詩人・西脇順三郎が言ったとかいう次の説の方がなかなか洒落ている。東海とは東の海という意味でヨーロッパからみれば東洋の端っこの日本という意味がある。そして啄木は「東海より」（From the Eastan Sea）という英文詩をはじめ多くの英文詩を愛読していた。英文は横文字である。そして蟹は横歩きである。つまり「蟹とたわむる」とは英文詩で遊んでいる、ということになる。啄木は英語の詩を玩んでいながら日本語の詩がなかなか書けなくて悲しく泣いている、というのであろう。

「東海歌」にはいまや収拾のつかないほどに色々の説が出てきているようであるが、あまりのこじつけはどうかと思われる。

石田六郎が宝徳寺にサダを鎮魂するための歌碑を建てたのが昭和三七年秋、昭和三八年には川崎むつがそれを批判している。三浦光子も自著でそれを批判したのが昭和三九年である。それでも大沢博が自説を書物で発刊したのは一九九七年（平成九年）である。であるから大沢博は三浦光子や川崎むつをの説を知っていても無視したか、まったく読んでいないかのどちらかであろう。もし読んでいたとすればそれに対する自説を正当とする見解を述べるべきだがそれは平成九年の自著ではしていない。

大沢博は自説を正当とする根拠を示すために次のようなエピソードを紹介している。

「昭和五〇年一二月、私は渋民村在住の啄木の教え子、立花五郎さんと宝徳寺でたまたま出会った。立花さんに『私の解釈では、啄木は子ども時代に墓を掘ったことがあると思うのですが、そんな話を聞いたことはありませんか』とたずねた。即座に『それを見たのが、オレのじいさんだ』という答えが返ってきた。くわしく聞いてみると、祖父元吉は宝徳寺によく出入りしていた人であって、啄木一家がばらばらになって渋民を離れた時、孫の五郎さんに『一（はじめ）が子どもの時、墓を掘ったからああいうことになったのだ。ある時、一が墓の土を手で掘っているのを見て、そばに行き、墓でけがすると一生なおらないのだから、と注意したところ、走って逃げた。その墓は沼田大工の娘ヤエの姉の墓だ。ああいうことはするもんでない』と語ってくれたという。伝聞ではあるが、私の仮説は完全に裏づけられた」

大沢博は鬼の首でも取ったような思いにかられたことであろう。しかし筆者にはとても真実とは思えない。研究実証するためにわざわざ渋民村まで出掛けて探究する姿勢に敬意を表することにやぶさかではないが、その際にいささか気になることがあるのである。

最近では筆者の許に現れる精神科患者で、精神科の書物をかなり読んで学習してから来る患者としばしば出会うことがある。彼らは勉強家なのであるが、読んだ書物の内容から自分の気に入ったところだけしか読み取らないのである。気に食わないところを読み取らない。そのため全体を読み取ることが出来なくなるのである。

啄木の現地調査も似たところがあるのではないか、と気になるのである。現地の人で啄木の調査で証言した内容を、調査する人の気にいる内容は重視するが、気にいらない内容は軽視するか、もっとひどくなると無視するのではないか、と思えてならない。自分の仮説を立証するためだけの調査になる傾向が危惧されるのである。

さらにひどくなると、証言する人は調査する人に覚えめでたくしてもらおうと、調査研究する人に、無意識的にでも迎合する気持ちが発生してくる可能性も否定出来ないのである。特に高齢者にはその傾向が強く出てくると思われる。そのため調査する人と証言する人が共謀してでっち上げをしようと思えばいくらでも出来るのである。だから調査の結果がいろいろの側面から客観的に真実である証明がない場合は、安易に信ずることは出来ないのである。

また特に啄木についての情報を提供してくれる場合、関係者は高齢者が多い。或いは高齢者からの伝聞である。高齢者からの情報には実際と自分の思い込みの区別が不明確となり易いので注意が必要なのである。啄木の教え子である立花五郎という人物は昭和五〇年時点で何歳なのであろうか気にかかるところである。筆者は大沢博が紹介した立花五郎の述べたエピソードは、あまりに大沢博の思惑通りであり、そのまま信用することは出来ない、という所感を捨て切れないでいる。

おなじく大沢博は「啄木が『若くして死ぬ』という予感を抱いていた」という自説を確かめるために啄木の姪である吉岡イネ（啄木の姉・サダの娘）を訪れインタビューしたことがある。場所は盛岡市内の老人ホームである。

「『啄木はどうも、若い時から、早死にするんじゃないかという……』とたずねたのであるが、私の言葉が終わらないうちに、次のような答えをいただいた。『自分でそう言ってますよ。自分でもそう言ってましたよ。おれは長生きしないって。それは言ってました。おれは長生きしねえんだよってね。そいでね、冗談なんですけどね、あたしがね、お墓をね、叔父ちゃん死んだ時はね、お地蔵さんの隣へね、お墓こしらえて入れるようにしてあげようかって、こう言ったんです。そしたらね、バカいえ、おれはお地蔵さんの隣なんかはいらねえんだって、ちゃんと俺の入るお墓は別のところにこしらえてもらうように、……今もちゃんとこしらえてあるって、うそつくんですよ。おれは渋民にははいらねえんだって、自分のお寺の墓にもはいらねえしって……』『どうして長生きしないんだっていうことは？（著者）』『どうして長生きしないっていてきいたら、どうもおれはそういう感じがするって言ってました。ほんとうにそうでしたものね』と。

啄木はこのように姪に『俺は長生きしない』と言っていたのである。お地蔵さんというのは、渋民の宝徳寺の門のそばの石地蔵のことだそうである」

大沢博は自分の説にあまりにぴったりなイネの証言に大喜びしたことであろう。しかし筆者の所感は別のものである。イネについては澤地久枝がやはり取材に老人ホームを訪れている。一九七九年（昭和五四年）一月に澤地久枝は「啄木末期の苦杯」（『石川啄木悲哀の源泉』参照）についての情報を得るためにイネに会いに行っている。しかし、しっかりした応答をしているかと思うと「節子さんは未だ生きてるんですか？」という八八歳のイネからの応答に彼女から真の情報を得ることは出来ないと諦めている。自分の都合の良い情報だけを得ようとする姿勢とは無縁である。（『石川節子　愛の永遠を信じたく候』澤地久枝　講談社　一九八一年初版）

大沢博が書いた『悲哀と鎮魂　啄木短歌の秘密』（おうふう）の出版は一九九七年（平成九年）である。澤地久枝がイネを訪ねた一八年後である。大沢博がイネを訪ねた時期は書かれていないので明確とはなっていない。

『石川啄木辞典』によれば、大沢博が最初に啄木の研究論文「啄木の作歌心理――『東海の』の作歌過程について」を発表したのは一九七五年（昭和五〇年）「地方公論」二八号においてであるからこの時イネは八四歳のころである。大沢博が啄木の教え子立花五郎とたまたま会ったのも一九七五年（昭和五〇年）である。実際に大沢博がイネを盛岡の老人ホームに訪ねたのは何年何月の頃のことなのかが知りたいものである。それによって信憑性が異なってくるからである。ともかくも老人ホームに入ってからであるから、老人になってからであることは間違いのないことではある。

なお高齢者と面接する場合の留意点についての筆者の所感を述べておく。高齢者だからといって全てが痴呆化しているとは限らない。また最近のことの記憶は不確かでも昔のことの記憶は確かであることが多い。だから高齢者からの事情聴取が全て無意味とは判断するべきではない。しかしその人の性格や事情をいろいろと配慮したり考慮したりして理解する必要がある。

高齢者は概して昔のことを話したがる傾向が強い。しかし身近な人（多くは家族）にとってみれば聞き飽きてしまっている内容なのでまともには聞いてもらえない。そのため話を聞いてもらえない老人は寂しい気持ちでいることが多い。そういうところへ第三者が話を聞きにくると嬉しくてたまらなくなり得意になって多いに喋りまくるのである。その時に自分の話を聞いてくれる聞き手に嫌われたくない、聞き手を逃したくない、という心理が働く。そのために、聞き手の喜びそうな事を話す、聞き手の気にいるように話してしまうことが発生して来る。だから聞き手はそのことを計算に入れて理解する必要があるのである。

筆者は啄木の姪に当たるイネなる人物についてはよくは知らない。ましてやイネの個性まで調べたことはない。しかし老人ホームに入っていたということでは、何等かの理由で家族が面倒を看れる状況ではなかったことが推察される。そして澤地久枝と大沢博の文章からすると、イネは積極的に大喜びで面接に応じてお喋りをしている状況が目に浮かぶ。イネは自分のところへ啄木について聞き取りに来る人がいると嬉しくなり、得意になって喋りまくることが推察されるのである。そして無意識のうちに聞き手に対して迎合的となってしまってもそれは不思議でも何でもない。そのことを計算して理解する必要があるのである。

## ②　「暇な時」の啄木の精神状態

大沢博が主に探究したのは歌稿ノート「暇な時」である。その内容に死を暗示するものや怨霊やたたり、その他に不気味な内容のものが多いらしい。大沢博はそのように解釈できそうな歌ばかりをたくさん読者に紹介している。

啄木が「暇な時」を書いた時の啄木の精神状態をさぐってみよう。啄木が詩稿ノート「暇な時」を書いたのは明治四一年六月ころのことである。『石川啄木事典』には次ように書かれている。

「六月中旬から下旬にかけて、小説創作の失敗を自覚。植木貞子との関係、娘京子の病気、川上眉山の自殺、国木田独歩の死等に心を乱し、苦悩を短歌にまぎらす。(暇な時)二三日の夜歌興湧き、二五日までに二五〇首ほど作る」

言ってみれば啄木の精神状態が最悪の時である。釧路から上京し小説で名をあげて函館に残してきた家族を呼び寄せるつもりだったのに、自信満々だったその小説が全く売れない。その当時付き合っていた植木貞子との関係は肉欲的なものだけで、精神的に充実したものではなく行き詰まっていた。さらに函館から娘の重症の知らせがくる。そして川上眉山の自殺と国木田独歩の死の知らせが入る。

眉山は遺書を何ら残さず、剃刀で咽喉部の頸動脈をためらい傷などなく一か所のみ、一気に切って自殺を決行している。自殺の原因としては、発作説と文学的行き詰まり説と二通りの説があるという。

岩城之徳は川上眉山の自殺について次のごとく書いている。

「啄木は眉山の死を彼なりに解釈して『知らず知らず時代に取残されてゆく創作家の末路、それを自覚した幻滅の悲痛！　ああ、その悲痛と生活の迫害と、その二つが此詩人的であった小説家眉山を殺したのだ』（六・一七日記）と同情をよせ、『自ら剃刀をとって喉をきる、何といふいたましい事であらう。創作の事にたづさはってゐる人には、よそごととは思へない』と嘆息しているが、この作家の悲劇的運命は、創作生活に没頭している啄木にとって、現在及び将来を考える上に、一つの大きい衝撃であったにちがいない」（『石川啄木傳』）

眉山の自殺の八日後に独歩は病死している。

鳥居省三は前述の『石川啄木事典』に次のごとく書いている。

「（独歩は）一九〇八年（明治四一年）六月二三日に逝去した。啄木は翌二四日の日記に『明治の創作家中の真の作家――あらゆる意味に於いて真の作家であった独歩氏は遂に死んだのか……』と書き、同年七月一七日日記には『独歩集を読んだ。ああ〝牛肉と馬鈴薯〟！／読んでは目をつぶっては読み返した。

何とも云へず悲しかった。明治の文人で一番予に似た人物は独歩だ！死にたいといふ考えがわいた。！』とも書いている。現実主義の牛肉論者、理想主義者の馬鈴薯論者との議論を描いた『牛肉と馬鈴薯』が、苦悩する啄木に与えた影響は、深刻かつ大きい」

このころの啄木は死にたくなって電車の前に飛び出そうとして車掌に怒鳴られたり、また川上眉山の真似か、剃刀で乳のあたりを切って金田一京助に止められたりしている。啄木の精神状態が最も病的で健康的でなかった。そのような時に作られた歌に、死に関係する歌が数多く出来たとしても不思議でも何でもないであろう。死に関係する、墓とか死後の怨霊とかたたりとか、大沢博が不気味と感じた歌が多く作られたとしてもそれほど不思議ではない。しかしだからといって、啄木の全てを怨霊とたたりで説明しようとするのはあまりにも無理である。

啄木が科学的ものの見方考え方をしていることは、啄木が書いたいろいろな文章から読み取ることが出来る。例えば母親が啄木の健康回復のために茶断ちなどしていることについて、母の心情は理解していても自分の病気には何の役にもたたないことを知っていた。

「あの腰のすっかり曲がってしまった僕の母、僕のために茶断ちをして平復を祈ってゐてくれている。……僕は僕の母の心をよく知ってゐると共に、またそうした心づくしの畢竟何の役にも立たない事をもよく知ってゐるのだ。よしや母が、その好きな茶を断ったばかりでなく、その食を断ち、その呼吸を断ったとて、その為めに僕の熱が一分一厘だって下がりはしない。つい此間も、去年生まれて間もなく死んだ僕の子供の命日に、母は些かの供物をした仏前に線香を手向けながら、『真坊（これが死んだ児の名前だった）、お父さんやお母さんの病気の早く癒るやうに守れよ』と言った。……さうして又神に祈り、仏に祈り、茶断ちといふ犠牲的行為までも敢てして、絶えず僕の為めに心を労してくれる母を持った事を此上なく幸福と思ふ事と、死んだ真坊が僕や妻の病気の癒るやうに守ってくれるか否かといふ事とは、全く関係のない問題だ。僕の熱を下げてくれるものは、やっぱりあの大学病院の若い医学士の書いた処方箋通りのピラミドン零コンマ二、乳糖コンマ五といふ解熱剤に違いない――科学の力に違いない」(「平信」)

啄木の「ものの見方考え方」については第五章でも述べるが、啄木が観念的、宗教的、非科学的、そして迷信に近いような「死者の怨霊を信じてそのたたりを恐れている」などということは到底考えられないことである。

・神有りと言い張る友を
　説きふせし
　かの路ばたの栗の樹の下

啄木は中学生の頃から無神論者、唯物論者であったのである。啄木が神を持ち出すのは自然の神秘性を文学的に詩歌に表現する時だけである。

啄木はいろいろの詩歌や小説、評論、日記を書き残している。その量も膨大なものである。その中から、啄木が死者の怨霊を信じそのたたりを恐れていた、と読者に誤った感慨をいだかせるようなものだけを抽出し、それに意図的な解説を加えれば誤解が発生してしまうことは当然である。筆者は啄木の作品から、最初は啄木は躁うつ病に罹患しているのではないかと思ったこともあるが、資料を全体的に考察して躁うつ病者ではない、という結論にいたった。筆者が大沢博流のやり方をするならば、啄木を躁うつ病者にしたてて描くことも出来るし、妄想型の精神分裂病者として描くことも可能と思われる。そう思わせる資料だけを寄せ集めれば意外と簡単に出来るように思えるのであるが、それは科学者や研究者のとるべき態度姿勢ではない。

## 五　精神分析概論

筆者は精神科医師であるが、精神分析を本格的に勉強して究めた訳ではない。だから精神分析専門家ではない。しかし精神科医師としての常識的知識、あるいは常識的感覚としての精神分析は知っているつもりである。

しかしながら「精神分析」についての理論は膨大なものであり、多方面からの探究があり、筆者ごとき者が一文をものに出来るような代物ではない。そのためほんの基礎的な事象に触れるだけでしかないが、筆者の見解を述べてみる。

初恋の女性サダの怨霊たたり説は、石田六郎の精神分析による初恋の女性サダを抜きにしては考えられないために、どうしても精神分析の基礎的知識が必要である。それがなければ石田六郎説に対して賛成も反対も出来ないのである。

かつて精神医学の世界では、「精神の座は脳にあり。したがって精神の病は脳の病である」（グリージンガー〔一八一七年～一八六八年〕）というテーゼがあった。それに対してフロイト（一八五六年～一九三九年）は、生物学的な脳の疾病とみないで、人の心の働き方に関して、精神の成長発達過程を分析し、それぞれの時期に応じた願望がみたされなかった時に、そのために年齢だけは成長したとしても外的環境に対して適切な対応をすることが出来なくなる、という精神分析の理論を創始している。

精神分析の理論の基礎的概念として「抑圧」と「無意識」がある。

つまりある時期ある事象について願望が満たされなかった時に大きな欲求不満が精神内界に発生する。しかしその不満を言いだしたところで満たされるわけでもないし、その欲求不満を精神内界に、あたかも何事もなかったかのごとく深く抑圧してしまう。そのため表面上は欲求不満はあたかも消えてしまったごとくなる。しかしながらその抑圧された欲求不満は意識されない精神内界、つまり無意識の中に閉じ込められた形となる。その無意識の中に閉じ込められた欲求不満が、なんらかのきっかけで再び表面化してきて、現実世界でトラブルの原因となったりするのである。

ところでフロイトは人間が生きていくための欲望の基本的エネルギーを性欲の一種としてリビドーと名付けている。そしてフロイドの精神分析は人の精神の発達を次のように分析規定している。

〔口唇期〕生後二歳ころまで。出生直後から本能的に備わっている快感を口唇で感ずる時期である。授乳に適っているものである。零歳から離乳期までの時期。この時期に何らかの問題があると成人後にも何らかの障害を残す。最近では幼児養育にスキンシップの重要性が強調される所以である。

〔肛門期〕二歳から四歳ころまで。自力で排泄をコントロール出来るようになる時期。自己主張と親の躾けとの間で葛藤が生ずる。第一次反抗期が発生し、これを順調に乗り越えていかないと人格に障害を残す。

〔男根期〕三、四歳から六歳ころまで。第一次性徴としての男女の違いを意識し始め、それに慣れるまでの時期。父親がペニスを持った男であり、母親はペニスを持たない女であることを認知する。そのためこの時期にエディプス・コンプレックスが発生する。

〔鎮静期〕六歳から一二歳ころまで。リビドーが一時期鎮静化する。いわゆる児童少年時代。親子関係が主だった人間関係から仲間との遊びによる社会へと人間関係が広まる。

〔思春期〕いわゆる普通の性欲が芽生えてくる時期。第二次性徴が始まり、第二次反抗期が発生する。男根期までの性欲を幼児性欲と言ったり前性器性欲と言って、思春期以後の性欲と区別している。

さて、ここで述べてきたリビドーが満足させられない時には欲求不満が発生する。この時にこの欲求不満を満足させたい気持ちと、それを阻止する気持ちとで葛藤が発生する。葛藤は心の内部構造に由来するものであり、心は「エス」「自我」「超自我」に分けられる。エスは本能的な欲望の満足を求め、快楽原則に支配される。自我は周囲の状況に応じた行動をとるため、現実原則によって動く。超自我はより高い動機、道徳観などにより自我を規制する。それに従わないと罪悪感を発生させる。この罪悪感はかならずしも意識されず、人の心を歪曲し、神経症の原因となる。

自我はエスと超自我の間で揺れ動くことになる。啄木が妻子と母親を函館に残したまま東京で植木貞子と付き合っていたり、売春街を彷徨していた時は、まさに自我が揺れ動いていたことであろう。

ところで石田六郎が探り出した啄木の初恋とは六歳の時にはじまり八歳の時にサダの死亡で終わっている。この時期は丁度リビドーが鎮静化する時期に重なっている。この時期に異性を激しく求めることは発生しないのである。異性を意識する前の遊び仲間を求める時期で男女の性差は関係がない。

そして一二、三歳になって大人として第二次性徴として陰毛や腋毛や髭が生えはじめてきた頃、女性の場合は陰毛や腋毛の他に初潮があり生理が開始し、乳房が大きくなりはじめる。そして異性を意識しはじめてくるのである。ここではじめてリビドーは普通の性欲に発達してくるのである。

啄木が堀合節子と知り合ったのは一三歳ころであり、成人としての性欲が発生して間もなくのころで時期的に合致する。啄木の初恋と言えるものは節子との恋をさすものであることは間違いがなく否定のしようがない。もし大工の娘サダとの付き合いがあったとしてもそれは恋愛と言える性質のものではなく、子供の遊び相手くらいの意味でしかないことは精神分析的知識を駆使しても明らかなことである。

また精神分析的知識がなくても六歳の時の恋なんてものはままごと的遊びでしかないことは常識的なことであろう。啄木が詠んだ六歳の日の恋の歌は、それを文学的に凝って表現したに過ぎないものであることは明らかである。

石田六郎は精神分析理論のどういうところを啄木の理解解釈に利用したのか、石田六郎本人に聞いてみるしかないであろうが、筆者には理解困難である。

筆者の推測では、次のようなものである。

精神分析理論では、乳幼児時期にそのリビドーが満たされないとそれが成人以後の人格や精神のあり方に大きな影響を与えていく。つまり啄木の文学活動もリビドーが満たされなかったことがそのエネルギー源となっているのではないか。啄木の作品、特に短歌には悲哀に満ちているものが多い。それは乳幼時期に願望が満たさなかったことの悲哀の表れでないか、ということである。つまり啄木の乳幼時期に何か満たされないものを探して、恋に満たされなかったのではないか、と思いついて「六歳の日の恋」の歌にたどり着き、その後の思索展開となったものであろう。

フロイトはリビドーは基本的には性欲であるとする。それに満たされないとすればそれは失恋という連想に導かざるを得ない。かくて六歳の日の恋の失恋が発想されたものであろう。

しかしフロイトはリビドーを基本的には性欲なりとするが、この場合の性欲の意味は生きていくにあたってのエネルギーの方向というような意味である。肛門とか男根とか性と関係する語句を用いての説明であるが、いわゆる成熟した男女の性を意味している訳ではない。そのため成熟した男女の性欲と区別して「幼児性欲」と言ったり「前性器性欲」と言ったりしている。

人は生まれた時には既に第一次性徴として男女の区別がついている。しかしそれは第一次性徴といわれるペニスがあるかないかだけの違いでしかない。その違いを意識しはじめるのは幼児のころからであろうが、そのころはまだ男女の本当の意味での違いを意識することはない。しかし男女の違いがあることは事実として認識するであろう。この時期のリビドーを幼児期性欲とか前性器性欲と呼んで、一般的性欲と区別しているのである。フロイトはこの時期にエディプス・コンプレックスが発生するとしているがそのことについては第二章で論じている。

そして幼児期に男女の違いを認識し、それにも慣れてくると、男女の違いを意識することが鎮静化してしまう。例えば思春期以前の子供は男女で混浴しても何も感じない。フロイトの言うところの潜伏期に入る。そして第二次性徴が次第に明らかとなる時期（陰毛腋毛が生え男子は髭も生える。男性の夢精の体験、女性の初潮体験、乳房の発達、など）に潜伏していたリビドーが大人の普通の性欲となって再現してくるのである。その時期になって初めて男女が生殖を目的とするような互いに相手を求め合う行動、つまり恋愛も発生してくるのである。

石田六郎の、啄木の初恋人大工の娘のサダ説の致命的欠点は、フロイトのいうところのリビドーの潜伏期に初恋の時期を設定したことであろう。フロイトが説いた精神分析の一般論に合わないし、一般社会でもそれは常識的なことであろう。「精神分析」という恰も専門的用語を駆使して啄木の一般的ファンに説明しようとしても、一般常識をくつがえすことは出来る訳はなく、あり得ないことを無理に説くので、三浦光子や川崎むつをらまでに狐につままれたような感覚を起こさせてしまうのである。

「大工の娘サダは、啄木の六歳のころの非常に仲良しの遊び友達であり、二年後に病気で死んだ。それを啄木は非常に悲しんだ」ということであれば（それでも三浦光子は否定するであろうが）何とか筆者も納得出来る。しかしそれではあまりにインパクトが弱いと石田六郎と大沢博は考えたのであろう。サダの死が、啄木の一生をも支配したかのようにインパクトを強めるために、子どもの「遊び友だち」から無理やり「初恋の女性」に仕立てあげたところに大きな無理が生じてしまったのである。啄木がいくら天才であり早熟であったとしても、六歳の日の恋などということは文学的想像の世界以外ではあり得ないことなのである。

ところで、リビドーを性欲と位置づける考え方を汎性欲説と言う。しかしその後の学説では、汎性欲説よりも両親の力関係や利害や名誉といった社会生活環境に対する反応とする見解が強くなってきている。

筆者は精神分析的発想をする場合、汎性欲説の立場はとらない。筆者が精神分析する場合は事例の（この場合啄木の）生まれた生活環境、両親の性格、両親仲が円満であったかどうか、同胞との関係、それらが啄木にどのような影響を与えたか、などを綿密に検討するが、詳細については本書の「啄木の人格形成」や「啄木と両親の葛藤」を参照していただきたい。

なお、この場合最も重要なことは本人と両親との関係であって、次が同胞との関係である。つまり肉親との人間関係が重要であって、乳幼児期、更にはその後の少年期でも、友人関係やいわんや恋愛がその後の本人の人格形成に決定的に影響を与えるものではない。性的成熟前に恋愛感情が発生してくることはないのでそれは当然のことなのである。

啄木を精神分析するとすれば、最も重視しなければならない因子は、既に筆者が繰り返して強調している、出生の不条理である。六歳の日の恋などでは絶対にあり得ないことである。

筆者はこれまで患者の乳幼児少年時代の両親の不和や親子関係に問題があって、子供が成長した後で発病に至ったケースは数えきれないくらい体験しているが、六歳〜八歳の頃の失恋が心の傷となって発病に至ったケースは一例も経験していない。石田六郎も精神科医師であるとのことであるが、このようなケースを啄木以外に報告出来るのであろうかが疑問である。もちろん啄木は精神科患者となったことはないのでそれを機械的にあてはめることはないのであるが、狂言的な自殺企図やうつ的落ち込み、誇大妄想に近い空想癖、などなど精神科患者となってもおかしくない事象はいくらでもあげることが出来る。啄木はただ精神科を受診しなかっただけということであろう。また明治末期には現在のように精神医学医療の発達はしていなかった時代であろうから、啄木が精神科を受診することは不可能な時代であった。

なお参考までに関連することを述べておく。

大工の沼田末吉は、啄木の父・一禎が宝徳寺に赴任して、焼けただれた宝徳寺再建に際して自己犠牲的奉仕活動で協力する。そのため一禎は感謝して沼田末吉に対して沼田家は一人五合の米を含む一切の寺への寄付行為を免除している。だから沼田一家と啄木一家が親しい関係にあったことは間違いはないことと思われる。そして沼田末吉には前妻の娘サダと妹の八重子（継母の実子か？）がいたのである。

しかし三浦光子の手記によれば「妹の八重子などはいつも手織りのこざっぱりした着物を着ていたが、サダは違っていた。虱のたかるようなボウボウの髪をして、よごれた着物を着て、継母が産んだ児を背負わされていた」のである。石田六郎はそのサダが六歳の時の啄木の恋の相手だというのだが、状況からして考え難い。むしろ啄木が思春期をむかえて幾人かの女性に関心を抱き、節子に絞られていく途中の段階で、「啄木は大工の娘の八重子が好きでした。八重子の頬はビロードのようだといったことも覚えています」(「金矢光一さんの話」『人間啄木』伊東圭一郎　岩手日報)の方が真実らしくリアリティに富んでいる。

またサダという名前に関しては、啄木は一七歳の時に東京神田から、六歳年下で宝徳寺の檀家の娘である立花さだ子宛に、「妹と思っている」と優しく温かい愛情溢れる手紙を書いている。大工の娘・サダの記録は他のどこにも見つけることは出来ない。

## 六　啄木婆さん

筆者の前書(『石川啄木　悲哀の源泉』)では「啄木婆さん」という項目紹介だけに終わってしまっているのでここで述べておきたい。

川崎むつをは「六歳の日の恋」の相手として旧姓・秋浜起乃、後に島沢起乃を紹介している。

**啄木婆さんの話**

青森市の柳町に啄木婆さんという仇名の産婆さんがおった。

彼女島沢起乃さんは、啄木が渋民小学校に学齢前の六才で入学したとき、一年上の級であった。むかしの学校のことだから人数も教室も少なく、一年生から四年生までが一クラスであったという。

「啄木さんは小学校一、二年のころから一風変った性格で、友だちもすくなく、どちらかというと活発でない、声高く笑ったことのない淋しい人でした。

私の家は医者でしたが、啄木さんも姉さんのおさださん、おとらさんもよく遊びにきて百人一首の遊びをしました。啄木さんは薬剤室で遊びながら、そのときはよく医者になるんだと云っていました。祝祭日で、雨が降る日など私たちは晴着を濡らしたくないのでよく人力車で学校へゆきましたが、そんなとき啄木さんは小学生のクセにゼイタクだと文句を云っていました。

啄木さんの歌には幼なかった当時の村のことがしのばれますが、

・宗次郎におかねが泣きて口説き居り
　大根の花白きゆふぐれ

という歌は、飲む、打つ、買うの三拍子そろったじだらく者を改心させたので有名になりました。おかねは宗次郎の三人目の妻で、つぎつぎと愛想をつかして出ていった先妻とおなじように村の人に同情されていましたが、この歌が発表されてから宗次郎は急に心を入れかえてまじめになったといわれています。

それから

・大形の被布の模様の赤き花
　今も目に見ゆ六歳の日の恋

という歌は、そのころの私のことを歌ったのではないかと思っています。学校で被布を着ていたひとは、私と金矢信子さんと二人だけですが、私の被布が赤い菊の花の模様でした」

起乃さんの家は秋浜という古い漢方医であった。彼女は縁あって八戸の村井という酒造業のところに嫁入りし、三児をもうけたが夫に死なれ、婚家を出て産婆（助産婦）の免許をうけた。その後、すすめる人があって青森の島沢家に後妻として入り、そこで産婆を開業した。大正の初めころのことで、彼女にとりあげられた人は数知れないほど多い。そして仕事の関係で方々歩いては、幼なじみの啄木さんの話をした。

そして「大形の被布の模様の」の歌の話をするときは本当に六つの日の恋人が自分であったように熱がこもっていて、歌の文句も時々「被布の模様の菊の花」になったり「赤き菊」に変わったりした。

（青森市）合浦公園に啄木歌碑をたてたときには、彼女の募金額が最高で、実行委員長の私（川崎むつを）よりも上廻っていた。カンパ用につくった碑の歌の「のれん」も方々の彼女にとりあげられた人たちの家にさげられた。

起乃さんは（青森市）柳町婦人会長を二十年もつとめ、昭和三十六年に七十八歳で亡くなったが、戦中、戦後、生活の苦しい産婦をたすけ、自分の単衣をおしめにやったりしたと、いつでも啄木忌には思い出話になっている。

（『石川啄木と青森県』川崎むつを　こころざし出版者刊　青森文学会発行　昭和四九年八月）

もちろん、島沢起乃も川崎むつをも「六歳の日の恋」が本当の恋と思っている訳ではない。幼きころの啄木を偲んでいるだけである。

・　何がなく初恋人のおくつきに

詣づるごとし
郊外にきぬ

この歌の意味はよくわからないが、郊外に来てみたところの寂しい情景をたとえているだけと思われる。「ごとし」とは現実あるいは実際ではないが「の様なものだ」「似ている」という意味であろう。実際には初恋人は死んではいないことを「ごとし」で言い表しているのではないだろうか?

## 七　啄木の初恋

・砂山の砂に腹這ひ
初恋の
いたみを遠くおもひ出づる日

この初恋は本当の初恋を意味しているであろう。啄木は妻となった堀合節子とは中学一年に進学したころから知り合いになったらしい。しかしいつ頃からそれが恋になったのかについてはあまり明確ではない。

・我が恋を
はじめて友にうち明けし夜のことなど
思い出づる日

啄木は一三歳の時に当時の友人である伊東圭一郎などにうち明けている。ところがその頃には節子のことだけでなく他の女性の名前も幾人か出てくる。「啄木は大工の娘の八重子が好きでした。八重子の頬はビロードのようだといったことも覚えています」（前掲「金矢光一さんの話」『人間啄木』）。啄木の小説に「天鵞絨（ビロード）」という名前の小説があるが、その原点であるかも知れない。

・茨島の松の並木の街道を
　われと行きし少女
　才をたのみき

「この『われと行きし少女』は節子さんかと思ったら板垣玉代さんだそうである。

ところが最近同級の内村さん（正治郎）から『啄木が二、三年生のころ田島道蔵先生の娘さんが好きで夢中だった』という話を聞かされた。田島先生（埼玉県出身）というのは我々の国語の先生で、頭のはげたいつもチョッキの下からヘソを出している先生だった。仁王小路に住んでいたが、啄木はしきりと田島先生を訪ねたものだ。無論先生の娘さんを見たいからであった。一人で訪問するのが気がひけるので、友だちの誰彼を連れて行った。内村さんも一度、啄木と一緒に先生を訪ねたそうだが、問題の娘さんはそのころ一五、六で啄木より一つ二つ上であり、お下げの美しい娘さんだったそうである。元県会議長の村上順平さんも『啄木はよく田島先生の娘さんをはりに出かけたので、自分はそのころから彼に好感を持てなかった。』といっている。これらのことは啄木一四、五歳の時だから全く早熟であった」（『人間啄木』）

・城址の
　石に腰掛け
　禁制の木の実をひとり味ひしこと

禁制の木の実とは「恋愛」のことと言われている。一三歳で節子と知り合ったのは事実としても、そのころには節子の他に心惹かれた女性が何人も居たようである。中学生の段階ではまだ恋愛ごっこみたいものであったかも知れない。

あるいは、その後節子と結婚してからも多くの女性に心ひかれて行く、啄木の未来を暗示するように、節子という恋人がいながら他の女性にも心をときめかさずにはおれない啄木の資質が、早くも現れていたのかも知れない。

その後、啄木は中学五年で中途退学となっていくのだが、これは恋愛と文学に打ち込み過ぎて学業が疎かになったため、と言われたりするようになっている。中退の直接的きっかけとしては学業低下をカバーするためのカンニングが二度も露顕したことにある。そのため留年必至の状態となり、そこから遁走するように、中退してしまい学校には戻らなかったのである。

そして恋愛ごっこらしいものもいつの間にか相手は節子一人に絞られる。中学中退、上京失敗、父親・一禎の報徳寺住職罷免、定職無し、節子の家族の反対、友人たちの妨害、その他、様々な悪条件を節子は克服してくれたのである。その後二人は社会生活をほとんど知らないままに一九歳で結婚することになる。

結婚後、長女を出産のために せつ子を盛岡の実家に帰していた時、明治三九年一二月二六日付の啄木日記が残されている。なお長女・京子が生まれたのは明治三九年一二月二九日である。

「ふと思い出したのは、室のすみにある竹行李に、予がこの五年間にせつ子に送った手紙の一束がはいっていることであった。この思い出は、さながら暗闇の林の中でふと春月に照らされる心地のようであった」

五年間ということでは最初の手紙は明治三四年（啄木一五歳、中学四年）ころからと推測される。

「取り出したのは、百幾十通といふ手紙の一束！

ああ、これがすなわち自分の若き血と涙との不磨の表号、わが初恋……否一生に一度の恋の生ける物語であるのだ、自分と妻せつ子との間の！

読みもてゆくに、目に浮かぶは、ああ、過ぎし日の彩と香い。喜びの涙と悲しみの涙に書きわけられたわれら二人の生命の絵巻物！　ずいぶん曲折に富んだこの恋は、じつに人に聞かしたら立派な一の小説であろう。

せつ子よ、せつ子よ、予は御身を思うて泣く。

ああ、御身はじつにわが救主であった。今の自分に、もし人に誇るに足る何物かがあるとすれば、それはみな御身の賜物なのだ。かつて、前後二回、死のうと思った事のあるこの身の、今なお生きて、しかも喜びをもって生きているのは、ただ御身という恋人のあったためではなかったか。御身はこの身にとって、こよなく愛らしき懐かしきもの、また同時に、こよなく貴きありがたきものである。

結婚は恋の墓なりと人はいう。いう人にはいわしておこう。しかしわれらは、かつて恋人であった。そして今も恋人である。この恋は死ぬ日まで。

せつ子よ、天が下にただ一人のせつ子よ、予は御身を思い、過ぎこし方を思うて、今夜ただ一人、関(ひっそりと静まりかえっている)たる雪の夜の燈火の下、目が痛むほど泣いた。せつ子よ、じつに御身が恋しい！

御身は今盛岡にいる。われと御身との子は、遠からず御身から生まれるのだ。そのうれしいうれしい便りが今日か今日かと待ちわびているのに、予期した二十日も過ぎて、まだこない。予はじつに毎日郵便のくる時間になると、今度こそはと胸をとどろかしているのに！　この心を知るものは、ただ御身のみである。

……ああせつ子、もし御身が自分の事について何か不平があるなら、予は地にぬかづいても謝しよう。予はじつにこの上なく幸福である。

予はせつ子への手紙をしたためた。月落ちて世は暗、鶏の声に東白の間近いことが知られる。再び枕についたが、一人寝のさびしさ、まざまざと御身の姿や、こし方のことが目にうかんだ」

## 八　「いたみ」の意味

前述の日記は結婚して一年、まだ新婚間もない、あるいは恋愛の延長線上の感情のままに書かれたものである。

啄木の「初恋の歌」といえば次の歌が定番であろう。

・　砂山の砂に腹這ひ
　　初恋の
　いたみを遠くおもひ出づる日

この歌が啄木の歌と知らなかったら、あるいは啄木の歌と知っていても、啄木の初恋について知ることがなかったら、どのように解釈するであろうか？

初恋とは、初めての恋であり、恋については無知で当然のことながら経験が蓄積されていない。恋情が先走ったとしてもどのようにしてよいかわからず連綿と懊悩を続けるだけである。そして多くの初恋は実ることなく失恋となるのである。つまり「初恋のいたみ」とは「失恋のいたみ」と解釈出来る。そしてこの歌を鑑賞する読者は、自分自身の「初恋のいたみ、同時に失恋のいたみ」を追想し、啄木がまるで自分の心情を歌ってくれたように感情移入してしまうのであろう。この歌の人気は高く、旋律がつけられて歌曲としても広く歌われている。筆者の愛唱歌の一つでもある。

しかし啄木のこの歌は「失恋のいたみ」ではなさそうである。せつ子の他にも心ひかれた女性がいたとしてもそれは恋といえる程のものとは思われない。啄木の日記ではせつ子との恋を「わが初恋、一生に一度の恋」と書いているので、啄木は本当の意味での失恋は経験していない。

この歌は「遠くおもひ出づる」のだから過去を思い出しての歌、追想歌である。初恋を思い出しての歌である。一般には函館の砂山で歌った歌と思われているが、筆者は函館で歌ったというよりも、函館時代をも追想して歌った歌と推察している。

前述の日記からは初恋の喜びは感じられるが、「初恋のいたみ」を感ずることは出来ない。啄木が函館に居た時には函館の砂山をよく散歩していたことは事実であるが、函館在住の時も啄木は「初恋のいたみ」を感ずるような時期ではなかった。

・ 函館の青柳町こそかなしけれ
　友の恋歌
　矢ぐるまの花

この歌については別に本書で述べている。

・　こころざし得ぬ人々の
　あつまりて酒のむ場所が
　　我家なりしか

函館の啄木の家は失恋の痛手を負った文学青年のたまり場であった。その中にあって啄木だけは一三歳で節子と知り合い、一四歳から初恋に発展して、一九歳で結婚に至る、失恋とは縁もゆかりもない、恋の勝利者である。そのことを文学青年たちに得意になって話し聞かせていた。前述の日記「喜びの涙と悲しみの涙に書きわけられたわれら二人の生命の絵巻物！　ずいぶん曲折に富んだこの恋は、じつに人に聞かしたら立派な一の小説であろう」そのまんまの話を更に修飾して聞かせたことであろう。啄木の函館時代は「失恋のいたみ」とは縁もゆかりもない。初恋の「いたみ」の歌を函館で詠んだ歌とは思えない所以である。

筆者の所感ではこの歌も、再び東京に来たものの勇躍して書いた小説が売れず、悲嘆にくれていた時に函館を思い出して歌った追悼歌である。啄木は小説など（他に詩や文芸評論、社会評論）を書いているが、それらに筆が進まなかった時によく歌を詠んでいる。

「初恋のいたみ」の「いたみ」とは啄木にとっては失恋のいたみを意味しない。啄木にとっての「初恋のいたみ」とは、初恋の結果として得た妻子を養っていかなければならない義務がありながら、それを充分果たし得ない心の「いたみ」を意味するであろう。節子という妻からの愛に支えられていながら、他方では妻子の存在は啄木にとっては疎ましいものであり、家族制度というものに対しても疑問を抱く啄木なのである。

啄木は、初恋を遠く思い出ずる日になってから「いたみ」を感じ、あたかもその当時から「いたみ」があったかの如く歌っている。しかし、啄木の結婚前後の日記には「初恋のいたみ」を意味することを類推させる文章は見当たらない。

過去がどんなに幸せであっても、現在が不幸であれば、過去も現在も含めて、全てが不幸になる。逆に現在が幸せとなっていれば、過去はどんなに不幸な事態があったとしても現在の幸せを作り上げるための試練であって、不幸ではないのである。

小説が売れず、経済生活に行き詰まって、家族を食べさせていくことも容易に出来ないで、泣いてばかりいる啄木は、初恋に対しても、「いたい」ものとしてしか思い出せないのであろう。

初恋の喜び（しかも啄木は失恋ではない）よりも初恋の「いたみ」の方が大きい、その時の啄木の心情なのである。

啄木は明治四二年四月一五日付の日記に次のように書いている。

「否！　予における節子の必要は単に性欲のためばかりか？　否！　否！

恋は覚めた。それは事実だ。当然の事実だ―悲しむべき、しかしやむを得ぬ事実だ！

しかし恋は人生のすべてではない。その一部分だ、しかもごく僅かな一部分だ。恋は遊戯だ。歌のようなものだ。人は誰でも歌いたくなる時がある。そして歌ってる時は楽しい。が、人は決して一生歌ってばかりおられぬものである。同じ歌ばかり歌ってると楽しい歌でも飽きる。またいくら歌いたくっても歌えぬ時がある。

恋は覚めた。予は楽しかった歌をうたわなくなった。しかしその歌そのものは楽しい。いつまでたっても楽しいに違いない。

予はその歌ばかりを歌ってることに飽きたことはある。しかしその歌をいやになったのではない。節子はまことに善良な女だ。世界のどこにあんな善良な、やさしい、そしてしっかりした女があるか？　予は妻として節子よりよき女を持ち得るとはどうしても考えることができぬ。予は節子以外の女を恋しいと思ったことはある。他の女と寝てみたいと思ったこともある。現に節子と寝ていながらそう思ったこともある。そして予は寝た―他の女と寝た。しかしそれは節子と何の関係がある？　予は節子に不満足だったのではない。人の欲望が単一でないだけだ。

予の節子を愛してることは昔も今も何の変りがない。節子だけを愛したのではないが、最も愛したのはやはり節子だ。今も―ことにこの頃はしきりに節子を思うことが多い。

人の妻として世に節子ほど可哀相な境遇にいるものがあろうか？

現在の夫婦制度―すべての社会制度は間違いだらけだ。予はなぜ親や妻や子のために束縛されねばならぬか？　親や妻や子はなぜ予の犠牲とならねばならぬか？　しかしそれは予が親や節子や京子を愛してる事実とはおのずから別問題だ」

三年前の前述の明治三九年一二月二六日付の啄木日記とのあまりの違いに唖然とするばかりである。特に女性の側から考えてみれば啄木のあまりの身勝手さに驚き嫌悪するばかりであろう。

明治四二年四月から六月の日記はローマ字日記と言われている。啄木の本音が最も書かれていると言われているものである。

啄木は小説を書いても書いても売れない。悲嘆のどん底に落ち込む。収入も全く無くなり先の見通しもまったく立たない状態となる。そんな時に書かれた日記ではない。啄木はこの年の三月一日から朝日新聞社の校正係として就職して、ある程度の収入も得るようになってからの日記なのである。そしてその収入を函館に残した家族にはろくに送ることはせずに、売春街を彷徨っていた時期の日記なのである。

この時期、精神的にまた実際生活上、啄木が最も頽廃していた時期であろう。この時期にわずかばかりの収入を得ていくらかの生活の安定を得たとしても、文筆家としての自信の喪失は深刻であり、精神的落ち込みが解消された訳ではない。この時期に歌われたのが「砂山の初恋の歌」と思われる。そのため実際的には啄木のいう「初恋のいたみ」とはそれほどに単純ではないのである。

なお啄木の退廃はその年の六月に妻子と母が函館からやって来たことをきっかけに終焉をむかえ、まともな人間に変革されて行く。それまでの啄木とはまったく生まれ変わる啄木として自己変革が始まるのである。

# 第四章

# 啄木・矛盾の心世界

# 一　「かなし」の歌

啄木の歌には「かなし」という語句が沢山見られる。「かなし」は「哀し」「悲し」だけでなく、古語では「愛し」も「かなし」と発音する。「哀し」「悲し」は意味が了解し易い。「愛し」は「切ない程にいとおしい」という意味で「いとおしい」は「愛おしい」と書く。「愛おしい」とは「かわいそう」という意味と「かわいらしい」という意味と「たいせつだ」という意味がありそうである。「愛しい」は「かなしい」とも「いとしい」とも読める。「愛おしい」と「愛しい」とでは微妙な差がありそうであるが同じ意味のようでもある。啄木の「かなし」は一体どの意味て理解するのが妥当なのであろうか。

悲哀か愛か、それとも両方の意味があるのか、両方の解釈が出来るものも含めて分類してみた。筆者の解釈はいかがなものであろうか。ともかくも啄木が「かなし」と詠んだ歌をあげてみよう。

歌集「一握の砂　五五一首」より

・いのちなき砂のかなしさよ
さらさらと
握れば指の間より落つ

・目さまして猶起き出でぬ児の癖は
かなしき癖ぞ
母よ咎むな

・ひと塊の土に涎し
泣く母の似顔つくりぬ
かなしくもあるか

・かなしきは
飽くなき利己の一念を
持てあましたる男にありけり

・へつらひを聞けば
腹立つわがこころ
あまりに我を知るがかなしき

・新しきインクのにほひ
栓ぬけば
飢ゑたる腹に沁むがかなしも

・かなしきは
喉のかわきをこらへつつ
夜寒の夜具にちぢこまる時

・あまりある才を抱きて
妻のため
おもひわずらふ友をかなしむ

・誰が見てもとりどころなき男来て
威張りて帰りぬ
かなしくもあるか

・何もかも行末の事みゆるごとき
このかなしみは
拭ひあへずも

・ある朝のかなしき夢のさめぎはに
鼻に入り来し
味噌を煮る香よ

・遠方に電話の鈴の鳴るごとく
今日も耳鳴る
かなしき日かな

・垢じみし袷の襟よ
かなしくも
ふるさとの胡桃焼くるにほいす

・一隊の兵を見送りて
かなしかり
何ぞ彼等のうれひ無げなる

・たんたらたらたんたらたらと
雨滴が
痛むあたまにひびくかなしさ

・人みなが家を持つてふかなしみよ
墓に入るごとく
かへりて眠る

・人という人のこころに
一人づつ囚人がゐて
うめくかなしさ

・盗むてふことさへ悪しと思ひえぬ
心はかなし
かくれ家もなし

・放たれし女のごときかなしみを
よわき男の
感ずる日なり

・いらだてる心よ汝はかなしかり
いざいざ
すこし欠伸などせむ

・女あり
わがいひつけに背かじと心を砕く
みればかなしも

・病のごと
思郷の心湧く日なり
目に青空の煙かなしも

・かなしみといはばいふべき
物の味
我の嘗めしはあまりに早かり

・今は亡き姉の恋人のおとうとと
なかよくせしも
悲しと思ふ

・解剖せし
蚯蚓のいのちもかなしかり
かの校庭の木柵の下

・先んじて恋のあまさと
かなしさを知りし我なり
先んじて老ゆ

・夢さめてふっと悲しむ
我が眠り
昔のごとく安からぬかな

・近目にて
おどけし歌をよみ出でし
茂雄の恋もかなしかりしか

・ふるさとを出で来し子等の
相会いて
よろこぶにまさるかなしみはなし

・石をもて追はるるごとく
ふるさとを出でしかなしみ
消ゆる時なし

・うすのろの兄と
不具の父もてる三太はかなし
夜も書読む

・意地悪の大工の子などもかなしかり
戦に出でしが
生きてかへらず

・そのかみの神童の名の
かなしさよ
ふるさとに来て泣くはそのこと

・かなしきは
秋風ぞかし
稀にのみ湧きし涙の繁に流るる

・青に透く
かなしみの玉に枕して
松のひびきを夜もすがら聴く

・ものなべてうらはかなげに
暮れゆきぬ
とりあつめたる悲しみの日は

・秋の声まづいち早く耳に入る
かかる性持つ
かなしむべかり

・雨後の月
ほどよく濡れし屋根瓦の
そのところどころ光るかなしさ

・汪然として
ああ酒のかなしみぞ我に来れる
立ちて舞ひなむ

・あめつちに
わが悲しみと月光と
あまねき秋の夜となれり

・うらがなしき
夜の物の音洩れ来るを
拾うがごとくさまよひぬ

・目を閉ぢて
傷心の句を誦してゐし
友の手紙のおどけ悲しも

・をさなき時
橋の欄干に糞塗りし
話も友はかなしみてしき

・函館の青柳町こそかなしけれ
友の恋歌
矢ぐるまの花

・朝な朝な
支那の俗歌をうたひ出づる
まくら時計を愛でしかなしみ

・いくたびか死なむとしては
死なざりし
わが来しかたのをかしく悲し

・かなしめば高く笑ひき
酒をもて
悶を解すといふ年上の友

・札幌に
かの秋われの持てゆきし
しかして今も持てるかなしみ

・アカシヤの並木にポプラに
秋の風
吹くがかなしと日記に残れり

・かなしきは小樽の町よ
歌ふことなき人々の
声の荒さよ

・酒のめば鬼のごとくに青かりし
大いなる顔よ
かなしき顔よ

・治まれる世の事無さに
飽きたりといひし頃こそ
かなしかりけれ

・わが去れる後の噂を
おもひやる旅出はかなし
死ににゆくごと

・伴なりしかの代議士
口あける青き寝顔を
かなしと思ひき

・あはれかの国のはてにて
酒のみき
かなしみの滓を啜るごとくに

・酒のめば悲しみ一時に湧き来るを
寝て夢みぬを
うれしとはせし

・死ぬばかり我が酔ふをまちて
いろいろの
かなしきことを囁きし人

・かなしきは
かの白玉のごとくなる腕に残せし
キスの痕かな

・山の子の
山を思ふがごとくにも
かなしき時は君を思へり

・窓硝子
塵と雨とに曇りたる窓硝子にも
かなしみはあり

・コニャックの酔ひのあとなる
やはらかき
このかなしみのすずろなるかな

・白き皿
拭きては棚に重ねゐる
酒場の隅のかなしき女

・新しきサラドの皿の
酢のかおり
こころに沁みてかなしき夕

・すがた見の
息のくもりに消されたる
酔ひのうるみの眸のかなしさ

・ひややかに罎のならべる棚の前
歯せせる女を
かなしとも見き

・おちつかぬ我が弟の
このごろの
眼のうるみなどかなしかりけり

・かの旅の夜汽車の窓に
おもひたる
我がゆくすゑのかなしかりしかな

・いつも来る
この酒肆のかなしさよ
ゆふ日赤々と酒に射し入る

・白き蓮沼に咲くごとく
かなしみが
酔ひのあひだにはっきりと浮く

・水のごと
身體をひたすかなしみに
葱の香などのまじれる夕

・公園のかなしみよ
君の嫁ぎてより
すでに七月来しこともなし

・かなしみの強くいたらぬ
さびしさよ
わが児のからだ冷えてゆけども

・かなしくも
夜明くるまでは残りゐぬ
息きれし児の肌のぬくもり

歌集「悲しき玩具　一九四首」より

・
手も足もはなればなれにあるごとき
ものうき寝覚！
かなしき寝覚！

・
みすぼらしき郷里の新聞ひろげつつ、
誤植ひろえり
今朝のかなしみ。

・
朝な朝な
撫でてかなしむ、
下にして寝た方の腿のかろきしびれを。

・
それとなく
その由るところ悲しまる、
元日の午後の眠たき心。

・
眠られぬ癖のかなしさよ！
すこしでも
眠気がさせば、うろたへて寝る。

・
「石川はふびんな奴だ。」
ときにかう自分で言ひて
かなしみてみる。

・
晴れし日のかなしみの一つ！
病室の窓にもたれて
煙草を味ふ。

・
ふくれたる腹を撫でつつ、
病院の寝台に、ひとり、
かなしみてあり。

・
びっしょりと寝汗出てゐる
あけがたの
まだ覚めやらぬ重きかなしみ。

・
ぼんやりとした悲しみが、
夜となれば、
寝台の上にそっと来て乗る。

・
春の雪みだれて降るを
　熱のある目に
　　かなしくも眺め入りたる。

・
人間のその最大のかなしみが
　これかと
ふっと目をばつぶれる。

・
いま、夢に閑古鳥を聞けり。
　閑古鳥を忘れざりしが
　　かなしくもあるかな。

・
脈をとる手のふるひこそ
かなしけれ……
　医者に叱られし若き看護婦！

・
かなしくも、
　病いゆるを願はざる心我に在り。
何の心ぞ。

・
友も、妻も、かなしと思ふらし……
　病みても猶、
　　革命のこと口に絶たねば。

・
やや遠きものに思ひし
テロリストの悲しき心も……
　近づく日のあり。

・
病みて四月……
　その間にも、猶、目に見えて、
　　わが子の背丈のびしかなしみ。

・
かなしきは、
(われもしかりき)
叱れども、打てども泣かぬ児の心なる。

・
或る市にゐし頃の事として、
　友の語る
恋がたりに嘘の交じるかなしさ。

・
胸いたむ日のかなしみも、
　かをりよき煙草の如く、
　　棄てがたきかな。

・
解けがたき
不和のあひだに身を処して、
　ひとりかなしく今日も怒れり

・猫を飼はば、
その猫がまた争ひの種となるらむ。
かなしきわが家。

・かなしきは我が父！
今日も新聞を読みあきて
庭に小蟻と遊べり。

・ただ一人の
をとこの子なる我はかく育てり。
父母もかなしかるらむ。

・クリストを人なりといへば、
妹の眼がかなしくも
われをあはれむ。

## 二　「悲し」の歌

以上の短歌の中で「悲し」と漢字で表現しているものが数首認められる。

・今は亡き姉の戀人のおとうとと
なかよくせしも
悲しと思ふ

・夢さめてふっと悲しむ
我が眠り
昔のごとく安からぬかな

・ものなべてうらはかなげに
暮れゆきぬ
とりあつめたる悲しみの日は

・あめつちに
わが悲しみと月光と
あまねき秋の夜となれり

・目を閉ぢて
傷心の句を誦してゐし
友の手紙のおどけ悲しも

・いくたびか死なむとしては
死なざりし
わが来しかたのをかしく悲し

・酒のめば悲しみ一時に湧き来るを
寝て夢みぬを
うれしとはせし

・それとなく
その由るところ悲しまる、
元日の午後の眠たき心。

・ぼんやりとした悲しみが、
夜となれば、
寝臺の上にそっと来て乗る。

・やや遠きものに思ひし
テロリストの悲しき心も……
近づく日のあり。

なお、啄木第二歌集「悲しき玩具」は「かなしき玩具」とはなっていない。しかし「悲しき玩具」の名付け親は啄木ではなくて土岐哀果である。もっとも土岐哀果は啄木の歌論「歌のいろいろ」の結語である「歌は私の悲しい玩具である」から採用したので、やはり元々は啄木の文章から採ったものである。

漢字の「悲し」よりも仮名の「かなし」の方が圧倒的に多いのだが、啄木が「悲し」と「かなし」をどのように使い分けていたのかがいまひとつ理解出来ない。それともそれほどの意味の違いは無いのであろうか。なお、妹を歌った歌にも「妹」と「いもうと」としているものがあり、どういう使い分けをしているのかが不明である。しかしこちらの場合は「妹」であっても「いもうと」であっても意味の違いはないので理解に困難は認められない。

## 三　「かなし」の意味

しかし「かなし」の場合は普通一般には「悲し」あるいは「哀し」と理解されようが、それでは意味がいささか理解に苦しむものがあるのである。

・病みて四月……
　その間にも、猶、目に見えて、
　わが子の背丈のびしかなしみ。

当時五歳の一人娘・京子の背丈がのびることが「かなしい」とはどういうことなのであろうか？　常識的には子供の成長は嬉しく喜ばしいことの筈である。しかしここでは「京子の成長をかなしんでいる」というよりも自分が病気となってしまって子供の成長に充分かかわってやれない自分をかなしんでいる、ということのようにも思える。

あるいは、親の病気のために親からの愛情を充分享受することも出来ないまま、身体だけは大きくなっていく子供はかなしいであろう、という解釈も成り立たない訳ではない。自分をかなしんでいるのか、子供をかなしんでいるのか、判然とはしない。ともかくも啄木にとっては娘・京子の身体の成長は、嬉しく喜ばしく感じることが出来ない。まさにかなしい啄木である。

しかしこの「かなしみ」を「愛しみ」と理解すれば、自分は病気ではあっても、子供は成長していくものだ、という愛の喜びと理解出来ないこともない。

・ふるさとを出で来し子等の
　相会いて
　よろこぶにまさるかなしみはなし

この歌は、別れ別れにふるさとを出てきた友人が、東京で出会った時の心境を歌ったものと思われる。ちょうど啄木と金田一京助が東京で出会った時のようなものであろう。懐かしさ、うれしさ、などの感情が高まって感動している時の情景を思わせる。しかし「よろこぶにまさるかなしみはなし」の意味をどう解釈したらよいのかが釈然としない。よろこぶと同時に、それ以上のかなしみは（他に）ないということである。これはどういう意味であろう。喜びと悲しみは逆の意味があるのだが、それが同時に含まれるということなのか。悲喜こもごもという言葉があるが、この言葉は、喜びと悲しみが同時ではあってもそれぞれ別々のことがらである場合を意味するであろう。この歌の場合といささか異なると思われる。

「会いたくても会えなかった悲しみが、会った時の喜びにまさるくらいに大きかった」「会ってもまた直ぐに別れなければならない悲しみが、会った時の喜びにまさるくらいに大きい」このような喜びと悲しみが同時進行的に含まれているのがこの歌の内容と思われるのだが筆者の無理な解釈であろうか。

しかし別の解釈も可能と思われる。この「かなし」を「愛し」と解釈すればどうなるのであろうか。「かなしみ」を「愛しみ」と置き換えてみる。

・ふるさとを出で来し子等の
　相会いて
　よろこぶにまさる愛しみはなし

自分の主体から離れて子等を客観視し、同郷の友達とめぐり会って喜んでいる子等を、その喜び以上に愛しいものとしている、啄木の視点が示されている。これらのことから類推して、啄木の「かなしい」を「愛しい」という語に置き換えてみても歌としての意味が了解出来る歌が多い。

近藤典彦は平成の今では啄木研究の第一人者である。近藤典彦の解釈（『啄木短歌に時代を読む』吉川弘文館）では、この歌は愛しいではなくてやはり哀しいのである。近藤典彦の解釈では、田舎から都会で出てきてその後に待っている彼らが体験するであろう哀しい都会生活の実態を考えれば、久しぶりに会って喜んでいるのは、その後の哀しみの序曲に過ぎない。その後に待っている哀しみ、それ以上の哀しみはないのである。近藤典彦の解釈はさすがであるが、啄木は持って回った複雑な言い回しをする歌人である。

既に紹介している歌を次のように変えても意味は了解出来る。

・いのちなき砂の愛しさよ
　さらさらと
　握れば指の間より落つ

・目さまして猶起き出でぬ児の癖は
　愛しき癖ぞ
　母よ咎むな

・ひと塊の土に涎し
　泣く母の似顔つくりぬ
　愛しくもあるか

「かなし」を「愛し」としたのでは陳腐なものもない訳ではない。

・ある朝の愛しき夢のさめぎはに
　鼻に入り来し
　味噌を煮る香よ

・石をもて追はるるごとく
　ふるさとを出でし愛しみ
　消ゆる時なし

これらはやはり「かなしき」の方が妥当のようである。

しかし、啄木が仮名書きで「かなし」と書いたものは「悲し」「哀し」で理解出来るものであるが、「愛し」（いとし）と解釈しても了解出来るものが圧倒的に多い。つまり日本語の「愛しい」という言葉の中身には「悲しい」内容が含まれていると考えられるのである。特に啄木にとっては愛することは悲しいことなのである。

愛しい、恋しい、懐かしい、いとおしい、いたわしい、などなど愛から連想出来る言葉はいくつもある。そして愛にはどうしても愛に傷つく、とか、愛を失う、など、愛には悲しみが常に付きまとう。恋には甘さと同時に切なさがつきまとうのと同じである。

啄木の「かなしい」は「愛しい」と同時にやはり「悲しい」という意味が含まれているように思われる。

・函館の青柳町こそかなしけれ

友の戀歌
矢ぐるまの花

この歌の「かなし」の意味を検討してみよう。

この歌の場面状況は次のようなものである。

啄木が函館の青柳町に居住していた時、啄木の家は函館の文学サークル「苜蓿社」の若い仲間達のたまり場であった。しかもどういう訳か若い独身の男ばかりの集まりであったようである。若い男たちが集まれば話される話題の中心は恋や女性についてのことであろう。後に啄木と義兄弟となる宮崎郁雨も、この当時は失恋の痛手から立ち直ることが出来ずに連綿としていた頃である。そのころ啄木は、「苜蓿社」の仲間の中では中央でも名の知れた詩人としてただ一人であり、同時に一三歳で知り合った初恋の女性・節子と幾多の難関を乗り越えて一九歳で結婚した、恋愛の勝利者でもある。そのような啄木に憧れて若者は集まって来たと思われる。文字通り啄木は苜蓿社の若い仲間たちの「あこがれ」であり中心的存在であった。

「友の恋歌」とはそういう仲間たちが歌った「恋の歌」であり、その多くは「失恋の歌」で「恋の切なさ」を歌ったものであろう。「矢ぐるまの花」は咲いていても、「恋の花」はなかなか咲かないのが実際である。そのように考えると、この歌の「かなしけれ」は自宅に集い来る文学仲間たちの「失恋の悲しさ」と解釈することが出来る。「恋の悲しみ」を抱えた者たちが集まるのだから、青柳町の自宅は悲しみが集まる場所なのである。

しかし集まる仲間は悲しい人々であるが、啄木自身は悲しいの逆であろう。詩人としてだけでなく、恋の勝利者として、仲間から尊敬と憧憬の眼差しで見られており、得意の絶頂であったと思われる。啄木自身とすれば「かなしけれ」ではなくて「楽しけれ」であろう。啄木の函館時代は、渋民村や小樽、釧路、東京など函館の前後と比較すれば、弥生小学校の代用教員と函館日日新聞の新聞記者を掛け持ちしており、父親は青森の野辺地の常光寺に残していたが、妻子と母、それに妹までも呼び寄せており、啄木にしては珍しく経済的にも余裕があった時代である。

近藤典彦の解釈（『啄木短歌に時代を読む』）では、「『かなし』は『愛し』で、せつなくなるほどなつかしい」である。

なお筆者はこの歌は函館で歌った歌ではなく、東京で小説が売れなくて落ち込んでいた時に歌った追想歌と判断している。啄木の歌の中には、特に処女歌集「一握の砂」の中には、過去を思い出して歌う追想歌が多い。今の現実を歌うのでなく、過去を追想するので、過去から現在までの様々な思いや感情が混在してしまう。この歌は函館をせつなくなるほどなつかしく、追想しているのである。この解釈が的外れとは思えないが、別の解釈も出来ない訳でもない。

今現在（東京で落胆している時）が悲しい状況であれば、本当は楽しかった過去も悲しみとして思い出してしまうのである。あの時は楽しかった。今では懐かしく恋しい感じもする。しかし、その楽しかったことは泡沫のごとく淡いものとして消え去ってしまい、悲しみだけが残ってしまった、というものである。今現在が悲しければどんな過去もすべて悲しく思い出してしまうのである。

別の解釈も出来よう。函館でのあの時は楽しかったのに、あの時はその直後に函館大火に襲われ、啄木の悲惨な北海道彷徨が始まるとも知らずにいた。そのような自分が哀れでならない。それを悲しんでいる、とも解釈が可能である。自分自身を哀れみ悲しんでいるのである。これは悲しんでいる、というよりも自分自身を愛しんでいるのである。

もしもこの歌が「一握の砂」の中の「我を愛する歌」の項目の中にあれば、自分自身を愛しんでいると解釈する方が妥当のようである。しかしこの歌は「忘れがたき人々」の項目に入っているので、やはり自分自身というよりも友の悲しみを歌っている、と解釈した方が妥当かも知れない。

ともかくも啄木の「かなしい」にはいろいろな意味が込められており、多様に解釈が出来るようである。人の心の複雑で単純に割り切れない矛盾に満ちた、そして揺れ動く心情を表現しているのであろう。

啄木の歌の魅力としてこのように色々に解釈出来ることがあるようである。読む人によって、自分本位の思いに解釈出来る。解釈を強制されない。そして何となく感傷的で胸にグッと迫るものを感ずるのである。

もっともある特定の人々にとっては不快な感じを抱くものもない訳ではない。

・かなしきは小樽の町よ
　歌ふことなき人々の
　聲の荒さよ

この歌は、聴きようによっては小樽の人は不快となることであろう。歌うことをしない人々が居て、それだけでなく声も荒々しい小樽の町。これでは小樽の人々は教養も低くてがさつな人ばかり。それを啄木がかなしんでいる、ということになる。しかし「声の荒さよ」ということは経済活動の活発なことを意味しているようである。事実啄木が小樽に居た当時は、海に面していない大都市札幌に近い港町として函館、札幌に次ぐ北海道第三の都市で経済的に活況を呈していた。歌なんか歌う悠長な暇なんかないくらいにみんな忙しく立ち働いていたのが小樽の人々であった。そんな人々を啄木は愛しいものとして歌った歌という解釈も成り立つようである。

啄木は小樽について次のように書いている。

「小樽に来て初めて植民地精神に溢れた男らしい活動を見た。小樽の人の歩くのは歩くのではない。突貫するのである。日本の歩兵は突貫で勝つ。然し軍隊の突貫は最後の一機にだけやる。朝から晩まで突貫する小樽人ほど恐るべきものはない」（明治四〇年一〇月一五日付小樽日報）

このように啄木が見た小樽の歌を（都合の）よいように解釈して、この歌の歌碑は小樽市内の水天宮境内に建立されている。

「かなしい」にもいろいろの解釈が出来るのである。

ところで啄木の娘も「かなし」のうたを残している。啄木の娘・京子についての資料はあまりない。筆者の手元の資料では『啄木挽歌　思想と人生』（中島嵩　ねんりん舎）が最も詳しい。この本に京子の次の歌が紹介されている。

・その母に見せんと
　吾児の見おぼえの
　おどりのふりも愛しかりけり

この歌の「愛しかり」は「かなしかり」とルビをふっている。

・愛しさの思ひせまりて

　　強く児を抱けば
　あはれ　泣き出しにけり

この歌の「愛しさ」にはルビをふっていない。だからこの歌は「かなしさ」と詠んでもよいし「いとしさ」と詠んでもよい。しかし「かなしさ」と詠んでも「悲しさ」という意味ではもちろんないと思われる。京子の歌の「愛しさ」を「かなしさ」と詠むのは、父親譲りのように筆者には思える。

## 四　啄木にとっての「愛」

ところで啄木は何故「かなしい」という言葉を多用しているのであろうか。日常用語として文字通りに「悲哀」をあらわす意味として解釈することも不自然でないものは多い。しかし、同時に「愛しい」という意味で理解しても意味が了解出来る歌も多いことが啄木短歌の不思議なところである。

普通一般には「愛」には喜び、つまり歓喜あるいは喜悦といったものが伴う。しかし「愛」には同時に「愛」を失ったり「愛」に裏切られたり、悲哀が伴う。恋に甘さの他に切なさが伴うのと同じである。啄木にとっての「愛」は「悲哀」とあまり意味の違いの無いものであったのであろう。その愛が強大であればある程、悲哀もそれにつれて強大となる。親子、兄弟、夫婦間、これらの啄木と関係する肉親間においても「愛」と「悲哀」が濃密に混在している。啄木にとって「愛」とは「悲しい」ことなのである。

啄木は、第一章で述べたような家庭環境、養育環境で生まれ生きてきた。啄木は生まれた時から嘘と誤魔化しの泥の中にどっぷりと漬かって生きてきたのである。

一禎は正式には結婚していないことになっていた。だから本来は子供が生まれてきてはいけなかった。そのため一禎の子供ではないことにしなければならなかった。また啄木は母・カツが誰が父親か不明の、つまり私生児として啄木を産んだことになっている。ともかくも啄木は産まれてきてはいけないのに産まれてきてしまった。そして啄木は二人の姉が続いた後にやっと産まれた男の子として過剰に可愛がられてきた。本来産まれてきてはいけないことになっていたのに、過剰に可愛がられてきた。これほど矛盾することはあるまい。この矛盾を抜きにして啄木の「愛」と「悲哀」について論ずることは出来ない。

そして啄木は、この矛盾についてチャランポランにいい加減にとらえて生きていくことが出来たならば、啄木の悲哀はもっと軽いもので済んだかも知れない。しかし啄木は知性も感性も並外れて高く強く、また繊細鋭敏であった。そして激しく行動的性格をしていた。そのため矛盾はますます大きく、啄木の懊悩はますます深いものとなる。

啄木は、嘘と誤魔化しの淀みから脱却するために、あがき、もがき、苦しんだに違いない。父や母がいなければ自分の存在はない。しかしその父や母は「嘘と誤魔化し」の生みの親でもある。親への感謝と同時に恨みも生じて来ることは当然である。淀みからの脱却の方法としてはいろいろ考えられる。「この世から辞職したくなる」（郁雨への手紙）という希死念慮（死にたいという心理）も脱却の方法である。啄木の短歌に「死」がたくさん出てくるのもそのためである。通常のありきたりの努力では淀みから抜け出ることは出来ない。懸命に必死の思いで頑張らなければならない。啄木には一般社会人としては常識破りで非常識な行動も目立つのはそのためであろう。

この啄木の必死の思いが我々の胸をうつのであろう。心に何の懊悩もなく、幸せいっぱい腹いっぱいの人生を送ってきた人が、いくら書き物をしても多くの読者の心をつかむことは出来まい。啄木の懊悩が深く大きかった分に比例して、啄木は読者の心をうつ作品を書くことが出来たのであろう。

## 五　啄木の文章表現

甘く美味しいアンコやお汁粉を作るには、甘い砂糖だけでなく、しょっぱい塩を微量に加える。そのことによって甘さにコクが出るのである。啄木の文章はそれに似ているようでもあるが、それだけでもないようである。啄木の矛盾する文章はどのように解釈するのが適切なのであろうか？

明治三五年一月一一日付岩手日報「草若葉を評す」

「……之が正しく子（作者の蒲原有明）の短所であると共に又長所でなければならぬ」とした後で「詰り才の走り過ぎた所は攻撃を受ける点であるが、然し其所にまた捨つべからざる妙味が存するのだ」

啄木（このころは未だ翠江）一六歳の時の文芸評論で既にこのような表現方法が認められる。

明治三九年三月四日付日記

「恬（かか）る不満足の中の深い満足を」

この文章は啄木一家が寺を追われ、父一禎は青森県野辺地、妹光子は盛岡に残し、母と妻の三人で故郷渋民村の貧しい農家の六畳一間を借りての生活状況を言っている。こんな生活に満足出来る訳がない。しかし啄木は、経済的あるいは表面的に豊かな生活では満足感を味わうことの出来ない、精神的な満足感を貧しいからこそ感じることが出来る、と言っているのであろう。しかし筆者には啄木の負け惜しみのように思えてならない。むしろ文章表現とは逆に状況の惨めさを強調しているように読み取れる。
明治三九年三月七日付日記
「……彼等には無事といふ外に不幸が無い」
彼等とは、渋民村に帰ってきた啄木を興味津々と野次馬的にながめている渋民村の村民たちをさしている。彼等には無事ということは不幸である、と言っているのであろう。普通一般には無事ということは幸福なことである。しかし無事ということは何事も起こらない平々凡々なことを意味している。啄木は、そんな村民が実は不幸な状況であることを自覚出来ず麻痺してしまっていることを指摘したいのであろう。しかし啄木は、自らを村民よりも精神的にお高く止まっていることによって自分自身の不幸を慰めているように筆者には思える。
明治三九年三月一〇日付日記
「然し、此囚人は、毎日ひとや（監獄）の窓に手を合わせて、深く感謝して居る。何処へ？　何を？かかるひとやの中にあり乍ら猶『感謝する』といふ心を、この胸に起こさせて呉れた天に」
この文章の意味は、「深い満足」と同じような負け惜しみであろう。山中鹿之助の「我に七難八苦を与えたまえ」みたいに思えるが本音は「感謝」ではなくてむしろ天に対する「恨み」の深さを述べていると思われる。
明治三九年三月八日付日記
「法律が完成して、罪悪が益々巧妙になったではないか」
罪悪を取り締まるべき、あるいは罪悪を減らすべき法律が完成して、むしろ罪悪が巧妙になる、という啄木一流の考え方が面白いし真実味が感じられる。

明治三九年三月一一日付日記

「泣くより辛き笑ひ」

笑うは泣くとは反対の意味があろう。しかし苦笑いのような歪んだ笑いも無い訳ではない。しかしこの場合はただ単純に泣きたい気持ちと表現するよりも、より強烈な泣きたい気持ちを表現している。むしろ狂笑に近い。あまりに辛くって、泣くを通り越して狂ってしまいそうなくらいなのである。

明治三九年四月二四日付日記

「予は日本一の代用教員である。これ位うれしいことはない。またこれ位うらめしいことはない」

この文章では「うれしい」と「うらめしい」の優劣を論ずることは出来ない。「うれしい」とは子供たちを教育することの喜びを意味していると理解出来る。「うらめしい」とはその負担の大きさを予想してのことと思われる。事実啄木は教育（その他に小説執筆もあったが）に熱中するあまりに疲労困憊して年間に二十日間も病欠してしまうのである。「うれしい」と「うらめしい」とを同時平行して感ずる、矛盾した最も啄木らしい感受性である。

あるいは別の解釈も可能である。啄木は食べていくために仕方無しに代用教員になったのであって、本来は文筆能力だけで食べていける筈であった。啄木はそれをうらめしく思ったのかも知れない。

明治四〇年五月四日付日記

「午後一時、予は桐下駄の音軽らかに、遂に家を出つ。あゝ遂に家を出つ。これ予が正に一ケ年二ケ月の間の起臥したる家なり。予遂にこの家を出つ。下駄の音は軽くとも、予が心もまた軽かるべきや」

父一禎の宝徳寺への住職復帰の闘いの最中に肝心の父一禎が闘いを放棄して家出してしまっては闘いに破れるしかない。その後の一家離散、故郷を捨てて北海道へ旅立つ日の日記である。一家離散の旅立ちに心が軽かろうはずはない。しかしここでは、住職復職をめぐって敵対していた渋民村村民と決別することや、お寺との関係を断つことでの心の身軽さを意味しているのであろう。特に「寺」との決別は、啄木出生の不条理を発生させたのは「寺」というものの存在であるから、それとの決別は啄木の心を格別に身軽にしたと思われる。

明治四一年七月二四日付日記

「モウ何も売る物も質に入れるものもない。くすんだ顔をして椅子に凭れてゐると、一封の郵書。それは金星会の歌稿。添削料が一割増で三銭切手十一枚入っていた。うれしかった。これを嬉しがる程の自分の境遇かと思ふと悲しかった」

「うれしかった」と「悲しかった」が同時に書かれているが説明も書かれているのでわかり易い。

明治四一年一二月、平山良子宛手紙

「君は若き女にして、我は若き男に候ひけり。若くして貧しき我は、日毎に物思ふいとまもなく打過しつつ、若きが故にさびし、筆とる時も寂し、市ゆく時もさびし、青春の血がもゆるが如き友と語る時は更にさびし」

平山良子は実は平山良太郎という男性である。京都の一流芸者の写真を利用して啄木を騙し、女流歌人になりすまして啄木と文通していた。後で平山良太郎は啄木に詫びを入れてその問題は解決するのであるが、ともかくも啄木が書いたその時の手紙は相手を美人の女性と思って書いた手紙である。この文だけでは何故「さびし」なのかの意味が了解出来ない。「傍らに貴女が居ないので」という言葉が隠されていると解釈してようやく理解出来るのである。

明治四二年三月一二日付日記

「……いいがたきさびしみの喜びに眠った」

東京で一人さびしく雨音を聞いていて、宝徳寺の雨漏りの音を思い出して眠りにつく時の心境であるが、「さびしみの喜び」とは確かにいいがたい心境である。

明治四二年四月七日付ローマ字日記

「予は妻を愛している。愛してるからこそこの日記を読ませたくないのだ、……しかしこれはうそだ！愛しているのも事実、読ませたくないのも事実だが、この二つは必ずしも関係していない。そんなら予は弱者か？　否、つまりこれは夫婦関係という間違った制度があるために起こるのだ。夫婦！　なんという馬鹿な制度だろう！　そんならどうすればよいのか？」

東京に一人居て妻子を函館から呼び寄せるべきだが、それをしようとしない啄木。妻・節子以外の女性に臆面もなく思いを寄せる啄木。仕送るべき金を売春街彷徨に浪費してしまう啄木。妻子への愛と矛盾するこれらの啄木の行動を、何とか合理化しようと悪あがきしてもがいている啄木の心理である。

あるいはこの時、啄木は、母や姉たち、自分や妹を入籍せずにいた父、ようやく啄木が尋常小学校二年生になった時に入籍したものの、家族が経済的危機となった時は家長としての責任をとろうとせずに無責任に家出をしてしまう父・一禎のことを脳裏にうかべたかも知れない。

明治四二年四月八日付ローマ字日記

「まことに馬鹿な、そして哀れむべき話だ。そしてこれこそ真に面白味のあることだ」「いや、知らせるのは残酷だ……いや、知らせる方が面白い」

金田一京助が好意を抱いていた下宿屋の女中が他の男に抱かれていることを知った啄木が、そのことを金田一京助に知らせようかどうしようか、迷っているところである。啄木は「哀れ」や「残酷」を面白がって、親友の金田一京助をからかっている。

明治四二年四月一〇日付ローマ字日記
「予は、一番親しい人から順々に、知っている限りの人を残らず殺してしまいたく思ったこともあった。親しければ親しいだけ、その人が憎かった」

このことは自己変革の辛さ苦しみを意味しているのであろう。自己変革とはそれまでの自己を否定することから始まる。自己を否定することは、すなわち自己に近い人、自己と親しい人をも否定することになる。自分が新しい人間として生まれ変わろうとすれば、古い自分を否定するのと同じように、古い自分と親しかった人をも否定しなければならないのである。親しければ親しいだけ、その人を否定しなければならない。そのような人たちは、自分が新しく生まれ変わろうとする努力の足を引っ張り邪魔する、憎むべき人たちなのである。

それにしても啄木独特のもってまわった表現である。

「予は弱者だ。誰のにも劣らぬ立派な刀を持った弱者だ。戦わずにはおられぬ、しかし勝つことは出来ぬ。しからば死ぬほかに道はない。しかし死ぬのはいやだ。死にたくはない！　しからばどうして生きる？」

啄木の如何に生きていくべきかの凄まじい矛盾に満ちた懊悩である。啄木はこの懊悩から逃れるために「発狂する人がうらやましい」程となっていくのである。そして懊悩から逃れるべく売春街彷徨という頽廃にまで落ち込んでいくのである。

それにしても「立派な刀」をもったら強者であるはずなのに、弱者と表現する矛盾した表現がいかにも啄木らしい。「立派な刀」とは啄木の知力とか文章能力を意味していると思われるが、それを自分は持っていることを誇示しているところに、このような状況においても啄木の「天才主義」を捨て切れない自己顕示性をかいま見ることが出来る。

『「病気をしたい。」この希望は長いこと予の頭の中にひそんでいる。病気！　人の厭うこの言葉は、予に故郷の山の名のようになつかしく聞こえる。……ああ、あらゆる責任を解除した自由の生活！　我等がそれを得るの道はただ病気あるのみだ！」

ようするに懊悩から逃れたいということであろう。責任を追求されなくてもよい所へ身を置きたいことを恰好良く別の表現でしているに過ぎない。筆者が前書（『石川啄木　悲哀の源泉』）で述べた「癌誤診願望症候群」である。本当に癌であれば死ななければならないが、医者が癌と宣告してくれれば、間もなく死ぬ病人として何もかも許され、責任を追求されることもない。そしてそれが誤診であれば死ぬことも免れるのである。

明治四二年四月一二日付ローマ字日記

「一人の人と友人になる時は、その人といつか必ず絶交することあるを忘れるな」

自己の主体性を強調しての主張と思われるが、啄木は実際にも絶交することが多い。その後、函館の友人・宮崎郁雨と絶交することになることを暗示している文章でもある。絶交と言っても、一方的であったりまた実際的には交流がなし崩し的に再開したりしていいかげんではあるが。

明治四二年四月一三日付日記

「東京に出てからの五本目の手紙が今日きたのだ。初めの頃からみると間違いも少ないし、字もうまくなってきた。それが悲しい！　ああ！　母の手紙！」

母の手紙の文字の間違いも少なくなり、字もうまくなってきたことを悲しく思う啄木である。啄木にとっては、母親が啄木に手紙などを書く必要がないようにするべきなのだが、啄木はそれが出来ない。それが悲しいのである。

雑詠より

・　母上の仮名の手紙のこのごろは少しじょうずにならせたまえる

という歌もある。

明治四二年四月一六日付日記

「自分の将来が不確かだと思うくらい、人間にとって安心なことはありませんね！　ハ、ハ、ハ、ハ！」

啄木が金田一京助に言った言葉である。不確かが安心とはひねくれたものの言い方であるが、啄木流では「不確かな方が大きな発展性を含んでいる」ということか？　こういう言い方をされると、金田一京助も啄木の真意をどのように理解したらよいものか、翻弄されることであろう。後に金田一京助が言いだして物議をかもした晩年の啄木の思想転回説も、このような啄木の理解困難な物言いがその遠因となっているかも知れない。

明治四二年四月二一日付日記

「そして、恐ろしい夏がまた予に……一文なしの小説家にやってくる！　恐ろしい夏！　ああ！　肉体的な戦いの大きな苦痛と深い悲しみと共に、一方では若いニヒリストの底なしの歓喜と共に！」

恐怖、苦痛、悲しみは歓喜とは逆のことであろう。それが歓喜と共にやってくる、と啄木は考えるのである。些かマゾヒズム的である。恐怖や苦痛悲しみが大きいほどそれを克服した時の歓喜は大きいということか？

明治四三年四月一日付日記

「父が野辺地から出て来てから百日になる。今迄に一度若竹へ義太夫を聞きにつれて行ったきりだ。今夜は嘸面白かった事だろう……悲しい事には」

父と妻子と四人で浅草へ映画を見て帰った時のことである。「面白かった事だろう」の後に「悲しい事には」と付け加えるのが啄木らしい。

筆者の解釈は以下のようなものである。

父が来てから百日にもなるというのに、父に面白い思いをさせたのは、義太夫を聞きに連れていった時と今回の映画のたった二回くらいしかない。それしか出来ないことを啄木は悲しんでいるのである。

そして続けて次のように書いている。

「人間が自分の時代が過ぎてかうまで生き残ってゐるといふことは、決して幸福な事ぢゃない。殊にも文化の推移の激甚な明治の老人達の運命は悲惨だ。親も悲惨だが子も悲惨だ。子の感ずることを感じない親と、親の感ずることを可笑しがる子と、何方が悲惨だか一寸わからない。物事に驚く心のあるだけが、老人達の幸福なのかも知れない。母の健康は一緒に散歩に出るさへも難い位に衰えた」

父が映画を見て面白かったことだろうと思いながら、そのことを啄木は悲しいことに感じている。老人がその時代社会に合わないことを悲しいこととして捉えているからであろうか？

明治四四年一月九日瀬川深への手紙

「……歩くに随って街灯の影が手紙の上を明るくし、また暗くした」

友人瀬川深からの手紙を歩きながら街灯の灯で読んでいる情景である。歩きながらであるから街灯があたって明るくなったり、影になって暗くなったりするであろう。動的情景が目に浮かぶが、実際は自宅でこの返事の手紙を書いている時に、友人からの手紙を読んだ時の情景を思い出して書いたものである。啄木の信頼するに足る友人からの手紙を読んでの喜びの心の躍動を表していると思える。啄木はこういう表現が大好きなのである。

啄木はこの手紙の後半部分で「僕は長い間自分を社会主義者と呼ぶことを躊躇してゐたが、今ではもう躊躇しない」と啄木の思想状況の本音を述べている。それぐらい信頼している友人からの手紙を読んでの喜びと心の躍動なのである。

明治四四年二月二四日付日記

「小樽の藤田君から不真面目のやうな真面目な手紙が来た。淋病にかかって睾丸炎を起こしたんだそうである。さうして一度直ってから酒をのんでまた悪くなったさうである。——彼の歩いた路もまた不真面目なやうな真面目なものであった」

明治四四年二～三月の宮崎郁雨宛ての手紙

「……おかしくもあり、悲しくもあった」

明治四四年四月一九日付日記

「今日は一日古日記や詩稿を調べた。色々の忘れてゐることが思出されてうれしくもあればかなしくもあった」

啄木はこのように文章表現をするのを好むようである。

明治四四年四月二五日付日記

「トルストイが科学を知らなかった――否、嫌ったといふのは、蓋し彼をして偉大ならしめた第一の原因であり、と共に、彼の思想の第一の弱点も亦そこにある」

一つの事象に「偉大」と「弱点」の両方を見つめる啄木である。

明治四五年一月二一日付日記

「それ（市立施療院に入院することをすすめられたこと）について考へる私の頭は、明るくなり暗くなりした。妻の顔はひどく明るかった」

実際には入院しなかったのだが、入院に躊躇し結論に迷ったのであろう。

明治四五年一月二三日付日記

「私には母をなるべく長く生かしたいといふ希望と、長く生きられては困るといふ心とが、同時に働いてゐる……」

明治四五年二月五日付日記

「母の生存は悲しくも私と私の家族とのために何よりの不幸だ！」

最も悲惨な状況においても啄木は矛盾を隠さない。実の母の死を望む程非情で残酷なことはあるまい。「生きていて欲しい」と「生きられては困る」という矛盾した気持ちが同時平行的にある最も啄木らしい心理である。

明治四五年一月二六日付日記

「私のためにまた社中に義金の醵集を企てたといふ通知だった。感謝の念と、人の同情をうけねばならぬ心苦しさとが嵐のやうに私の心に起こった」

啄木にはどんな時にでも二つの相反する観念が発生して来るのである。

明治四五年二月二〇日付日記

「母の容態は昨今少し可いやうに見える。然し食欲は減じた」

啄木日記の最後の一行である。「可いやうに見える」と書きながらその逆の意味を示唆する内容を加えて日記の最後を結んでいる。いかにも啄木の文章らしい。

一握の砂より

・ふるさとを出で來し子等の
　相會いて
　よろこぶにまさるかなしみはなし

この歌の解釈については既に述べている。ともかくも喜びには悲しみが付いてまわるのが啄木の感受性なのである。

・ふるさとの土をわが踏めば

何がなしに足軽くなり
心重れり

足が軽くなるは無意識のことであろうが、現実の心は重い。故郷の自然は恋しいが、故郷には自分を石をもって追い出した連中も居るのである。それを思うと心は重くなるのであろう。

・ふるさとに入りて先ず心傷むかな
道廣くなり
橋もあたらし

ふるさとの道が廣くなったり橋があたらしくなれば、素直に喜べばよいものを、啄木にとっては、村が合理的にばかり変わっていくことで精神的情緒的なものが傷ついて行くという啄木の心情なのであろう。しかし、啄木は渋民を出てからふるさとに入ったことはないはずなので、些か疑問に感ずる歌である。想像の世界でふるさとに入っただけであろう。

・目を閉じて
傷心の句を誦してゐし
友の手紙のおどけ悲しも

おどけた友の手紙ではあるが、そのおどけは傷心を隠す、あるいは癒すための、おどけであり、本質的には傷心の悲しみであることが啄木にはわかっているのである。この場合の「おどけ」と「悲し」の矛盾などはわかりやすい。

・いくたびか死なむとしては

死なざりし
わが来しかたのをかしく悲し

をかしいのであるが、やはり本質的には悲しい啄木の心情であろう。

雑詠より

・明治四十三年の秋わがこころことにまじめになりて悲しも

まじめになって悲しいのが啄木なのである。北原白秋は「啄木くらい嘘をつく人もなかった」と述べているが同時に「そうした彼が死ぬ二、三年前より嘘をつかなくなった」と述べている。そのことと関連しているようであるが、まじめになって悲しくなる啄木なのである。嘘は悲しみを誤魔化すことが出来るが、まじめでは悲しみを誤魔化すことも出来ないのであろう。

明治四三年のノートより

・邦人の心あまりに明るきを思う時われのなどか楽しまず

「あまりに明るき」とは、深刻さがなく軽佻浮薄なことのようで、そのことが心配なために心楽しくない。本当はもっと深刻な政治的なことである。日韓併合で邦人（日本人）が浮き浮きしていることを啄木は楽しめずに苦慮しているのであろう。

「悲しき玩具」より

・病みて四月――
その間にも、なお、目に見えて、
わが子の背丈のびしかなしみ。

普通一般には自分の子供の成長を見ることは喜びであろう。しかし啄木にはそのことは悲しいことなのである。この場合は「病みて……」に意味があるのであろう。啄木が病気のために育ち盛りの子供の養育に充分な手をかけてやれない、親としての悲しみである。同時に親の愛を充分享受されずに育たねばならない子供の悲しみでもある。

啄木のこのような矛盾する表現は小説にも出てくる。

小説「曠野」より

「もどろうか、もどろうか、と考えながら、足はやはり前に出る。もどることにしよう、と心が決めても、からだがやはり前にうごく」

もどるか前に進むかの懊悩の深さが、このように描くことによってより強調されるようである。

小説「天鵞絨《びろうど》」より

「お定は道々、郷里からむかいがきたというのがうれしいような、また、その人が自分のきらいな忠太ときいて不満なようなこころもしていたのであるが」

うれしい中にもそのまんま素直に行かず、不満を認める作者啄木なのである。

「悲しき玩具」より

・　新しき明日の来るを信ずといふ
　　自分の言葉に
　　嘘はなけれど

「嘘はない」と断定仕切れない、「けれど」を末尾に付け加えるところに、啄木の余韻がある。新しき明日の来るを信じているが、それに対する抵抗力もまた莫大なものであり、そのとの闘いは容易ではない。その覚悟のほどを示しているのであろう。

「嘘はない」と断定すれば心強いようではあるが、むしろ軽薄な感じで抵抗に対して脆い感じがしてくる。「けれど」をつけた方が悶え苦しみながらも地道に粘り強く闘っていく意志が感じられる。

「はてしなき議論の後」（呼子と口笛）より

・されど、たれひとり、握りしめたるこぶしに卓をたたきて、

〝V NAROD!〟と叫びいずるものなし。

革命論議を激しく闘わせている時に、「民衆の中へ」と叫ぶ人が出てこない、ということを繰り返している。これは革命の必要性必然性について論議していても、実際に実行に移すのは大変なことであり、その困難性を強調しているのであろう。あるいはインテリゲンチャの実際的行動力の弱さを皮肉っているのかも知れない。実際に大逆事件は当時の文化人といわれる人々に大きな衝撃を与えたのであるが、それに対して正面から闘ったのは啄木と、その後「逆徒」などの小説で大逆事件を題材にその真実に迫る小説を書いた、担当弁護士の平出修くらいのものである。多くの文人たちも森鴎外や永井荷風のように思想的には後退してしまった中でである。

「〝V NAROD!〟と叫びいずるものなし」と啄木が歌ったからといって、啄木が革命を放棄して思想を転回してしまったとは思えない。しかし啄木はこのような矛盾した書き方をするために誤解されることがある。金田一京助はそのために啄木は晩年には思想的に転回してしまった、と言いだして物議をかもすことにもなっている。このことについては近藤典彦が『石川啄木　国家を撃つ者』で結論を出してい

るのだが。

別の意味解釈として「〝V NAROD!〟と叫びいずるものなし」とは、それでも自分は思想を曲げないよ、「〝V NAROD!〟と叫ぶのは自分一人しかいない!」という意味での自己顕示性を意味しているとも解釈できそうである。思想転回とは全く逆の解釈である。

以上のように啄木の文章には時々矛盾して意味の理解に難儀することにぶつかる。そして矛盾した表現は読者に意外性を引き起こし、読者を引きつけ考えさせる役割を果たしているようである。それは時には皮肉っぽく思われることもあるが、よく考えてみれば矛盾することであってもその両方ともに真実であることにも思いつく。

母に対して「生きていて欲しい」「生きていては困る」の両方の心情は啄木にとっては両方ともに真実であることがよく理解出来る。単に「生きていてほしい」だけでは当たり前のことであり、平凡な言い方で読者には迫ってこない。矛盾を述べた方が啄木のより切羽詰まった心情、深い悲しみが伝わってくる。

ところで筆者は、啄木のこのような文章の矛盾も、その出生の不条理に起因しているのではないか、という所感を持っている。啄木は女の子が二人続いた八年後にようやく生まれた男の子として過剰に可愛がられる状況にあった。それと同時に正式の子供として認知されず、社会法律的には私生児として処遇されるしかなかった。つまり、生まれてきて都合が悪かった、生まれてこない方がよかったという状況がある。啄木には出生したその時から矛盾がついて廻っているのである。

啄木流に表現するならば、父・一禎にとって啄木の誕生は非常な喜びであったが、同時に苦しみでも悲しみでもあった。啄木の誕生は、喜びと共に、啄木の処遇をいかにするかの懊悩、煩悶を父・一禎に与えたのである。

## 六　短歌に見る死

啄木にとっての「死」について、川崎むつをが書いている（「青森文学」六三号〔一九九三年三月〕）。前節の「かなし」と同様に、「死」が出てくる、あるいは「死」と関連する短歌を抜き書きしてみよう。

・怒る時
かならずひとつ鉢を割り
九百九十九割りて死なまし

・大といふ字を百あまり
砂に書き
死ぬことをやめて歸り來れり

・高きより飛びおりるごとき心もて
この一生を
終わるすべなきか

・こころよく
我にはたらく仕事あれ
それを仕遂げて死なむと思ふ

・死ぬことを
持薬をのむがごとくに我はおもへり
心いためば

・森の奥より銃聲聞ゆ
あはれあはれ
自ら死ぬる音のよろしさ

・剽軽の性なりし友の死顔の
青き疲れが
今も目にあり

・「さばかりの事に死ぬるや」
「さばかりの事に生くるや」
止せ止せ問答

・死ね死ねと己を怒り
もだしたる
心の底の暗きむなしさ

・かの船の
かの航海の船客の一人にてありき
死にかねたるは

・よく笑ふ若き男の
死にたらば
すこしはこの世のさびしくもなれ

・尋常のおどけならむや
ナイフ持ち死ぬまねをする
その顔その顔

・こそこその話がやがて高くなり
ピストル鳴りて
人生終る

・一度でも我に頭を下げさせし
人みな死ねと
いのりてしこと

・我に似し友の二人よ
一人は死に
一人は牢を出でて今病む

・どんよりと
くもれる空を見てゐしに
人を殺したくなりにけるかな

・死にたくてならぬ時あり
はばかりに人目を避けて
怖き顔する

・誰ぞ我に
ピストルにても撃てよかし
伊藤のごとく死にて見せなむ

・いくたびか死なむとしては
死なざりし
わが来しかたのをかしく悲し

・あをじろき頬に涙を光らせて
死をば語りき
若き商人

・わが去れる後の噂を
おもひやる旅出はかなし
死ににゆくごと

・死にたくはないかと言へば
これ見よと
咽喉の痍見せし女かな

・死ぬばかり我が酔ふをまちて
いろいろの
かなしきことを囁きし人

・死にしとかこのごろ聞きぬ
戀がたき
才あまりある男なりしが

・郷里にゐて
身投げせしことありといふ
女の三味にうたへるゆふべ

・死ぬまでに一度會はむと
言ひやらば
君もかすかにうなづくらむか

・何処やらに
若き女の死ぬごとき悩ましさあり
春の霙降る

・夜遅く何処やらの室の騒がしきは
人や死にたらむと、
息をひそむる。

・今日もまた胸に痛みあり。
　死ぬるならば
　ふるさとに行きて死なむと思ふ。

・やまひ癒えず、
　死なず、
　　日毎にこころのみ険しくなれる七八月かな。

その他に長男真一の死に関しての短歌が八句「一握の砂」の最後に掲載されている。

## 七　啄木の「希死念慮」と「生への意志」

啄木の心には時々「希死念慮」（死にたい気持ち）が出没する。明治三九年三月一一日付日記（渋民日記）には「死も時として親しき友の如く相見え候へども、様々の事考へ合わせ候へば、矢張私はまだまだ此世に永らへねばならぬ身に候」などと日記にもそのように書いてあるし、実際にカミソリで乳の下部を傷つけたこともある。死のうと思ってカミソリで傷つけても実際には傷だけで死ぬまでに至らない。この時に出来た傷のことを学術用語らしくはないが精神医学用語では判りやすく「ためらい傷」という。致命傷にいたる傷を負った場合でも、その前段階の傷のことを意味することもあるし、致命傷にいたらない傷の場合でもこのように言う。啄木の場合は致命傷とは程遠いものであり、この時は金田一京助に止められているが、その直後に金田一京助のコートを質に入れて天ぷらを食べにいって酒を飲んだりしている。この時は狂言的で金田一京助を翻弄している。しかし狂言的ではあっても、何の思いもなくこのような行動に出ることはあるまい。希死念慮があったればこその行為であろう。フラフラと市電の前に飛び出して危うく轢かれそうになり、車掌に怒鳴りつけられたこともあるという。

また自分自身に希死念慮があったればこそ、自分の「死」ばかりでなく他の人の「死」についても無関心ではいられない。そのための「死」に関しての歌の多作であろう。

「希死念慮」は「かなしみ」の結果として生じてくる。かなしいが故に死にたくなる。死にたくなる程かなしい。生きていることが、あるいは生きて行くことが、あまりにかなしい。そのために死にたくなるのである。

啄木にとっては漫然とダラダラと生きて行くことは出来ない。そんな行き方は生きている価値はない。思慮深く塾考し、思想を以て、毅然として、真剣に、更に激しく、意義ある生き方をしていかなければならない。それが出来ないならば死んだ方がましな啄木なのである。

つまり啄木は本来的には、意義深く真剣に生きたいのである。そしてそのような思いが激しい。それが出来ないがためのかなしみであり、希死念慮なのである。

啄木の「希死念慮」と逆に、啄木の「生への意志」について近藤典彦が論じている。

・いのちなき砂のかなしさよ
　さらさらと
　握れば指のあひだより落つ

この歌の解釈をめぐって、一般には啄木の「虚無感」という解釈に対して近藤典彦は逆に啄木の強烈な「生への意志」を歌っていることを強調している。詳細は近藤典彦の著書『石川啄木　国家を撃つ者』を参考にしていただきたい。

ここで問題となっているのは啄木の当該歌の意味は「虚無」を意味するのか、それとも「生への意志」

を意味するのか、である。これまでの多くの論者は「虚無」と解釈していたが、近藤典彦は逆に「生への意志」を意味しているというのである。

この歌が詠まれたのは近藤典彦によればほぼ特定できて、諸家の研究でもそれを一九一〇年（明治四三年）一〇月四日から約一〇日間のうちである、とする。周知のようにこの約一〇日間に啄木はものすごい多量の歌をうみ出している。

この時の啄木はどんな状況であったかを検討してみよう。

啄木の年譜によればこの前の年、明治四二年には次のことがあった。

一月一日、「明星」終刊のあとをうけ「スバル」が創刊され、啄木はその発行名義人となっている。しかし第二号の編集に関して平野萬里と対立し「スバル」の青年文学者のグループから距離をおきはじめる。また自然主義に対しても屈折した批判をいだくようになる。

二月、同郷の縁を頼って「東京朝日新聞」編集長・佐藤北江に就職を依頼し、三月一日より朝日新聞社の校正係として月給二五円で勤務している。

四月、家族を放棄した「半独身者」のデカダンスに沈み、浅草凌雲閣近くの私娼街に出入りする。その間二ケ月間ほどの日記をローマ字で書く。

六月一六日、家族が啄木の同意を得ないまま、宮崎郁雨に連れられて上京。本郷弓町の理髪店の二階に移る。

一〇月二日、母親・カツとの確執や節子の体調不良を啄木がかえりみようとしないことなどの理由で、それに耐え切れなくなった妻・節子は娘京子を連れて盛岡の実家に帰る。しかし同月二六日、高等小学校の恩師・新渡戸仙岳のとりなしなどにより節子は帰宅している。また同日函館の親友宮崎郁雨と節子の妹・フキが結婚して、啄木と郁雨は義兄弟となっている。

一二月、父親・一禎も野辺地より上京し、北海道の教会に居る妹・光子を除いて一家五人が東京に集まっている。

明治四三年は以下の状況である。

このころは比較的落ち着いて評論や短歌を各紙に投稿掲載されている。また「二葉亭四迷全集」の刊行事務を引き継いでいる。

五月二五日、大逆事件検挙開始。六月五日に新聞報道。事件についての情報を収集するとともに、社会主義に関する文献を読み始める。

八月下旬、自然主義の限界を指摘する形式をとりながら、内容的には明日の時代への国家権力との闘いの必要性を説いた評論「時代閉塞の現状」を執筆するが生前には発表されなかった。官憲の弾圧を避けるためで、新聞社の配慮によるものである。

九月一五日、「朝日歌壇」が新設され、その選者となる。そのころより従来一行書きであった短歌を三行書きとする。

一〇月四日、長男・真一が誕生するが二七日に永眠する。

一一月八日、伯父・葛原対月永眠、享年八四歳。

一二月一日、「一握の砂」刊行。その後歌論「歌のいろいろ」を「東京朝日新聞」に発表する。

この時期は、啄木としては珍しく精神状態は安定していた時期であるが、私生活としては超多忙となる。

週六日の勤務、二晩おきの夜勤、二葉亭全集第二巻の校正と第三巻の編集と、九月から始めた朝日歌壇選者の仕事と社会主義関係文献の収集読破探究、これらの仕事をこなしながら「一握の砂」が編纂され出版されたのである。啄木の集中力の猛烈なこと、熱中性の激しさが思い知らされる。

朝日新聞社の校正係として就職も決まり、小説が書けない自信欠乏からくる頽廃的自暴自棄的生活からようやくはい上がり、家出した妻子は家に戻り、さらには長く家出していた父親・一禎までもが戻っている。更には朝日新聞の「朝日歌壇」の選者にまでなって張り切っている。そして明治四三年一〇月四日、長男・真一（二七日には亡くなるのであるが）の誕生した日、新しい生命の誕生した日をきっかけに大量の短歌が、湧き出ずる泉のごとくほとばしり出てくるのである。

この時に詠まれた歌が「虚無」とか「希死念慮」であるはずがない。むしろ強烈な生への意志の強さである、と考える妥当な一面がある。

啄木は、明治四三年二月一三日、一四日、一五日付「東京毎日新聞」に「性急な（せっかち）な思想」と題する小論を書いている。その中で現実離れのした急進的思想に対して批判しながら「少なくとも私のやうに、健康と長寿とを欲し、自己および自己の生活（人間及び人間の生活）を出来るだけ改善しようとしてゐる者に取っては」と述べている部分がある。この文章からは啄木の生きる強い意志はうかがえても「希死念慮」はうかがわれない。全体として啄木の詩歌の作品や日記からは「希死念慮」をうかがうことは出来るのだが、評論からはむしろ逆で「希死念慮」をうかがうことは出来ず、むしろ強い「生への意志」がうかがわれるのである。

「『駆け足をして息が切れたのだ。俺は今並み足で歩いている。』と、予は昨晩友に語った」（明治四二

年四月二五日日付ローマ字日記）
啄木は日記にこのように書いているが、啄木の心情としては並み足なんかでは歩きたくない。啄木は常に全力疾走で走っていなければ気が済まない。そのために疲れ易い。実際に啄木は疲れ切ってしまってよく仕事を休む。そして啄木にとっては全力疾走は生の謳歌であるが、それが出来なくてダラダラと生きるなんてことは死んでいるも同然なのである。並み足で歩いている啄木なんてものは啄木にとっては死んだ啄木なのである。

啄木のこのような性格傾向は明治三四年の「爾伎多麻」に既に認められる。啄木の嗜好について「職非常ニ急ハシキカ又は非常ニ楽ナモノ」。一五歳の時から既に見られていた啄木の性格傾向である。

筆者の所感では、啄木の精神内界では「生への意志」と「希死念慮」が常に行きつ戻りつしている。それも短時間のうちに頻繁に、あるいは同時間的に存在している。啄木の精神内界では「激しく生きたい！それが出来ないならむしろ死んでしまいたい！」という思いが強烈であり、それが時々によってその片方が表面化してくる。あるいは同時に表面化してくるのである。

啄木の長男・真一がちょうどその頃、明治四三年十月四日に生まれたものの、その喜びもわずか二七日で悲しみのうちに終焉を迎えてしまったことはそのことを象徴しているようである。啄木にとっては喜びも悲しみも常に隣り合わせ、「生への意志」と「希死念慮」も常に隣り合わせ、表と裏の関係なのである。

実際の啄木の私的生活においても、家族を呼び寄せてから「一握の砂」刊行のころまでは精神的に安定していた時期と言えるが、その安定期間は長く続かない。明治四四年以降は土岐哀果と図った「樹木と果実」の発刊の断念、節子の実家・堀合家との絶縁、妻節子の発病（肺炎カタル実は肺結核）、父・一禎の再度の家出、宮崎郁雨との絶交、そして啄木の病状悪化、その他……啄木の希死念慮がもたげてきたとしても不思議ではない状況が続くのである。啄木の死の直前にまとめられ、死後発刊された啄木の第二歌集「悲しき玩具」はそのために暗く厳しい内容のものとなっている。

啄木は、「生と死」の問題について常に真剣に考えなければならない状況に、いつもいつも、そして最後まで生きていたのである。

# 第五章

# 啄木の文学と思想

## 一　文学以前

啄木の「文学」と「思想」についてはその道のプロとも思われる多くの人々がこれまでにたくさん書いている。筆者ごとき者がとても書けるものではないテーマであることは承知している。筆者には、啄木に大きな影響を与えたと思われるニーチェやトルストイ、姉崎嘲風や高山樗牛、クロポトキン、彼らについての知識は耳学問程度でしかなく、限りなく零に近い。従ってそれらについては『石川啄木事典』などを参考にするしかない筆者の実情である。

しかしながら啄木に取り組んで、このテーマは避けて通ることの出来ないテーマでもある。筆者なりのテーマのとらえ方で浅薄なものでしかないことを断っておきたいが書かない訳にはいかない。

啄木は「詩人」と呼ぶのが相応しいのか、「歌人」と呼ぶのが相応しいのか、はたまた「小説家」なのか「評論家」なのか。評論家としても「文芸評論家」なのか「社会時事評論家」なのか?! どれを取ってもそれなりにサマになっているような不思議な人物である。どういう訳か俳句は八句ばかりしか作っていないようだし、あまり人に知られてもいないようなので「俳人」は該当しないようであるが、一つの呼称だけに固執することは相応しくないようである。「文筆家」ということでは誰も異存はなさそうである。

しかし啄木の二六歳余りの短い生涯で、原稿料とか印税などで得た収入よりも、教員とか新聞社社員として得た給料の方が多かったであろうから、生前は職業的文筆家としては大成前であった。亡くなった時点でも朝日新聞社社員というサラリーマンの身分であった。啄木の明治四三年当時の月収は朝日新聞校正係としての月給が二六円、夜勤手当てと歌壇手当てを含めて四三円だったとのことである。その他に臨時収入としての原稿料が入っていたことであろう。

しかし没後数年してからは「文筆家」としての印税収入も多額となり、啄木の遺児たちの養育費用におおいに役立った、とのことである。やはり「文筆家」として大成していたのである。ただ世間に認められるのが遅かっただけなのである。

現在啄木が書いて残されているもので最も初期のものとしては、高等小学校一年生の時に書いた友人・宮崎道郎宛ての年賀状が残されている。

「謹而賀新年　併而平素謝疎情　在渋民　石川一拝」

在渋民とあるのは冬休みで渋民村に帰省していたからであろう。

当時は小学校は尋常小学校四年と高等小学校四年と別れていた。尋常小学校までが義務教育であり、盛岡の高等小学校には渋民村からは啄木一人しか進学していない。高等小学校一年生（現在の小学校五年生に該当するであろう）でこのような年賀状を書いていたのである。

高等小学校時代に「作文はずばぬけて上手だった。いつも担任の佐藤熊太郎先生から『石川の作文は、学校にのこしておきたいから』と取りあげられた」（『人間啄木』）とあるので、文筆能力はそのころからのようである。しかし、その当時の作文は記録として残されてはいないようである。

そのころは高等小学校は四年生までであったが、学業成績如何では二年生終了から中学校に進学できた。啄木は高等小学校三年生を終了し、四年生になる時に中学校に進学している。

中学校に入ってから同じく友人の宮崎道郎宛ての次のような手紙が残されている。

「小弟順番之件御告被下誠に難有奉謝候頓首」

自分の学業成績の順番について御報告下され誠に有り難く謝奉り候、という手紙文特有の候文体である。啄木は入学試験の時は一二八名中一〇番、二年生に進級した時で一三一名中二五番、三年生に進級した時は一四〇名中四六番であり、成績は概して優秀な方であり、勉強も出来たのであろう。どうも理数科系は苦手のようで三年生になってからは成績はがた落ちとなり、五年生の秋には夏休み前の試験のカンニング露顕をきっかけに退学となるのであるが、そのころは勉強もしっかりしていたようで自分の成績を気にしていたのであろう。

それにしても中学一、二年生の段階で難解な文章を書くものである。受け取る方もその程度の学力があるのであろうから、啄木だけが文章力に長けていたのではなく、当時の中学生はそれくらいの国語力を一般に身につけていたのであろう。その当時、高等小学校ですら啄木は渋民村からはただ一人の進学である。その高等小学校からさらに厳選されて中学校への進学であるから、知識階級の出身であり、家庭環境において既にそのような素養を身につけていた生徒たちばかりが集まっていたと思われる。

それにしても啄木は特別に国語力が優れていたようで、それは学校の教育だけでなく多分に父親も住職であること、短歌を作ることの出来る知識人であることの影響、父の師僧であり母・カツの兄にあたる伯父・葛原対月の影響があったと思われる。しかし母・カツは仮名文字くらいしか書けない人なので、啄木の文筆能力に関しては日常的には父親の影響によるものと思われる。

中学一～二年のころの友人の日記に「石川より借りし『十五少年』をかえせしに……」とあるのは「十五少年漂流記」のことであろうか？　またこのころ及川古志郎から土井晩翠の『天地雨情』薄田泣菫の

『暮笛集』泉鏡化の『湯島詣』などを借りている（『人間啄木』）。

その当時はまだマスメディアの未発達な時代であるから、現代のテレビ新聞雑誌書籍などのあふれんばかりの情報に代わるものとしては、少ない新聞、書籍などが貴重な役割を果していた時代であろう。情感豊かで知識欲に燃えた明治の知識人の青少年たちは、これらの貴重な情報源に心惹かれ、かなり高度な内容のものにも挑戦して取り組んで行ったものと推察される。

啄木の文学への傾倒は中学二、三年生になったころからと推察されているが、その下地は家庭で出来ていたところへ、高等小学校時代に新渡戸仙岳の指導を受け、中学に入り及川古志郎、金田一京助らの友人に刺激を受けて芽を出してきたものと思われる。啄木はいつのころからか中国古典の杜甫の詩を好むようになるのであるが、中学に進学してから英語の教科が始まったためか、英語の詩に大いに心惹かれるようになっている。つまらない授業の時にはノートに暗唱していた英語の詩を書き写していた程である。

## 二　「明星」浪漫主義と天才主義

担任教官富田小一郎は、啄木が中学校に進学し二年生になった時クラスの旅行の会を組織し、それを「丁二会」と呼び雑誌を発行する。その後「丁二会」は「級友会」となるが、その雑誌にかかわったのが啄木と文学のかかわりのはじめのころのようである。その後、先輩の金田一京助や及川古志郎やその他の友人たちの紹介から、東京新詩社の文芸機関雑誌「明星」を愛読しはじめたことはよく知られている。東京新詩社は与謝野鉄幹・晶子らによって新しい浪漫派文芸の潮流の本流となっていた。「明星」は一九〇

○（明治三三）年四月創刊である。「明星」の心情は「反封建」と「自由の謳歌」を柱とする浪漫主義である。文学に目覚めたばかりの啄木は友人たちから「明星」を紹介されてたちまちその虜になっていくのである。その影響を受けながら回覧雑誌「三日月」「爾伎多麻」などを作っていくのである。

啄木はその頃と恐らく時期を同じくして欧米の詩をも読んでいるが、「明星」からも大きな影響を受けているであろう。

啄木が心惹かれたのは「明星」の精神である「反封建」と「自由の謳歌」を柱とする浪漫主義の精神であろう。明治維新の動乱期を過ぎ、日清戦争に勝利し、日露戦争を間近に控えて日本国内の近代化により、資本主義的産業の発達の経過の中で、イデオロギーとしては反封建的個の目覚め、が発生してくる。他方では日本が未だ経験したことない社会、資本主義国家体制の整備、そこから発生する資本家と労働者の誕生とその間の矛盾、江戸時代から引き継いで明治以後独特の発達をする地主と小作の間の矛盾、などなどの問題が発生してくる。このような混沌とした状況で日本の知識人の青年にとっては「反封建と自由の謳歌」は心を惹きつけられる魅力的なスローガンである。

この時期、明治の青年たちや啄木が、如何に「明星」に心惹かれたかについて斉藤三郎は次のように書いている。

「明治三十三年四月一日、明治文學の礦野に、突如燦然たる光芒を投げかけた一大惑星が出現した。これが即ち、與謝野鐵幹を盟主として、明治の新體詩壇に一大革新運動の旗幟を翻した東京新詩社の機関誌「明星」の輝かしい発足だったのである。久しく出づべくして出でざりし新星の出現が、さなぎだにアンビションに燃え立つこの國の若き學徒の胸にどのやうな激しい衝撃を與へたか、歓呼と賛嘆の嵐の渦が、南から北へ、西から東へ、轟々と吹き捲ったのはまことに當然なことと云はなければなるまい。この数知れぬ若き學徒の中に、啄木・石川一が存在したといふことは、まことに時と處との妙を得たと云ふべく、天才時勢を造るものか、或ひは時天才を産めるものか、何れにしてもこの両者の連關は、明治文學史上最も興味ある問題の一つではなからうか」（『文献　石川啄木』斉藤三郎　青磁社　昭和一七年二月）

啄木は始めは「明星」への投稿者でしかなかったが、その後は東京新詩社の同人扱いとなり、さらには正式な新詩社同人となっている。

なお啄木は中学に進学するが、二年生に進級したころより学校の授業をさぼり出す。それでも二年生までは学業成績はそれなりに上位を維持していたが、三年生になると急速に低下しはじめる。そのころからカンニングの常習者となっていったようである。

その時期は、啄木の思春期の反抗期の時期に一致しており、文学の虜になっていく時期とも一致しているし、また堀合節子との恋愛の開始とも一致している。

明治のそのころはまだ「恋」は一般的ではなかったであろう。結婚は封建的な家と家との結びつきであり、個人の好き勝手な恋は、文学では取り上げられてはいても、実際的には「恋」の行く手には封建的家族制度などの大きな困難が立ちはだかっていたものと思われる。だからこそ「恋」は文学になり得たのかも知れない。あるいは文学で昇華するしかなかった時代でもあった。しかし、与謝野鉄幹と晶子はそんな世間の見方に反逆して、自己の個人的自由意志を貫き通し自己の恋を貫徹して結婚している。周囲（特に節子の父・堀合忠操と啄木母・カツ）の反対に会いながらも節子との初恋に邁進する啄木にとっては「明星」がスローガンとする「反封建」と「個人の自由」は魅力的なものと感じたに違いない。また啄木だけでなく、明治のそのころの意識的知識人青年の感受性にぴったりと来るものであったのであろう。

なお、与謝野晶子は鉄幹と結婚するために、ライバル山川登美子に勝つ必要があった。それよりも鉄幹には先妻・滝野が居たし、鉄幹と滝野の間に出来た子供も居た。しかも滝野の実家は「明星」出版の経済的援助をしていたのだから大変である。結局、滝野と子供を追い出して晶子が後妻におさまることになったのである。晶子の意気込み、熱情は並大抵のものではなかったことが了解されよう。余談ながら晶子は鉄幹の三番目の妻である。

啄木の反抗期については別項で既に述べているが、啄木の反抗期の主テーマは父への反抗であり、啄木出生にかかわる不条理に対する悲哀と怒りである。啄木は自分の出生の不条理に対する悲哀や怒り、それに関係する感情を何とかしなければおさまらなかったことであろう。啄木は父への反抗と、出生の不条理を昇華するために、文学の虜になって行く必要があったと思われる。啄木の出生の不条理は啄木にとっては認めたくないことである。しかし、いくら否定しようと思っても尋常小学校二年生までは母姉妹自分自身も「石川」ではなくて「工藤」であった事実は消え去ることはない。啄木は自分の出生の不条理の悲哀から抜け出るために、あるいは怒りを克服するために、文学に傾倒し、文学を通して宗教や哲学にも接近しようとしたと思われる。

「明星」の浪漫主義は現実的事実をそのまま良しとするものではない。事実を変革したりする姿勢ではないが、事実をそのまま認めるものではない。事実を超越して美辞麗句を駆使して事実とかけ離れた夢を追うようなものであろう。啄木の心理状況にピッタリと来るものであったに違いない。啄木出生の不条理を変えたり、なくすことは啄木の存在そのものを否定することにつながるのでそれは出来ない。しかし無視する、あるいは忘れることは出来るのである。浪漫主義的夢を追うことで不条理に対する悲哀や怒りの感情を無くすことまで出来なくとも、無視出来るほどに小さいものにすることぐらいは出来ると思われる。あるいは昇華して和らげることぐらいは出来る。

啄木の反抗期は表面的には最初の上京の失敗で、父親に助けてもらったことで一応の収束となったようである。特にその後に節子との内縁でない正式な結婚が約束されることによって、自分自身の結婚生活を両親のように不条理なものにしなくてよいということになって、反抗期は一応落ちついたと見るべきであろう。しかし出生の不条理へのこだわりは反抗期の収束により表面からは消えたものの、深層心理に抑圧されて継続し、その後にも時々顔を出してくることになるのである。

啄木は最初の上京で失敗し体調を崩して帰省し、実家の宝徳寺で静養して回復する。身体的体調衰弱もあったであろうが、文筆で自活できなかった自信喪失の精神的打撃の方が大きかったと思われる。啄木はその時、ただ静養していたのではなくて、その時には、ニーチェの超人主義とトルストイの人道博愛主義という相反すると思われる思想を統一させるものとしてのワグネル（リヒャルト・ワーグナー）の研究に没頭している。宝徳寺という寺で静養していながら仏教とは無縁の世界に没頭していた。

ワグネルの思想の構想としては以下なるものであった。

一、序論　十九世紀とワグネル―文明の理想―人神との争―個人主義―愛の融合の世界―ワグネルの暗示。（包括的批評）

二、ワグネルの性格。性格と其諸事業―思想の基点。

三、ワグネルの政治思想。国家の理想―国家心意の基礎と至上権―ワグネルとドイツ―人種開放と人類の

改造―近世国家の理想上破滅―ワグネルと社会主義

四、ワグネルの宗教。宗教とは何ぞ―ワグネルとキリストおよびキリスト教―古代ギリシャの研究―宗教と芸術―ワグネルの宗教的感触と二大信条。

五、芸術と人民。民衆の生得権。

六、『芸術と革命』。『未来の芸術』。『歌劇と戯曲』。ワグネル著作の傾向。

七、愛の郷理。人類の改造。

八、結論。ワグネルの影響―日本思想界に対する吾人の要求。

付、ワグネルの略伝。　（明治三六年五月三一日付　岩手日報）

この膨大な構想に対してどこまで到達したのかはわからないが、実際に岩手日報に掲載されたのは七回で、序論の部分で頓挫しているようである。

そのころは、「明星」の浪漫主義に加えて、欧米の文芸や宗教哲学の影響が更に強く加わっていたことであろう。啄木は最初の上京（明治三五年一一月一日～翌年二月二七日）は挫折失敗しているとはいうものの、この間に内外の文芸や宗教哲学などについての猛勉強をしており、そのことは決して無駄にはなっていない。帰省後のワグナー研究の知的下地を固めていたことになる。啄木は「天才」と自認したりそのように評価されたりもするが、実際の啄木は猛烈な勉強家でもある。啄木の幅広くしかも深く理解した知識の豊富さは驚くべきものであり、しかもそれは天才的思いつきによるものではなく、猛烈に努力し勉強して知識として身につけたものに由来するものである。啄木の集中力はすさまじいものと推察される。

この当時に啄木に大きな影響を与えた人物としてはニーチェとトルストイであり、日本人では姉崎嘲風と高山樗牛であろう。

なお、啄木の思想信条では、常光寺で生まれ宝徳寺で育ちながら仏教については徹底的に無視しているように思える。後に高山樗牛が反国家権力という意味での日蓮に傾倒していくことも批判している。それは本書第一章でも述べているが、啄木の出生の不条理、嘘と誤魔化しが、寺という仏教界に由来するものであることを認識していたからに他ならないであろう。

中学に入ってから以後の啄木の学習範囲は日本だけに止まらず、全世界的、世界史的広がりを見せる。中学中退後上京して失意の帰郷をするが、一六歳の時にイプセンの「ジョン・ガブリエル・ボルクマン」の英訳本を購入してその翻訳に取り組んでいる。同じく一六歳の時、明治三五年六月二〇日付岩手日報に「ゴルキイ（ゴーリキー）を読みて」を掲載し、一七歳の時には同紙に前述の「ワグネルの思想」を七回に渡って掲載している。一八歳の時には同紙に八回に渡って日露戦争に関して「戦雲余祿」を掲載している。その中で、ポーランドが当時のロシアの領土とされていることで、民族に対して同情を寄せている。

それはその後、イギリスによるインド支配に対するインド人への同情となり、
・　地圖の上朝鮮國にくろぐろと墨をぬりつつ秋風を聴く（明治四三年九月）
と、日本の朝鮮併合に対する朝鮮人への同情となって表れる下地となっている。

なお「戦雲余録」の二回目の冒頭に「今の世には社会主義者など、云ふ非戦論客があって、戦争が罪悪だなど、真面目な顔をして説いて居る者がいる」と社会主義者を批判している。これは、二年後の明治三九年三月二〇日付日記「朝目をさました時から、社会主義について熟々考へた。そして殆んど迷って居た。……火——燃ゆる火、熾んな火、勇ましく美しい火——を見て立って居た時、予は不図心で呟いた。『然

うだ、賛成することは出来ぬ。』何に？　社会主義に」につながるものと理解出来る。

　啄木はその後社会主義者と自称することに躊躇の時期を経て最終的には社会主義者と自称することに躊躇しなくなるのであるが、社会主義思想との最初の触れ合いがこのころであったのであろう。抑圧民族に対する同情心のある啄木にとっては社会主義の思想は、妙に気になる、心に敏感に引っ掛かる思想であったのであろう。

　筆者が驚くのは、それが一八歳という年齢で行われていることである。どこでどのように誰から指導されて、何を読んで、学習したのあろうか？

　これらのことは啄木が膨大な量の学習資料（池田功が啄木の読書目録を調べて『石川啄木事典』に記載している）から独学で学んだものとしか思われない。知識の量の豊富なこともさることながら、その精確な理解に驚嘆させられる。啄木が活躍した当時は昨今と比較して情報は極めて少なかった時代であろう。少ない情報から真実かつ重要な情報を嗅ぎ分け掌握する能力を如何にして身につけたものであろうか、不思議でならないくらいである。

　またスケールの大きさということでは、啄木はそのころ真剣に渡米を検討していたらしい。渋民村という日本の片田舎に身を置いてのことであるから、些か誇大的である。しかし啄木の精神内界ではそれに相応しい勉学研究をしており、相応しくなかったのは身辺の経済的な事情だけであったのかも知れない。ともかくも普通の感覚の人ではなかったことは明らかである。

　しかしこの時に猛勉強をしたのは、自己の天才主義の理論の確立のための猛勉強であり、啄木の生きる拠り所の探究のための勉強である。そして啄木はその七年後には自己の生きる拠り所であった「天才主義」

を捨て去るために、地獄の苦しみ（ローマ字日記の時期）を味わうことになるのであるが、もちろんそのことはその当時は知る由もない。

啄木は東京での疲弊した体調から回復し、一九〇五年（明治三八年）五月に処女詩集「あこがれ」を出版する。詩集「あこがれ」には与謝野鉄幹の跋文が付され、「明星」の浪漫主義にどっぷりと漬かった内容であるが、今日ではいろいろと評価が分かれているようである。啄木は上京して「あこがれ」の出版に奔走し、そしてそれが売れて金がガッポリ入る予定であった。しかし「あこがれ」が売れて結婚資金などガッポリと金が入るはずの予定のアテがはずれ、啄木は傷心の帰省をする。そのためせっかく友人達が準備してくれた節子との結婚式にも出席出来なかったくらいである。

その後啄木は結婚するのであるが、また性懲りもなく同年九月五日また「小天地」という文芸雑誌を今度は地元で発行する。啄木が経済的見通しも何も無いままに結婚することを無謀と批判する向きがない訳ではない。例えば宮崎郁雨でさえ「家族を扶養するだけの生活力を持たない彼が若過ぎる年齢で結婚し既に一児を挙げて居ることの無謀さや……」（「私の啄木観—岩城氏の為に」宮崎郁雨（『石川啄木傳』収録））と述べている。しかし、啄木としては「小天地」が売れて金が入る予定になっていたのであり、無謀のつもりではなかったのである。啄木は東北の与謝野鉄幹になるつもりであったのであろう。だが、実際には売れなかったのだから結果としては無謀なこととなってしまったのである。

啄木の腹づもりでは、「あこがれ」や「小天地」が売れれば啄木は詩人として歌人として文筆で飯を食っていけるはずであった。そのように吹聴して大信田落花などからも金集め（出版資金募集）をしていたのである。この時期に父・一禎が曹洞宗の上納金を納めなかったことから、宝徳寺の住職を罷免されて寺から追ん出る、という事態が発生している。この時に一禎支持派の檀家の中から「何もこんなことで寺を出ることもない」と引き止める声も出たのであるが、気位の高い母カツが「頭の良い一が文筆で稼いでくれるので、人に頭を下げてまで寺に居ることもない」と言って寺から出ることになった、と言われている。何とも世間知らずの母親が、これも世間知らずの啄木の言うことをまんまと信じていたらしい。

この時の啄木はニーチェの超人哲学などの影響をうけ「天才を讃え、個人主義を説く論理」に支配されていたようである。この考え方と「明星」浪漫主義の「反封建」「個人の自由の謳歌」が結びつく。啄木は詩集や文芸誌を発行することで、ある日目を覚ましてみたら天才に相応しく自分は超有名人になっていて、ガッポリ金も入る、と夢のようなことを真面目に考えていたようである。

「あこがれ」で懲りずに「小天地」で二度目の出版挑戦をするも敢えなく悲惨な失敗に終わる。「明星」のように売れると思っていたらしい。「明星」ですらその何年か後には売れなくなることなど、当時の啄木には夢にも思わなかったことであろう。取らぬ狸の皮算用をしていたようである。そのために大勢の友人知人に迷惑をかけ、また石川一家は売り食いならぬ、その売るものすらなくなってしまうのである。

その後、啄木は渋民村で代用教員をしながら父・一禎の宝徳寺復職のために画策していたのだが結局はそれに破れ、一家離散、本人は北海道彷徨が始まる。

この北海道彷徨（函館、札幌、小樽、釧路）中にようやく「明星」の浪漫主義からの脱皮が始まったようである。しかし北海道彷徨の期間にも東京新詩社同人として与謝野鉄幹との文通などの交流があり、「明星」に掲載する短歌の選別や指導の協力をしている。全国から投稿されてくる短歌の量はかなりのものであったらしく、与謝野鉄幹は啄木の歌人としての資質能力を高く買っていたために、重要な仕事を啄木に依頼していたものと思われる。そのため啄木はその後の上京後直ぐに与謝野鉄幹宅を訪れることも出来たのである。

この間に東京の文壇では自然主義の潮流が生まれそれが席捲するようになる。啄木は釧路という田舎に居て中央（東京）の自然主義に立ち遅れていくことに焦りを感じ、またも東京行きをはかるのである。

なおこのころの啄木は彼独特のものの見方考え方、つまり自己の哲学のようなものを持っていたようである。近藤典彦は『石川啄木事典』で次のように書いている。

**一元二面観・個人主義**（いちげんにめんかん・こじんしゅぎ）

啄木が一九〇三年（明三六）から一九〇八年（明四一）にかけて、自分の天才実現をめざす行き方の根拠とした理論。

かれのその説をまとめるとつぎのようになる。

宇宙の根本は絶対意志（つまり一元）である。そしてこの意志は自己拡張の意志と自他融合の意志（つまり二元〔筆者注　二面?〕）によって成り立つ。自分はこの宇宙の根本意志に従って生きて行く。自分の場合、これから猛烈な自己拡張をおこなって行くが、それは常にそれにふさわしい愛（自他融合）と一体であるのだ。したがってこの考え方は個人主義であって利己主義ではない。

この一元二面観はつぎのような事情のもとで生まれてきた。

一九〇二年（明三五）一〇月末「大いなる詩人」とならん（自分の文学的天才を実現しよう）と勇躍して上京したものの、翌年二月末には敗残の帰郷となってしまったわけだが、この間の挫折の日々はかれになんども自殺を考えさせるほどに過酷であった。舞い上がっていた自信は地にたたきつけられた。周囲の嘲笑はたえがたかった。(他方で恋人節子や両親・姉妹・友人・知子からの愛と支援もあったが。)

かれが再起を期するために取ったのは高山樗牛にしたがって「何の為に既に生き、又何の為に将に生きむとするやに就いて真摯なる考察をめぐらせ」(『感慨人束』)ることであった。これをなす上でもっとも参考にしたのが姉崎嘲風の「再び樗牛に与ふる書」などの文章とC.A.LidgeyのWagnerである。詩人への道を実際に見いだす上でたよりにしたのは海の英詩集Surf and Wave(A.L.Ward)であった。

啄木が『心闘』と呼んだこの思索の過程の第一の果実が評論「ワグネルの思想」であった。そしてこの中に一元二面観が胚胎している。九月一七日野村長一宛書簡では一元二面観はすでにほぼ成っている。自分はこれまで「大いなる詩人」になるために生きてきたし、それになるためにこれからも生きて行く。これがあたらしく下した結論であった。上京時と同じ結論に見えるが、二つの点でレベルがちがう。一つは自分の天才実現の意志を一元二面観によって「宇宙意志」と合体させた点。もう一つはSurf and Waveと日本の詩人たちの作品をつうじて、詩人になる実際の道筋を見いだしていた点。

こうして一元二面観は啄木の天才主義の理論的根拠にすえられたのである。

一九〇四年(明治三七)八月三日付伊東圭一郎宛書簡にその考え方がくわしく展開され、一九〇六年(明治三九)三月二〇日の「渋民日記」でこの「哲学」は完成する。注意すべきはこのとき論じられている「自他融合」の「他」というのは、自分が直接する他者だけでなく社会ひいては人類まで包摂しており、それとの相関において「自己」を考えていることである。

一九〇七年(明治四〇)九月札幌で「綱島梁川氏を弔ふ」においてこの説をとなえたが、小樽、釧路の赤裸々な実生活のなかでせっかくのこの「哲学」も急速にしぼみはじめる。そして「卓上一枝」（釧路新聞の評論一九〇七年三月）ではこれをとなえつつ他方その現実における無力性を告白する。以後一元二面観が持ち出されることはない。

啄木の人生と作品にとって一元二面観とはなんであったのか。

一、それは五年間にわたって啄木の天才主義の理論的支柱であった。

二、自己拡張＝利己主義の一面性を排して自他融合をあわせた点ではこの主張は個人主義の範疇に入る。

三、主として姉崎嘲風の「再び樗牛に与ふる書」を骨格として編みだした説であるが、宇宙の絶対意志なるものを設定しそれと自己拡張の願望を一体化させようというのは当時の主要な思潮である浪漫主義の一つのバリエーションとみなしうる。

四、この説は啄木の特長を示している。つまり作品を創る前提として、また作者として生きていく前提としてかれは常に理論上の準備をしたが、その理論はいつも深い根源性を有したものでなければならなかった。一元二面観はその一つの典型例なのである。

啄木が自説を「一元二面観（論）」と称したのは、実はこれを捨てる直前の一九〇八年（明四一）二月八日である。（宮崎郁雨宛書簡）。そして「卓上一枝」で再度使われただけである。前述のようにその説ははやくにできあがっていたが、これに会心の名称を与えるためには石原即聞『仏教哲学汎論』（博文館　一九〇五年）を読むこと（一九〇八年二月六日購入）が必要であった。

## 三　「明星」浪漫主義との決別

啄木は釧路から最後の上京（一九〇八年　明治四一年四月）をしてからも時々与謝野鉄幹宅を訪れ、東京新詩社との交流は続いている。しかし思想的には「明星」浪漫主義からは次第に離れて行く。これは啄木一人が離れて行ったのではなく、明治の青年たちから次第に人気がなくなり「明星」の売れ行きも落ちてしまうのである。

明治四一年四月二八日、北海道彷徨からの上京第一夜にして直ぐに、日記に「与謝野氏は既に老いたのか？　予は悲しかった」と記録している。

それでも啄木は与謝野鉄幹晶子との交流がなくなった訳でもなく、与謝野鉄幹に頼まれて全国からの投稿短歌の指導や朱筆による添削などをおこなっている。また全国から寄せられる短歌から「明星」に掲載される短歌を選ぶ実質的な選者にもなっている。しかし啄木は与謝野鉄幹に依頼されての指導添削であるのに、投稿者・菅原芳子に次のような手紙を送っている。

「小生などの考へにては、『明星』に載る歌にても十分の八までは好まぬ歌にて候。尤もこれは、主幹与謝野氏の趣味と小生の趣味との相違にも起因する事と存候。今度の明星に載るべき小生の作には（無論全力を尽くしたのでもなく、ふとしたる心地にて作ったのに候へど）随分と露骨な、技巧をあまり用ゐざる心のままのよみ方をいたし候間、御覧下され候」

「明星」は明治三三年四月に第一号が発刊され、明治四一年一一月、第一〇〇号、最終号で廃刊となる。最終号には一〇〇号記念、そして最終号ということでもあり、五二首という数の啄木の短歌が掲載されている。しかしながら、さしも一世を風靡した新詩社の機関誌「明星」は遂に廃刊となるのである。

明治三三年から四一年までの八年間に我が国の文芸界では「反封建」と「個人の自由の謳歌」をスローガンとする浪漫主義では飽きたらない風潮が育ってきたのであろう。特に浪漫主義は、現実をありのままに見ないで、実際よりもより美しく理想的に描くことによって魅力を高めようとする。そのための技巧や美的言葉づかいなどが駆使される。一時的には心地よい酩酊感に慰められ、夢見る心地にしてくれることにはなる。今風に言えばバーチャルリアリティー（仮想現実）に酔いしれても、実際の現実は厳しく、何ら変わるものではないのである。「厳しい目で実際の現実を見よ」というのが自然主義の主張であろう。

啄木は上京後すぐに精力的に小説を書き始める。短歌や詩では金にならない。小説を書いて原稿料を稼ぎ、函館に残した母と妻子を東京に呼ばなければならない。釧路に居た時に売れている評判の小説を読んで、あの程度の小説なら自分ならば直ぐにでも書ける、このような思いはまだ浪漫主義の思いが残っていたからであろう。

しかし啄木の書いた小説はさっぱり売れない。売れないだけでなくこっぴどく批評される。天才啄木は詩集「あこがれ」、文芸雑誌「小天地」に続いて三たび、その創作作品において大きな挫折を味わうことになるのである。上京の翌年明治四二年二月、啄木は満をじして「スバル」第二号に小説「足跡」を発表したのだが、中村星湖に「誇大妄想狂式の主人公を書くのは好い、作者まで一緒になってはたまらない。新しい作家らしい態度から見ると杢太郎や晶子の方がずっと進んで居る」と評されてすっかり自信喪失状なるのである。
態となってしまう。いよいよ「明星」浪漫主義とか「一元二面観・個人主義」などとは言っていられなく
筆者が与謝野鉄幹の詩で諳んじているものは、旧三高寮歌となった「人を恋ふる歌」くらいであろうか。
この歌は一六番まであるがもちろん諳んじているのは一番のみでしかない。

人を恋ふる歌
・妻をめとらば才長けて　顔うるわしく情あり
友を選ばば書を読みて　六分の魂四分の熱

与謝野晶子の詩で一番有名なのは「君死にたもうことなかれ」である。これは浪漫主義というよりも日露戦争に従軍した弟に準えて歌った反戦歌としてあまりに有名である。

与謝野晶子の短歌で筆者が一番好きな歌は次の歌である。

「乱れ髪」より
・金色のちひさき鳥のかたちして銀杏ちるなり夕日の岡に

筆者は理屈抜きにこの歌の美しさが好きである。この歌に歌われた情景が瞼に浮かび、きれいだなあ、と言う感慨が浮かぶ。しかし理屈っぽく考えてみれば、散る銀杏とは黄色に色づいた枯れ葉であろう。それを金色のちいさい鳥にみたてて、美しさを強調しているだけの歌である。現実以上の美を想像の世界で楽しんでいるに過ぎない。

啄木が後に「食ふべき詩」(明治四二年九月)に書いていることを思いおこして見る。

「一寸した空地に高さ一丈位の木が立ってゐて、それに日があたっているのを見て或る感じを得たとす

れば、空地を広野にし、木を大木にし、日を朝日か夕日にし、のみならず、それを見た自分自身を、詩人にし、旅人にし、若き愁いある人にした上でなければ、其感じが当時の詩の調子に合わず、又自分でも満足することが出来なかった」

この文章は、過去の自分の詩を創作する時の姿勢を振り返り、このような姿勢であってはならない、と自己批判しているのである。この自己批判は、「明星」浪漫主義との決別を意味しているであろう。

明治四二年四月一一日付日記（ローマ字日記）

「予は、今日、与謝野さんの宅の歌会へ行かねばならなかったのだ。無論面白いことのありようがない。……例のごとく題を出して。歌をつくる。みんなで十三人だ。選のすんだのは九時頃だったろう。予はこの頃真面目に歌などをつくる気になれないから、相変わらずへなぶって（ふざけて）やった。その二つ三つ。

・わが髭の下向く癖がいきどおろし、この頃憎き男に似たれば。

・いつも逢う赤き上着を着て歩く、男の眼この頃気になる。

・ククと鳴る鳴革いれし靴はけば、蛙をふむに似て気味わろし。

・その前に大口あいて欠伸するまでの修行は三年かからん。

・家を出て、野越え、山越え、海越えて、あわれどこかに行かんと思う。

・ためらわずその手取りしに驚きて逃げる女再び帰らず。

・君が眼は万年筆の仕掛にや、絶えず涙を流していたもう。

・女見れば手をふるわせてタズタズとどもりし男、今はさにあらず。

・青草の土手にねころび、楽隊の遠き響きを大空から聞く。

晶子さんは徹夜をして作ろうと言っていた。予はいいかげんな用をこしらえてそのまま帰ってきた。……ああ、惜しい一日をつまらなく過ごした！　という悔恨の情がにわかに予の胸に湧いた。花を見るならなぜ一人行って、一人で思うさま見なかったか！　歌の会！　何というつまらぬ事だろう！」

明治四二年四月二五日付日記（ローマ字日記）で与謝野宅を訪れた時のことを次のように書いている。

「与謝野氏が帰って来て間もなく予は辞した。何やらの話の続きで『ハ、ハ、ハ、』と笑いながら外に出た予は、二、三歩歩いて『チェッ』と舌打ちした。『よし！彼等と僕とは違っているのだ。フン！　見ていやがれ、馬鹿野郎め！』」

明治四四年一月三日付日記

「平出君と与謝野氏のところへ年始に廻って、それから社に行った。……与謝野氏の家庭の空気は矢張予を悦しましめなかった」

啄木と浪漫主義について近藤典彦は『石川啄木事典』で次のように書いている。

**浪漫主義**（ろうまんしゅぎ）

ロマン主義とはフランス革命直後つまり「一八世紀末葉に西欧に生じ一九世紀中葉までではぼヨーロッパ全域およびその文化圏である南北アメリカに波及した、文芸・芸術運動ないし現象を意味する」（加藤民男）。その本質は、自我の解放の欲求・個人主義思想であり、その特長は想像力による現実からの何らかの超越逃避を目指す傾向、感情の過多・表現の誇張などをともなうところにある。

日本の浪漫主義（＝ロマン主義）は日本の産業革命期（一八八六〔明一九〕年頃〜一九〇七〔明四〇〕年頃）とほぼ時を同じくして発生し、展開する。森鷗外「舞姫」外三部作（一八九〇〜九一）、『文学界』（一八九三〜九八）によった北村透谷の評論、島崎藤村の詩、高山樗牛の文筆活動などによって代表される前期浪漫主義の時期がまずあった。

つづいて与謝野鉄幹・晶子の『明星』（一九〇〇〜〇八）に象徴される後期の本格的な浪漫主義の時期が来る。鉄幹、晶子、吉井勇、北原白秋、石川啄木らの短歌、薄田泣菫、蒲原有明、啄木、白秋、木下杢太郎らの詩、上田敏の訳詩、泉鏡花、国木田独歩らの小説、樗牛、姉崎嘲風、綱島梁川らの評論などによって代表される。（その後永井荷風を中心とする新浪漫主義＝耽美派の時期となる。）

啄木の文学的人生の開始は一九〇一年（明三四）とみなしうるが、かれはそのときから上記の文学者・思想家達の文学と思想を満身に吸い込んだ。（泉鏡花の影響のみ未詳。その他の影響関係の研究も未開拓部分がきわめて大きい。）そして一九〇九年（明四二）の秋近くまで浪漫主義者であった。啄木は文学者であっただけでなく思想家でもあったので、かれの浪漫主義も文学的かつ思想的であった。すなわち、新詩社・明星的浪漫主義と高山樗牛・姉崎嘲風的浪漫主義の統一体であった。かれは一九〇九年秋浪漫主義を脱皮するが、かれを最後まで苦しめたのは樗牛の浪漫主義わけてもその天才主義の影響であった。一九〇九年四月〜六月の「ローマ字日記」は、自身の浪漫主義とその核心である天才主義を焼き亡ぼすための、煉獄である。

かれの詩論「弓町より――食ふべき詩」（一九〇九年一一月〜一二月）は詩人啄木新生の第一声といってよいであろう。どんなにつらくとも現実から逃避せず、現実を直視する精神、これが新しい啄木の最高の精神的特徴である。この精神が翌年の大逆事件の解明、社会主義、無政府主義の研究へとかれを推し進めるのである。また、かれは一九〇六年（明三九）ころから台頭してきた自然主義を批判的に摂取してきたが、それが、新詩社的な詩人意識、感情の過多、表現の過剰、耽美的傾向をそぎ落とすことにつながった。啄木調短歌の誕生はこれも翌一九一〇年三月である。

## 四　自然主義から社会主義

浪漫主義が、事実を事実よりも美しくみせる、ことに対して自然主義は、事実をありのまま直視する。浪漫主義では本当の解決にならないことを自覚した人々にとっては浪漫主義では飽きたらない。このような青年が増えて「明星」の売れ行きは低下の一途をたどり遂に発刊以来八年第一〇〇号をもって廃刊の憂き目を見ることとなる。浪漫主義の次に台頭してきたのが自然主義である。

自然主義について若林敦は『石川啄木事典』で次のように書いている。

一九世紀後半のフランスで写実主義から派生した文芸思潮。自然科学を支える実証主義精神や実験的方法を文学に取り入れ、あるがままの現実を写し取ろうとした。自然主義は二〇世紀に入って日本にも移入され、二〇世紀初年に文学・思想の分野に大きな影響を与えた。日本の自然主義は、同時代の社会や人生の現実に題材を求め、それを客観的に描き出そうとしながら、そこに個人の開放・自我の確立の要求を強く内在させていた点に、出発時の特徴があった。これが、家族制度をはじめ、個人を束縛する既成の習俗・道徳への批判を生んだ。だが、作者の主観を排しありのままの現実を描くべきとする主張は、文学的技巧だけでなく、何らかの価値や理想を作品に導入することをも否定した。その結果、作品は社会や人生の動かし難い現実と個我の要求の対立・葛藤、そこから生じる苦悶・哀感の直接的な表現という性格を帯び、また、それはやがて虚無的、頽廃的な傾向を派生させることにもなった。さらに、自己の偽らざる告白こそが作品内容の真実性を保証するという主張が、作家身辺の経験的事実に取材し、その隠れた事実を読者に暴露するという形で、「私小説」の発生を促した。

自然主義の代表作家には、島崎藤村、田山花袋、正宗白鳥、徳田秋声、岩野泡鳴、らがおり、評論家としては島村抱月、長谷川天渓、片上天弦、相馬御風らが活躍した。

自然主義は詩歌の分野にも影響し、口語自由詩の試みをはじめ、現実生活の実感を直叙する短歌や季語を否定した自由律俳句などを生みだした。

啄木と自然主義との関わりを、三期の区分を設けて概観する。

第一は受容・動揺期。啄木の自然主義受容は明星派ロマン主義の克服を目指したものであったが、そこには理想主義が内在していた。自己の夢や憧れの表出ではなく、現実の中に観察される「人生自然の真」の描写による人生や社会への寄与を、啄木は自然主義に求めていた（「卓上一枝」明四一・三）。自らもそのような文学の担い手たらんとして小説家を志し、啄木は一九〇八年（明四一）四月上京、様々な習作を試みた。これらの習作にはロマン的な要素と自然主義的な要素とが分裂したまま混在している。啄木には自己の志向する文学のイメージがつかめていなかった。このような創作上の、さらに実生活上の展望のなさのもとで、啄木は思想的に自然主義の「無理想無解決」の方向に引きずられてゆく。理想主義を見失った激しい動揺の時期がしばらく続く。この時期の小説「病院の窓」（明四一・五）や「赤痢」（明四二・一）にはそのような自然主義の影響が顕著に表れており、また『ローマ字日記』（明四二・四～六）をこの時期の啄木の赤裸々な告白文学と見ることもできる。

第二は批判・模索期。啄木が理想主義を恢復し、自然主義を批判的に継承しつつ独自の文学を模索するのは、一九〇九年（明四二）の後半に至ってである。この年の始めから、文壇では、自然主義文学の不振に伴い「無理想無解決」への批判が「幻術（観照）と実行」論争を再燃させていた。啄木は文学は実行（理想や解決）と無関係ではないとする徳田（近松）秋江、田中王堂らの論に学び、実生活（実行）と創作活動（文学＝観照）とを統一した新たな文学を実現するための独自の理論を構築する（「弓町より（食ふべき詩）」明四二・一一・三〇〜一二・七）。口語体の詩編「心の姿の研究」（明四二・一二・一二〜二〇）はその実戦と考えられ、都市生活者の生活感情という自然主義的素材が象徴詩風に表現された。だが、これは啄木の理想主義的要求にかなうものではなかった。

第三は決別期。自然主義論から派生した「芸術（観照）と実行」の枠組みは、文学における理想主義の留保、および自然主義との思想的決別を啄木に促した。一九一〇年（明四三）に入ると、啄木は実生活と創作活動とを区別する「意識しての二重生活」が不可避であるとし（明治四三・三・一三付書簡）さらに、人生や社会を批判し、改革しようとする理想主義的志向を文学の内部に止めておくことは可能かという深刻な懐疑に至る（「硝子窓」明四三・六）。啄木は文学における理想主義を留保し始めていた。理想は実行においてこそ追求すべきものであり、文学は何かそれとは別の行為であるということに、啄木は気づき始めたのである。これは同時に、文学上の主張としての自然主義が、啄木がかって期待したような実行の（理想や解決を求める）思想では本来あり得なかったことの確認でもあった。評論「時代閉塞の現状」（明四三・八）で啄木はそのことを述べ、実行の立場から自然主義との思想的決別を表明した。その一方で、啄木の社会主義受容が進行していた。現実に基礎を置く理想主義という啄木の要求は、実行の世界で自然主義に代わる新たな思想を見出していた。

いわゆる啄木調短歌はこの年の三月から歌い出された。すでに歌壇は、自然主義の影響を受け、実生活の中の自己やその生活感情を素材とする短歌を生みだしていた。啄木の短歌もまた同様の素材を扱いながらも、独自の自己像の定着に成功している。それは、自己を評価する瞬時の思いを捉えるうまさとその表現の巧みさに負うところが大きい。前者は「意識しての二重生活」にもとづく啄木の自己凝視の産物であると考えられる。叙情性に被われながらも、小説ではついになし得なかった自己の突き放した対象化を啄木は短歌で実現した。自己の姿やその思いの断片を短歌に定着し、その組み合わせによって自己を文学的に造型する方法は、自然主義的な自己客観化の啄木なりの継承であったと言えるかも知れない。

筆者は、若林敦ほどには啄木を深く理解はしていない。いささか単純過ぎるかも知れないが、自然主義では自然を変革しない限り、自然を肯定しなければならない。自然が明治の青年を取り巻く状況のように悲惨で先が見えない状況では、悲惨を肯定した結果として「虚無」に向かうしかない。啄木はこのような自然主義と決別して、自然を変革する姿勢に立ち、思想としては社会変革の思想、社会主義の思想に到達して行ったのであろう。

なお啄木は他の自然主義作家のように、自己を身辺的に、私小説的に語ることをしていない。啄木を追い詰めた家、つまり寺の悲劇性について何ら書いていない。追想としてほんの少し触れているだけである。本質問題については何ら触れていない。

筆者が最近最も感銘を受けた小説は佐藤愛子の『血脈』である。父・佐藤紅緑、兄・サトウハチローそして作者自身など、歴史的に家系図的に佐藤一族の抱えてきた血族間の問題や悲劇性について赤裸々に徹底的に暴いている。川崎むつをは、啄木の妹・三浦光子や啄木の婿に当たる石川正雄から、父親・一禎の出生のことまで含めていろいろのことを聞いている。それらのことについて啄木は彼ら以上により詳細に知っていたはずである。それらを題材とした私小説を啄木が書いたとしたら、文学史に残る名作が生まれたであろうと思われてならない。それが書かれたならば、啄木はもっと判りやすい人物として世間から理解され、誤解を解かれるように思われる。何しろ啄木くらい、世間に知られていながら、その本質について知られていない人物も珍しく、そのため熱烈な啄木ファンがいる一方で極端な啄木嫌いもまた多くいるのである。

しかしながら『血脈』のような小説を書くためには二つの条件が必要であろう。第一の条件は作者がそれなりに人生の経験を積んだ年齢にならなければならない。佐藤愛子は構想としては長年暖めてきたものであろう、書き始めたのが六五歳の時で書き上げたのは七七歳という老年期に入ってからである。第二の条件は主だった関係者が亡くなっていることである。彼らの人生に、たとえ真実であったとしてもプライバシーの問題として良からぬ影響を与える心配が無くなってからでなければリアルに書くことは出来ない。たとえばあのサトウハチローが酷い覚醒剤中毒者であった、などということはサトウハチローが生存中には書けるものではあるまい。佐藤紅緑は芸者に二人の子供を生ませ、最初の妻には五人の子供を生ませ（そのうち長男がサトウハチロー）、二番目の妻には三人の子供を生ませ（そのうち末っ子が佐藤愛子）ている。サトウハチローも父・紅緑に負けず最初の妻に三人の子供、二番目の妻に二人の子供を生ませている。三番目の妻にはさすがに子供を生ませてはいない。佐藤愛子も最初の夫との間に二人の子供を生み、二番目の夫との間に一人の子供を生んでいる。サトウハチローの末っ子は妻に子供を一人生ませて、妻でない女性に四人の子供を生ませている。この家系図を見ただけで目がクラクラしてきそうである。佐藤愛子がフィクションとして書いた小説ではあっても、事実に基づくものであって、リアリティーに富む迫力満点の小説となっている。

啄木が自分の出生の不条理や嘘と誤魔化しの寺の世界を暴く小説を書いたならば、興味尽きない作品となったであろうが、関係者の生存中、例えば父・一禎の二度にわたる家出についてなどは一禎の生存中に書くのはあまりに酷というものである。

したがって二六歳余りで、父を始めとする関係者が多く生存していた状況で亡くなった啄木が、如何に文筆能力が優れていたとはいえ、佐藤愛子の『血脈』のような小説を書くことは出来なかったのは当然のことなのである。啄木がもしも父・一禎の死後一〇ないし二〇年以上長生きをしていれば書けたかもしれないのではあるが。

しかし啄木は私小説に代わるものとして膨大な「日記」を残してくれたのだから、読者や啄木愛好者はそれで満足しなければならない。それらの資料には、啄木の寺への思い、出生の不条理に対する思い、啄木の本音、などについては具体的には書いてない。そのため行間から読み取り推察するしかないのである。

ところで、啄木と社会主義との触れ合いはかなり早い時期からで、初めのころは社会主義の思想と触れ合ってはいるものの、啄木にとりついていた「天才主義」の思想が邪魔をして啄木の血肉とはなっていない。

啄木の最初の社会主義との触れ合いはワグネルの思想の研究によるものと推察される。明治三六年五月三一日付岩手日報「ワグネルの思想」の第一回目の序論の構想のところでワグネルの政治思想の最後に

「ワグネルと社会主義」という項目が出てくる。この時は構想だけでワグネルの研究は序論だけで頓挫してしまっているために、ワグネルの社会主義について何処まで理解するにいたったかについてはわからない。おそらくあまり深く理解するまでには至っていないと推察されるが、少なくとも構想の項目に書くくらいは触れていたことは間違いはない。

明治三七年三月四日付で岩手日報「戦雲余録」（二）

「今の世には社会主義者などと云ふ、非戦論客があって、戦争が罪悪だなどと真面目な顔をして説いて居る者がある」と、この時点では社会主義者を否定的にとらえている。一八歳のこの時点では啄木は日露戦争について好戦論者であるが、その後トルストイの非戦論「悔い改めよ」の影響を受けて次第に非戦論者となっていくのである。

明治三九年三月二〇日付日記

「朝目をさました時から、社会主義について熟々考へた。そして殆んど迷って居た。

……火――燃ゆる火、熾んな火、勇ましく美しい火――を見て立って居た時、予は不図心で呟いた。

『然うだ、賛成することは出来ぬ。』

何に？　社会主義に」

啄木は「社会主義」のことが気になって仕方がなかったこと、「社会主義」と「天才主義」の狭間で思想的に逡巡していたことが窺われる日記である。

明治四〇年一月一五日付日記（一等兵曹との会談として　渋民村にて）

「又、海軍部内に社会主義者多しとは事実なりや、との予の問に答へて曰く、『然り、甚だ多し、ただに日常しかく考ふる者多きのみならず、座臥之を口にする者も亦甚だ多し。これ畢竟ずるに、圧政の厳なると、平時昇給の希望少なきとに依る。さればまた、這般社会主義者にして、一旦得意の境遇に立つに至れば、昨を忘るる事恰もよべの夢を忘るるが如し。』あゝ、然るか然るか。これ唯に海軍部内社会主義の現況にあらずして、或いは社会主義そのものの性質を最も露骨に表白する者にあらざるか。文明の世界は以前として太平なるべし」

明治の時代に軍隊内部に社会主義者が多く居たとは、今時点で考えても意外な事実であるように思われる。

明治四〇年九月二一日付日記（札幌にて）

「夜小国君来り。向井君の室にて大に論ず。小国の社会主義に関してなり。所謂社会主義は予の常に冷笑する所、然も小国君のいふ所は見識あり、雅量あり、或意味に於て賛同し得ざるにあらず、社会主義は要するに低き問題なり然も必然の要求によって起れるものなりとは此の夜の議論の相一致せる所なりき……」

それまでは文献として社会主義に触れていたが、いよいよ社会主義者との人間的触れ合い交流がが始まる。

明治四〇年一二月二八日付日記（小樽にて）

「夜、大硯君来り。西川光二郎等社会主義者の演説会に誘ふ。行かず」

明治四一年一月四日付日記（小樽にて）

「夕方本田君に誘われて寿亭で開かれた社会主義演説会へ行った。樽新の碧川比企男君が開会の辞を述べて、添田平吉の『日本の労働階級』碧川君の『吾人の敵』何れも余り要領を得なかったが、西川光二郎君の『何故に困る人が殖ゆる乎』『普通選挙論』の二席、労働者の様な恰好で古洋服を着て、よく徹に蛮音を張上げて断々乎として話す所は誠に気持がよい。臨席の警官も傾聴して居たらしかった。十時頃に閉会して茶話会を開くといふ。自分らも臨席して西川君と名告合をした。帰りは雪道橇に追駆けられ追駆けられ、桜庭保君と一緒だったが、自分は、社会主義は自分の思想の一部だと話した」

ここで啄木は「自分の思想の一部」として社会主義に一歩踏み込んだと思われる。

明治四二年四月十四日付日記（ローマ字日記）

「中島君は社会主義者だが、彼の社会主義は貴族的な社会主義だ――彼は車（人力車）で帰って行った。そして内山君――詩人は本当の社会主義者だ……番傘を借りて帰って行くその姿はまことに詩人らしい恰好を備えていた……」

明治四四年当用日記補遺、前年中重要記事として

「（明治四三年は）思想上に於ては重大なる年なりき。予はこの年に於て予の性格、趣味、傾向を統一すべき鎖鑰（錠前と鍵、転じて出入りの要所の意）を発見したり。社会主義問題これなり。予は特にこの問題について思考し、読書し、談話すること多かりき……」

明治四三年末は、啄木一〇年間の思想的営為の集約点となっており、翌年一月には次の手紙が書かれるのである。

明治四四年一月六日付日記

「夕飯の時は父と社会主義について語った」

元住職で世捨て人のような父親と社会主義を論じても益することはなかったと思われるが、やはり父親とは自分の思想について論じてみたかった啄木である。

明治四四年一月九日日付瀬川深への手紙

「さうして僕は必ず現在の社会組織経済組織を破壊しなければならぬと信じてゐる、これ僕の空論ではなくて、過去数年間の実生活から得た結論である、僕は他日僕の所信の上に立って多少の活動をしたいと思ふ、僕は長い間自分を社会主義者と呼ぶことを躊躇してゐたが、今ではもう躊躇しない、無論社会主義は最後の理想ではない、人類の社会的理想の結局は無政府主義の外にない（君、日本人はこの主義の何たるかを知らずに唯その名を恐れてゐる、僕はクロポトキンの著書をよんでビックリしたが、これほど大きい、深い、そして確実にして且つ必要な哲学は外にない、無政府主義は決して暴力主義でない、今度の大逆事件は政府の圧迫の結果だ、そして僕の苦心して調査し且つその局に当たった弁護士から聞いたところによると、アノうちに真に暗殺を企てたのは四人しかいない、アトの二十二人は当然無罪にしなければならぬのだ）然し無政府主義はどこまでも最後の理想だ、実際家は先ず社会主義者、若しくは国家社会主義者でなくてはならぬ、僕は僕の全身の熱心を今この問題に傾けている……」

啄木の社会主義について理解するために、最も重要であり知られているのは、父と社会主義について語った三日後に書かれた、友人瀬川深宛ての手紙である。特に「僕は長い間自分を社会主義者と呼ぶことを躊躇してゐたが、今ではもう躊躇しない」は啄木の到達した信念として多くの文献にも引用されている。

明治四四年一月　函館時代からの友人大島流人への手紙

「……一人で知らず知らずの間にSocial Revolutionist（社会革命家）となり色々の事に対してひそかに

Socialistic（社会主義者的）な考へ方をするようになって」

瀬川深への手紙と略同時期の手紙である。

明治四四年三月一日付日記

「午後西川光二郎君来り。宗教的情調といふことについて語る」

小樽時代に社会主義者西川光二郎の演説を聞いているが、彼との再会ということであろう。

啄木は社会主義思想について早くから気にかけていたが、なかなか同調するまでには至っていない。むしろ当初は気にかかりながらも否定的とらえ方であったようであるが、ようやく小樽で西川光二郎の演説を聞いてから肯定に転じ、その後長い間躊躇時代を経て、社会主義は自分の思想の一部、という段階から大逆事件をきっかけに躊躇を克服して真の社会主義者となったのであろう。

またもや近藤典彦の解説を引用したい。「社会主義」について『石川啄木事典』で次のように書いている。

**社会主義**（しゃかいしゅぎ）

社会主義の概念はきわめて複雑なヴァリエーションをもっているので、ここでは啄木がこれを研究していた当時（一九一〇年前後）を念頭におき、もっとも簡単な概念を次に示す。

社会主義とは、私的所有を基礎とする資本主義が多大の悲惨・矛盾を生み出しているのを批判して、これを解決するために生産手段（工場、土地、原材料など）の一部または全部を社会的所有にしよう、という主義である。

ただし啄木の時代には、銀行・保険・鉄道などの国有化や傷病・養老保険の実施などの社会政策も国家社会主義＝社会主義と考えられており、啄木が評論・日記・手紙等で「社会主義」という場合、その内容は文脈および啄木の社会主義理解の段階に応じて吟味されるべきである。

啄木の社会主義への関心は札幌での小国露堂との出会いにはじまると見られる。翌年一月小樽で社会主義演説会に出かけ、終了後の茶話会で西川光二郎と知り合う。北海道で赤裸々な実生活を経験しはじめたこととこの関心のあり方とは無縁ではない。

啄木の中で社会主義への関心が再浮上するのは、天才主義を克服した直後の一九〇九年（明四二）一一月頃である。一九一〇年（明四三）二月上旬あたりにはクロポトキンの『麺麭の略取』（幸徳秋水訳）を読んでいる。一九一〇年六月初めの大逆事件発覚とともに関心は急速に高まり、精力的な社会主義研究が始まった。六月上旬に早くも久津見厥村の『無政府主義』を読みつづいて幸徳秋水『平民新聞』を読んだ。同じ六月の末までに幸徳秋水『社会主義神髄』、雑誌『社会主義研究（合本）』中のマルクス・エンゲルス「共産党宣言」（幸徳秋水・堺利彦訳）、エンゲルス「科学的社会主義」（堺訳）等をも研究したと推定される。研究は七月にはいっていっそう進み、二六日までに日本語で書かれた社会主義文献（主に単行本）中の重要なものはほとんど読破したと推定される。それらの文献を幾つかあげると、田添鉄二『経済進化論』千山万水楼主人（河上肇）『社会主義評論』堺利彦・森近運平『社会主義要綱』幸徳秋水『二十世紀之怪物帝国主義』村井知至『社会主義』片山潜・西川光二郎『日本之労働運動』などである。

こうして蓄積された識見は、さらにつづけられたであろう研究と思索の中で熟成し、一九一一年（明四四）一月の社会主義者宣言となる（一月九日瀬川深宛書簡）。啄木にとって社会主義は、彼のそれまでの人生の経験と読書と思索との成果を総括する見地であるとともに以後の人生の指針にもなる見地であった。この後啄木は社会主義者として人生を歩みきる。

当時日本国内には右は国家社会主義から左は幸徳秋水の無政府共産主義まで多くのヴァリエーションがあったが、啄木のえらびとったのは堺利彦の社会主義すなわちマルクス系社会主義であった。また一九一〇年末までは社会主義の理論が主として研究されたが、一九一一年四月〜五月には週刊『平民新聞』『大阪平民新聞』などの「社会主義関係書類」、雑誌『社会主義研究』（前掲）『新紀元』等による社会主義運動の歴史が研究された。またマルクスの『資本論』にも高い関心を示している。

啄木の到達した思想が無政府主義であったかのような言説がかなり見られたが、啄木は自らを社会主義者であると宣言しているのであって無政府主義者であるといったことは一度もない。

約一世紀のちの（そしてソ連邦崩壊後の）現在でこそ社会主義は古いものとみなされるとしても、帝国主義時代に突入した二〇世紀はじめの欧米や日本そしてアジア諸国においては、社会主義（とくにマルクス主義）こそが資本主義・帝国主義批判のもっとも鋭い武器であったことを理解する必要がある。

産業革命を経て全面的に資本主義的・帝国主義的発展を遂げようとしている日本、大逆事件・韓国併合に象徴的な時代閉塞の現状にある日本を批判しぬくにあたって啄木が選びとった武器、それがマルクス系社会主義だったのである。

もっとも、徹底した個人主義に源を発した啄木の社会主義はのちの時代に登場する全体主義的傾向の社会主義とは異なり、個人主義の高い次元における実現をも展望した、批判的精神に富む思想であったと思われる。しかしこの思想の研究はまだ不十分である。

啄木にとって、社会主義がおおよそ以上のようなものであったとすれば、とくに一九一〇年（明四三）六月以降の評論・歌・詩・小説・書簡・日記のどれにも啄木的な社会主義がモチーフとし流れているのかも知れない。このことが作品を読む場合に留意されるべきであろう。

しかし、啄木作品のもっとも深いところに流れるのは、卓絶した批判的精神である、というべきであろう。

## 五　社会主義思想の素地

啄木は片田舎の貧乏寺の「大黒様」の私生児として生まれる悲哀を、生まれながらにして身につけていた。生まれたその日に翼を切り取られた啄木は、懸命に頑張らねば自己の存在が不安定となる状況であった。そのことのために、自己を上級学校に進学させようとする村の中でも金持ち檀家衆（彼等こそ自分の翼を切り取った黒幕である）との闘いを必要とした。しかしそのことは同時に自分よりも貧しい村人の悲哀への同情心を呼び起こすものでもあった。

啄木はふるさとを多く歌っているが、多くはふるさとの自然のことが多く、ふるさとの人々についてはあまり歌っていない。啄木一家は、啄木を上級学校に進学するように協力してくれた檀家衆から「石をもって追われた」のである。もっとも檀家衆からみれば勝手に出て行ったのではあるが。

しかし啄木はふるさとの貧しい村人については歌っているのである。

・田も畑も賣りて酒のみ
　ほろびゆくふるさと人に
　心寄する日

・あはれかの我の教へし
子等もまた
やがてふるさとを棄てて出づるらむ

・かの村の登記所に来て
肺病みて
間もなく死にし男ありき

・うすのろの兄と
不具の父もてる三太はかなし
夜も書讀む

・我と共に
栗毛の仔馬走らせし
母の無き子の盗癖かな

・意地悪の大工の子などもかなしかり
戦に出でしが
生きてかへらず

・宗次郎に
おかねが泣きて口説き居り
大根の花白きゆふぐれ

・　わが従兄
　野山の猟に飽きし後
　酒のみ家賣り病みて死にしかな

・　百姓の多くは酒をやめしといふ。
　もっと困らば、
　何をやめるらむ。

啄木がふるさとの貧しい人々に寄せる同情心は、その後の啄木の社会主義思想の原点と思われる。また筆者は、啄木が社会主義者となる資質を早くから身につけて持っていたのではないか、という所感を抱いている。啄木の理論的なものの見方考え方が、早くから事実に即して科学的のように思えるのである。特に天皇制についての啄木の考え方が当時としては抜きんでている。明治四〇年元旦の日記に、明治天皇個人の力量は評価していたようであるが、その後に次のようなことを書いている。

「然れども、若し人ありて、聖徳の大なる事かの蒼の如きを見、また直ちにこの明治文明の一切をあげて賛美し誇揚すべきものとなすあらば、そは恂《まこと》に大なる誤りなり。その妄、恐らく魚を以て鳥となすの類に近からむ。人が人として生くるの道は唯一つあり、曰く、自由に思想する事之なり」

「人が人として生くるの道は唯一つあり、曰く、自由に思想する事之なり」。なんと優れた主張ではないか。また釧路で明治四一年二月一一日日記（この日は戦前迄紀元節と言われていた）に次のようなことを書いている。

「今日は大和民族といふ好戦種族が、九州から東の方大和に都していた蝦夷民族を侵略して勝を制し、遂に日本嶋の中央を占領して、其酋長が帝位に即き、神武天皇と名告った記念の日だ」

初代天皇とされる神武天皇を、好戦種族の酋長とはよくも言ったりである。酋長とは未開人部族の長という意味である。幸徳秋水らのような当時の無政府主義者や社会主義者と見做されていた人たちは別として、明治の四〇年代に天皇制度についてこのように書いている文人は啄木唯一人だけなのではないだろうか。しかもこの時の啄木はまだ二〇歳そこその年齢の時のことなのである。

他にも啄木のものの見方考え方の先見性科学性は随所にに見ることが出来るが、「林中書」からの一部を紹介してみる。

「日清戦争が済んだ時、人は皆杯をあげて犬コロの如く躍り上がった。そして叫んだ『帝国の存在は今世界の等しく認むるところとなれり！』、当時十歳であった予は、これを聞いて稚心にも情けなく思った」

「富国強兵といふことは決して文明の目的ではない。また国家の目的でもない。国家社会の存在には、別に極めて重大な理由があり、目的もある」

「日露戦争は日本の文明と露西亜の文明との戦争ではなかった。戦ったのは両国の兵士たちである。されば、日本の文明が露西亜の文明に勝ったのではなくて、ただ日本の兵隊が露西亜の兵隊に勝ったのである」

「林中書」は渋民村で代用教員をしながら書いていたと思われるのでやはり二〇歳の時である。日清日露戦争勝利で浮かれている日本人に対して冷静な抜きんでて優れた評論を片田舎の教師がしているのである。

日露戦争勝利で酔いしれて浮かれ気分の国情で、天皇は現人神であるとする絶対主義的天皇制度の下で、二〇歳そこそこの田舎の青年が書いたものとしては出色のものといわなければなるまい。啄木はこのようなものの見方考え方をする下地は、啄木本人は一〇歳の時からであると述べているが、その後の中学時代にも足尾銅山の鉱毒問題を被災者の立場から取り上げるなどのように認められるのである。その理論的なところは、中学中退直後の第一回めの上京の時に猛勉強をしたことで、更に強化されて身につけたものであろうと思われる。

一〇歳と言えば啄木が宝徳寺を出て盛岡に移り高等小学校に入学した年である。この時から宝徳寺に縛られることなく自由に独自に物事を考えることを始めることが出来たと考えられる。ところで高等小学校に入学したものの、担任の教師が予期せぬ病没や転勤のために教師には恵まれなかったようである。しかしながら、そのためにかえって校長である新渡戸仙岳が啄木に大きな影響を与えることとなる。

文武両道という言葉があるが、啄木は文武のうち武の方はからっきし駄目である。小男で逞しい筋骨とは無縁であり、徴兵検査でも不合格を喜んでいるくらいである。小樽で新聞社勤務の時に事務長に殴打される事件の時も全く無抵抗である。この時のことは後に金田一京助に「暴力に対するに暴力をもってしたら、けんかは五分五分じゃありませんか。指一本ささずアハハハハと笑ってやった方が勝ですよ」と言ったという。（金田一京助　昭和三五年神戸市立御影中学校における講演記録）

啄木が求め望んだのは文武の文の方だけである。啄木は文の方で渋民村から唯一人選別されて盛岡の高等小学校に進学し新渡戸仙岳に出会うのである。そして新渡戸仙岳を生涯唯一人の恩師として慕うようになる。新渡戸仙岳が啄木に教えたことは文武の文の人として、つまり知識人として選別された人、知識人、知識階級の人々のものの見方考え方は如何にあるべきかの基本、真実を見抜く科学的な思考のあり方などであったと思われる。一〇歳にして直ぐに、日清戦争の浮かれ気分を冷ややかに観察する能力が身についていたかどうかは疑問であるが、それは二〇歳になって一〇歳当時を振り返ってのことであろう。しかし、一〇歳を転機としてこのようなものの見方考え方が始まったのではないかと思われるのである。

（「一握の砂」より）

・神有りと言い張る友を
　説きふせし
　かの路ばたの栗の樹の下

中学時代を懐かしく追想しての歌と思われるが、この時既に啄木は神の存在を否定する唯物論者となっていたことが推察される歌である。なおこの当時の明治の進歩的青年にとってはキリスト教の説く「神の前に人間は皆平等である」との主張は、それまでの封建主義の思想に対置するものとして、激しく心をとらえるものであった。啄木の身辺にも上野さめ子が居たし、啄木の妹・光子もキリスト教徒となっている。著名なところでは内村鑑三もキリスト教徒である。

このような明治の状況にあって、啄木は中学時代に既に無神論者となっていたことは注目すべきことがらであろう。

このようなものの見方考え方をするパーソナリティーは、一時期には与謝野鉄幹の新詩社浪漫主義に揺れたり、自然主義になびいたりしたものの、素早くそれらを克服して、社会主義の思想へと到達して行ったことは必然のように筆者には思えるのである。そして幸徳秋水らが暗黒裁判で刑死される大逆事件を通して、啄木の社会主義者としての思想は決定的となって行くのである。

例えば、啄木が処女詩集「あこがれ」を出版したのは明治三八年五月であり、この時は明星浪漫主義にどっぷり漬かっていたころと思われるが、同じ年の六月の伊東圭一郎宛ての手紙で結婚報告を兼ねて「露のポテムキン号はオデッサに於て謀叛を起し候由、痛快の事に候、日本の精神的社会に、ポテムキンの如き『自由』の堅艦は無之候ふべきか……」と書いている。ロシアの戦艦ポチョムキンの水兵が反乱を起こして、ゼネスト中の黒海の港町オデッサ港に入港したのは明治三八年六月二七日のことである。旧ソ連のエイゼンシュテイン監督の映画でも知られている出来事である。

だから啄木は明星浪漫主義にどっぷり漬かっていながら同時に、そのころには既に社会的感覚としては革命的なものを身につけ始めていたことがうかがわれるのである。

なお啄木の妙なところで筆者が評価しているところがある。筆者は二十数年前にある文芸メディアの人物の講演を聞いたことがある。その演者は「パージされたりして文筆の活躍の場を追われても食うに困ることはない」というのである。何で食っていくか、というと今風に言えばポルノ小説を書くと、それはそれなりの値段で売れるそうなのである。ポルノ小説と言えば何となく恰好がいいが、別の下品な言い方をすればエロ小説である。もちろんペンネームでである。本当は自分の書きたいものが書けない、書いても売れない。それでも食うに困った時はそれを書いて何とか食っていくことが出来るらしい。ともかくも食わんがために、そのようにしている文人はけっこういるらしい。啄木もローマ字日記を書いていた最も心情が荒廃していた時は、その手の小説を読んだり書き写したりしていたようであるが、啄木自身がその手の文を書いて売文屋になった、という記録はない。ローマ字日記の部分にかなりポルノチックな文章があるが、もちろん啄木はその文を売るとは考えていなかったし、啄木の死後それが公開されしかも出版されることになろうとは夢にも思わなかったことであろう。どんなに貧乏して借金だらけであっても、また実際に極貧の中で死没したのであるが、精神的淫売婦となるような、そこまで身を落とすことはしていないのである。そして文学も美文や古語などの美辞麗句を用いることなく、日常使われる言葉による生活に密着した生活短歌と言われる啄木の独創的なものへと成長し変貌して行くのである。

啄木の作品は、自分が感銘を受けた作品、あるいは心酔した作品、ないしはその作者の物真似から始まる。啄木が物真似が得意であったことは批評家や研究者によく指摘されていることである。物真似が得意であったことは、他人の筆跡の物真似まで得意であったことにも見られる。金田一京助は、自分が書いたこともないのに自分の筆跡そっくりの手紙を啄木から貰って気味が悪く思った程である。また啄木自筆の手紙は今ではプレミアがついて高価なものとなっているらしいのだが、啄木が他人の筆跡を真似したものもあるために筆跡鑑定が困難であるらしい。

ともかくも啄木は物真似が得意である。しかし啄木の優れたところは物真似を物真似に終わらせることなく、消化吸収して自分なりの独創的なものに取り入れてしまうことであろう。そのようにして従来の貴族趣味的な和歌から、短歌の革命と言われる三行書の生活短歌といわれる啄木独自の短歌が生まれてきたのである。

ところで啄木の人生を振り返って見ると、父・一禎の宝徳寺罷免以後は経済的貧窮との闘いがその主な内容となっていく。啄木の経済感覚を見ると、無駄遣いが多く計画性に乏しいことや、分相応に質素にすることが出来ないことが目立つ。そのために啄木の貧乏生活や借金生活については、それほど同情するに値しないとする見解もある。しかし啄木の貧窮体験が、故郷渋民村の貧乏な村民に思いを巡らし、貧窮の根本原因を模索し、その対策を検討し、国民全体の暮らしを豊かにしていくための政治思想を構築することになっていったことの原体験となったことは間違いのないことであろう。仮に啄木が期待したように「あこがれ」や「小天地」が売れに売れて、啄木が当初にもくろんだように一夜にして超有名人となってガッポリと収入も入るようになっていたなら、啄木一家にとってはこの上ない幸せなこととなったであろうが、その後の啄木は実際とは全く異なったものとなっていったことであろう。

啄木がその後におこなおうとしたことは、国民全体が平等に豊かになるための国民に対する教育であり、啓蒙であり、意識の変革である。啄木が働いたのは農業漁業その他の一般的製造業などではない。啄木が働いたのは教員として、新聞社社員としてだけである。その他は文芸活動である。教員は文字通り子供を育てる人作りの仕事である。新聞社の仕事も世論作りの仕事と言える。啄木は新聞に政治社会時評をたくさん書いている。そして啄木の文芸活動も人の心情に訴えるものであり、文化の創造である。残念ながら途中で挫折したが、啄木が土岐哀果とはかって出版をもくろんだ文芸雑誌「樹木と果実」は、日本の青年の心にマッチで火をつけるためのものだったのである。

# 終章——啄木論争

# 一　反骨精神

・汝が痩せしからだはすべて
謀叛気のかたまりなりと
いはれてしこと

啄木は自分の意にそわない時には相手が誰であれ、それにおもねることを最も嫌う。組織の秩序や、権威者に自分を合わせる努力をする、などということは啄木には出来ない相談である。例えば、与謝野鉄幹や晶子に憧れ、当初は彼らに師事したように見えても、それは最初のうちだけで、彼らの浪漫主義からは早々と脱して自然主義、さらには社会主義へと、彼らの思想を乗り越えている。対人関係で啄木が一生頭が上がらなかったのは高等小学校時代の恩師、校長の新渡戸仙岳ぐらいのものであろう。新渡戸仙岳とは芸術観とか思想とかとは別の次元の、それらを超越した人間関係である。

啄木が生まれてきてからの人生は、闘いの連続であった。親との闘い、学校との闘い、寺や地域との闘い、職場での闘い、そして社会との闘い、などである。啄木の闘いの相手は、一口に言えば既存の「権威」であろう。

ところで皮肉なことに、啄木研究者にも権威を持つ研究者が出てきているような様相を感ずるのは筆者だけであろうか。そして啄木と同じようにその権威者に対して謀叛気をおこしたくなるのも、歴史の繰り返しということなのであろうか。世の中には権威者の出現と同時に、それに対して反骨精神を持つ者が出現して来るのは必然のようである。

## 二　金田一京助と岩城之徳

「岩城先生がとられた研究方法は、徹底的に資料にあたり、資料に基づいて真実を解明していく実証主義的方法でした。こうした実証主義は、資料に欠けたものはそのまま空白として残すやり方で、欠けた部分を推測で補うことは学問の邪道とされていました。しかし先生は推理と想像と自由を金しばりにする傾向に、文学研究の一つの限界をもたらしたことに気づかれ、手持ちの資料から欠けた部分を推測して補うことを積極的に試みられました。そうした構想力を養うために、先生が興味深く読んだのは松本清張の推理小説でした。『従来の国文学的方法を破り、新しい叙述の方法を確立するものとして注目した』と、清張についてこのように述べています。

こうして先生の研究も、ある時は非常に苦しい時期もあったようです。昭和三十六年（一九六一）の秋から翌年にかけて、長年慈父のように敬愛していた金田一京助博士と、啄木晩年の思想について論争がありました。それまでの先生は、文学上の論争に興味を持ち、真実を求めあう真剣な研究者の態度や、妥協を許さないきびしい学問の世界に憧憬を感じていたと言います。しかし、いざ自分がその当事者になると、『しみじみと論争の苦しさと、何時果てるともない文学研究のむつかしさを知った』と述べています。論争の相手が金田一京助博士だっただけに、その苦痛も倍加したのでした」（特別展「啄木研究の足跡―故岩城之徳博士所蔵研究資料」展示資料目録「はじめに」石川啄木記念館）

筆者の手元にはこの両者の論争の具体的資料がない。筆者の手元の資料としては『石川啄木事典』ぐらいのものなのでそこから関係する部分を抜き書きしてみる。

須和徳平は金田一京助について次のように述べている。


一八八二年（明治十五）五月五日～一九七一年（昭和四六）一一月一四日。号花明。盛岡市に生まれる。一八九二年（明治二五）盛岡高等小学校に入学。四年生になったばかりの時、入学してきた啄木とはじめて出会う。一八九六年（明治二九）盛岡中学に入学。二年生の時、島崎藤村の『若菜集』に出会い文学に開眼、その後『明星』に投稿、新詩社の社友となり、花明と号し、盛岡中学の回覧雑誌『反古袋』に及川古志郎（のちの海軍大臣）田子一民（のちの衆議院議長）野村胡堂らと度々寄稿し、鏡花ばりの小説も書いている。啄木はこれら、及川、金田一、野村からの影響をうけ、将来文芸家として立とうとする下地は、その頃培われたという。一九〇一年（明治三四）盛岡中学を卒業、仙台の旧制第二高等学校の国文科にすすむ。一九〇四年（明治三七）東京帝国大学文科に入学。志望は国文学であったが、彼を魅了したのは、新村出や上田萬年の国語学で結局言語学科を選ぶ。上田が講義の中で言った『アイヌは日本にしかいない。アイヌ語研究は世界に対する日本の学者の責任ではないか』という言葉に感動しアイヌ語研究を志す。……

一九〇八年（明治四一）四月海城中学の講師となる。同年四月、啄木が北海道より海路三度目の上京をし、本郷菊坂町の下宿屋赤心館に金田一と同居する。同年九月、啄木は下宿料を払えず、金田一は自分の文学書全部を四十円で神田の古本屋に売り払い、下宿料を立替えてやった。これが金田一の文学との決別であり、以後アイヌ語一筋の道を歩むようになる。こうして二人は森川町の蓋平館に移るのである。

一九一〇年（明治四三）一月、金田一は結婚をし、本郷追分町に新居を持つ。

一九一二年（明治四五）四月一三日早朝、節子夫人からの急報で、若山牧水と共に啄木の病床にかけつける。その日の午前九時三〇分、啄木が逝去する。……

金田一と啄木との友情は終生変わらず、一九〇六年（明治三九）に生まれた長女に啄木は金田一の名前をとって京子と命名している。また一九一〇年（明治四三）一二月、刊行した歌集『一握の砂』には、函館の宮崎郁雨と並べて「同国の友花明金田一京助君」という献辞を捧げている

なお金田一京助自身は小学校に入る前から啄木とは面識があったことを述べている。

「啄木と私との繋りは、私がまだ三歳の頃、父母に連れられてよく御寺詣りに行った時分からで、可笑しい話だが、弟が生まれた為に私は早く乳離れしたので、寺に参詣する毎に、寺の門に着くや否や誰よりも早く走って行って乳房に似た門の鉄の鋲に触れたといふ事をその寺の住持であった石川君のお父様がよく話された。……此の時から私と石川君との因縁は己に結ばれてゐた」

「私が高等小学校三年の時に、石川君は私と親しくしてゐたある女の人に連れられて一年に入学して来た。石川君の『おでこ』の額と、色のすっきりと白いのを私はよく戯談半分にからかったりしたが、その時分から石川君は仲々利発さうで負けぬ気の魂を持って私達を白眼んでゐた。それから私は直に盛岡中学に入学したので、石川君とは暫く会うことが出来なんだが、其後石川君も入学して来て私の居た家の隣に下宿したので、又そこで私は君と近く居るようになった」（金田一京助「同時代の回想―石川啄木の思ひ出」『明治の文学　石川啄木』〈坪内祐三・松山巖編〉収録　築摩書房　二〇〇二年一月二五日）

金田一京助の本職は言語学者、なかんずくアイヌ語の研究専門家であり、その業績で文化勲章をもらっているくらいだが、同時に啄木研究家としても夙に有名であり、啄木についての投稿や著書も多い。

『石川啄木』（昭和一一年　出羽書房）
『石川啄木読本』（読本現代日本文学9　昭和一一年　三笠書房）
『石川啄木』（昭和一四年　改造社）
『啄木歌抄』（昭和二一年　青磁社）
『定本石川啄木』（昭和二一年　角川書店）
『続石川啄木』（昭和二三年　角川書店）
『行雲流水・片言隻語』（現代日本随筆選7　昭和二八年　筑摩書房）
『啄木最後の来訪の意義』（昭和三六年）
『知らぬことを想像するな』（昭和三七年）
『終篇石川啄木』（昭和九年　文教閣　昭和四二年　厳南堂書店）
「啄木の人と生涯を語る」（『回想の石川啄木』　昭和四二年　八木書店）
『私の歩いて来た道』（昭和四三年　講談社）
『啄木日記』（昭和四五年　角川書店）

金田一京助は、一般的にはアイヌの言語学者としてよりも啄木研究家としての名前の方が著名なくらいであろう。しかも金田一京助の場合は、単なる啄木研究家というよりも、前述の如く啄木の古くからの友人であることが重複している特殊な研究家でもある。つまり一般の啄木研究家からは啄木と重大な関わりのある人物として研究の対象ともなる特殊な人物なのである。

しかし啄木の友人であった、そのことのために啄木の研究家としてもそれなりの権威があるかのごとく思われていたこともあるようである。

岩城之徳と金田一京助との論争の具体的資料は手元にないのであるが、それを類推する資料をのべてみる。前述の『啄木事典』の研究紹介のところで次のようなことが記載されている。恐らく論文の表題であろうが興味深い表題である。

**一九六一年**（昭和三六）

・金田一京助
「最後期の啄木―啄木研究者の怠惰・報告者の無識」（「短歌」八の六号　六月）

・岩城之徳
「啄木伝をめぐる問題―金田一博士の所説に応える」（「短歌」八の一〇号　一〇月）

・金田一京助
「啄木最後の来訪の意義」（「短歌」八の一二号　一二月）

**一九六二年**（昭和三七）

・金田一京助
知らぬことを想像するな―岩城之徳氏への忠告（「短歌」九の三号　一二月）

・岩城之徳

啄木最後の来訪説を解く鍵—金田一京助博士の反論に応えつつ（「短歌」九の四号　四月）

その後しばらくは論争は中断されているようである。

金田一京助と岩城之徳の論争は、啄木末期の思想、いわゆる金田一京助のいう啄木の思想「転回」についてのことのようである。岩城之徳は金田一京助の思想転回説に同意できなかったようである。それに対して「知らぬことを想像するな—岩城之徳への忠告」という表題の小論は、金田一京助が「自分以上に啄木について知っている人物はいない」という自負のもとに書いたものであろう。これに対して岩城之徳も負けてはいずに頑張っている姿が目に浮かぶ。

金田一京助は具体的に啄木の身辺に居た人物であるし、啄木の友人であったことを疑う人はいない。しかしだからと言って啄木について金田一京助の言うことが全て正しく妥当なものとは限らない。金田一京助はその後も自説を妥協した訳ではないようである。昭和三五年の神戸市立御影中学校における講演でようやく「石川君が死んでから満一年の時、読売新聞に『石川君の到達した最後の思想的転回』というような題で書いたのですけれど、私の言い方が悪いし、文章の表現を知らなかったために世間を迷わせたようです」（『回想の石川啄木』岩城之徳編　八木書店）と述べて、自己批判をしているようである。ところがその二年後の「知らぬことを想像するな—岩城之徳への忠告」だから対立は容易には解消されるものではない。

**一九六四年**（昭和三九）

・金田一京助・岩城之徳（対談）『明星』を語る（「明星」終刊前後・啄木とスバルほか）（「国文学」九の一五号　一二月）

しかしその後金田一京助と岩城之徳の対談が成立しているのでいくらかの歩み寄りがあったのかも知れない。現物の資料があればすぐに判明することなのであるが、それが手元に入手できないので論文の表題だけから類推するしかないのは、まどろっこしくて仕方がないが筆者の推測では以上のようになる。

啄木末期の思想問題については、平成元年になってようやくにして金田一京助説を否定して、近藤典彦がほぼ完璧に決着をつけた著書『石川啄木　国家を撃つ者』を著している。

平成七年には『石川啄木とその時代』（おうふう）で岩城之徳はこの問題について次のように書いている。

石川啄木の伝記を構築するにあたって金田一京助と私はその人と生涯の大部分について意見の一致を見たが、一点だけ平行線を辿り最後まで見解が対立した問題がある。それは同氏が昭和二年一月の「改造」に発表された『晩年の石川啄木――啄木最後の思想的転回に就いて』に対する私の見解で、金田一は私にこの問題についてあらゆる角度から説明したが私にはどうしてもこの説になっとくがゆかなかった。そのため啄木五十回忌を迎えた昭和三十六年四月に出た角川書店の雑誌「短歌」の啄木座談会の席上、私の疑問を同席した歌人の渡辺順三に話し賛意を得た。これを読んで不快感を示した金田一京助は『短歌』六月号に『最終期の啄木――啄木研究家の怠慢、報告者の無識』という文章を書いたので、私はこれに応えて十月号の同誌に『啄木伝をめぐる問題――金田一京助博士の所説に応える』を発表した。

文芸評論家の平野謙は『日本経済新聞』十月十九日号に、私の論文について次のように述べている。『ことは晩年の啄木が金田一京助を訪問して、その社会主義的思想の転回をしたという一事にかかわる。啄木がつえにつかまって休み休み金田一を訪れ無政府主義の重大な誤りを発見したと告げながら、現在到達した思想を一口にいえば『社会主義的帝国主義』とでもいおうかと告白した、という金田一自身の有名な記述を、はたして真実かと岩城はうたがい、それをほぼ全面的に否定しきったのである。これはある点では大胆な推論である。啄木の一親友が、こう語っていたという事実を、それは事実ではあるまいと後代の一研究家が直接その親友に向かって断言しているのだから、学者としては大胆な発言にちがいない。しかし、私の読んだかぎりその推論にはあらそいがたい説得力がある』

私の批判に激怒した金田一はこの年の十二月号の『短歌』に『啄木最後の来訪の意義——岩城之徳君の強弁に呆れる』を発表し、続いて翌年三月号に『知らぬことを想像するな——岩城之徳君への忠告』を掲げた。まさに怒髪天を衝く烈しい駁論である。これに対し私は翌四月号に、『啄木最後の来訪説を解く鍵——金田一京助博士の反論に応えつつ』を発表したのが、『転回説』の存否をめぐる議論がいつのまにか啄木の金田一訪問の有無に移っていることを知り、『短歌』編集部の富士田元彦に頼んで論争を打ち切った。私の論文を掲げた昭和三十七年四月号の目次に、『啄木晩年の生活と思想の秘密を抉って対金田一論争に終止符を打つ』とあるのはこのためである。

論争の経過とその意義については、共立女子大学教授本林勝夫の『啄木晩年の思想論争——金田一・磐城の論争をめぐって』(国文学昭三八・一二)が委曲を尽くしている。筑摩書房版『石川啄木全集』の編者の小田切秀雄は、第八巻『啄木研究』（昭五四・一）の編集に際し、私の所説を『この問題をめぐって文献学的、伝記学的にゆるがぬ決着をつけた論文』（解説）として収録してくれたので、併載した金田一の『啄木晩年の思想転回説』と共に容易に両説を検討することができるようになった。

私はこれまで文学上の論争に興味を持ち、白熱した討論を通じて真実を求め合う研究者の姿や、妥協を許さぬきびしい学問の世界に憧憬を感じていたが、自分自身が当事者になってしみじみと論争の苦しさと学問研究のむつかしさを知った。特に相手が多年敬愛する金田一京助だけにその苦痛は倍加した。しかし私の目的は決して同氏と争うことではなく、啄木伝の真実を明らかにすることであったから、論争の終わった翌年の暮私の真情を披瀝した書簡を送った。これに対して『ぜひ会いたい。一月四日熱海の水葉亭で待っています』という速達が寄せられた。

指定の時間に訪問すると、肩を抱かんばかりに喜ばれた金田一は、延々七時間にわたって文字通り胸襟を開いて私と語り合った。

私が論争中の非礼を詫びると『親子の争いのようなものですから気にしないように』とほほえんで少しのわだかまりもなかった。

（初出平成五年七月　三省堂版『金田一京助全集』第十三巻「解説」）


それ以後、金田一京助は自説を強弁する論文は公表していないようである。

その後、岩城之徳は自説を裏付けるための新資料の発見につとめ、それを幾つか紹介している。しかし新資料に基づいて岩城之徳の説が更に確立していこうとしている最中に、昭和四六年一一月一四日、金田一京助はこの世を去って啄木のもとへと旅立ってしまっている。

金田一京助という人物像については他にも幾人かの人が書いている。

「金田一京助は、数多くの啄木作品の誕生に貢献した。近くで啄木を見守り、物心両面から多大な援助を惜しまなかった。その反面、彼ほど啄木の本質を知らなかった人も珍しいのではないだろうか」（小林芳弘『啄木と釧路の芸妓たち』みやま書房刊　昭和六〇年）

さらに何よりも啄木自身は金田一京助について次のように日記に書いている。

「一方、金田一君が嫉妬ぶかい、弱い人のことはまた争われない。人の性格に二面あるのは疑うべからざる事実だ。友は一面にまことにおとなしい、人の好い、やさしい、思いやりの深い男だと共に、一面、嫉妬ぶかい、弱い、小さなうぬぼれのある、めめしい男だ」（明治四二年四月八日付日記）

「一一時頃、金田一君の部屋に行って二葉亭氏の死について語った。友は二葉亭氏が文学を嫌い……文士と言われることを嫌いだったということが解されないと言ふ。憐れなるこの友には人生の深い憧憬と苦痛とはわからないのだ。予は心に耐えられぬ淋しさを抱いてこの部屋に帰った。ついに、人はその全体を知らされることは難い。要するに人と人との交際はうわべばかりだ。互いに知りつくしていると思ふ友の、ついに我が底の悩みと苦しみとを知り得ないのだと知った時のやるせなさ！　別々だ、一人一人だ！　そう思って予は言い難い悲しみを覚えた。予は二葉亭氏の死ぬ時の心を想像することが出来る」（明治四二年五月一五日付日記）

啄木の日記を公開するか否かを関係者の間で論議した時に金田一京助は猛反対だったという。それは金田一京助が啄木と一緒に売春街を遊び歩いた時のことがバレてしまうためだったらしい。金田一京助は石部金吉で、啄木と一緒に行っても実際に遊んだのは啄木だけだったらしいが、そんなことは信じてもらえまい、という思いがあったのであろう。論議していた時はちょうど金田一京助の娘の縁談が進行する最中で、そんなことがバレて娘の縁談に支障が起きたら大変だ、という思いがあったかららしい。何となく金田一京助の人柄が偲ばれる微笑ましい話である。しかし啄木が金田一京助についてこんなことを日記に書いていたことを事前に知っていれば、もっと強く反対していたかも知れない。

なお、金田一京助と啄木とは終生変わらぬ友情を誓い合った仲で、友情のあり方の見本のように言われている。しかし啄木のメモに、最初の歌集「一握の砂」は宮崎郁雨と金田一京助の二人の友人に献辞したものなのに、宮崎郁雨はその批評を何回も新聞に寄せてくれたのに対して金田一京助はなかば無視し、贈呈されたことの礼状すら寄越さず、また啄木の長男・真一が死んだ時にも弔問にも来なかったことで、不快に思っている内容が残されている。もっともそのことを金田一京助が知ったのは啄木が死んでから一〇年もたってからである。その時は金田一京助の方でも子供に死なれるなどの不幸があり、それどころでなかったためのようであり、金田一京助のために弁護しておきたい。

実際には金田一京助ではなくて宮崎郁雨と義絶する啄木なのであるが、その詳細については筆者の前書『石川啄木　悲哀の源泉』を参照していただきたい。

## 三　啄木研究家・岩城之徳

啄木は二六歳余りで亡くなっている。これに対して岩城之徳は七三歳の人生のほとんどを啄木研究に費やしている。佐藤勝が集めた啄木に関する資料（資料『石川啄木　啄木の歌と我が歌と』佐藤勝　武蔵野書房　一九九二年）を統計的に処理すれば、以下の如くなる。

岩城之徳一一三三件／天野　仁五三件／小田切秀雄四一件／金田一京助三九件／吉田孤羊三九件　／大沢　博三八件／今井泰子三七件／遊座昭吾三五件／中野重治三四件／妹尾源市三三件／清水卯之助三二件／土岐善麿三一件／久保田正文二八件／桜井健治二七件／昆　豊二三件／近藤典彦二一件／藤沢　全二一件

啄木研究家としては以上に名前が上がっている人々があげられようが、その中でも岩城之徳は飛び抜けている。岩城之徳が書いた啄木についての著書は約五〇冊、文献ともなれば一〇〇件をはるかに越えて数えきれないほどであろう。晩年には啄木研究家を育てる大御所的存在となる。岩城之徳の研究はまず事実の探究である。啄木の妹・光子でさえも知らなかったような、啄木の先祖からの家系の調査など徹底したものである。また啄木はその死後人気が高まり、特に戦後の民主化の影響で、啄木の思想の先進性が評価されることは好いとしながらも、その行き過ぎのために、啄木が事実から離れて、伝説化されたり、神聖化されすぎたりすることに対して、希望的観測や主観を排して「実証主義的に事実を明らかにする」という意味での大きな役割を果たしてきた。

しかし岩城之徳の啄木研究についての権威が高まるにつれて、岩城之徳と異なる意見ないし見解を持ったとしても、それを公表するには岩城之徳以上に啄木について調査しなければならないとすれば、それは出来ない相談となってくる。

岩城之徳の研究方法はまず実証することからはじめているし、そのことが基本となることは言うまでもない。後には松本清張ばりに推理推測することも必要との見地に立たれたようであるが、岩城之徳といえば先ず動かしようのない事実の実証から始まるのである。昭和三〇年に出版された『石川啄木傳』の序で風巻景次郎は「機会あるごとに周密な現地調査を行い、通説を正し、史実を吟味し幾多の新資料に基いて新事実を発見確定された」「事実に対する最も熱心な恣意を挟まぬ実証的研究であるが、それは啄木に対する従来の伝説的煙幕をぬぐい去る為に、是非とも先づ実行されなければならぬところであった」「岩城君は実証的研究の極限に達しられたと言うべきである」と述べている。

ところで精神医学の研究方法論として些か古典的ではあるが、ドイツにおいてハイデルベルク学派と言われる学派とチュービンゲン学派といわれる学派の二つの大きな流派があった。

ハイデルベルク学派とは、

「一九世紀の一〇年代から二〇年代にかけてドイツのハイデルベルク大学精神医学教室に多くの俊秀が集まり、主として精神病理学の分野で活躍しつつ一時期を画する業績をあげ、のちにハイデルベルク学派と呼ばれるようになった。……学派の中心はなんといってもヤスパースで、彼が、『精神病理学総論』（一九一三年）で展開した現象学的方向や了解精神病理学の方法はクレペリン以来の伝統的精神医学にたいするアンチテーゼとして迎えられ、ハイデルベルクだけでなく広くドイツ語圏の研究者たちの基本理念となった」（増補版『精神医学辞典』弘文堂）となっている。

チュービンゲン学派とは、

「チュービンゲン大学精神医学教室に起こった力動精神医学的立場に立ついわゆるガウプ・クレッチマー学派をチュービンゲン学派という。……クレッチマーは……多元診断、すなわち精神病像をそれに含まれる全因果因子について分析するという研究方法を提起した。性格、環境、体験の相互作用の形で病像の成立に関与した因子を広くときほぐし、綿密に取り出し、内因的準備性と同様、外部から働きかける精神外傷に顧慮を払いつつ分析を進め……この学派はいずれも現象学派とは対立的に、精神病の症状の構造と発生機構とを出来るだけ病者の性格の環境への反応として説明しようとする発達心理学、力動心理学的立場に立っている」（同前）となっている。

ハイデルベルク学派では現象学派といわれるように現象を重視する。そして現象から了解できないことを勝手な推測で補うことを科学的な研究方法論ではないものとして排斥する。そのためヤスパースの『精神病理学総論』（岩波書店から翻訳出版されたことがあるが絶版となっており、現在では有用なものと理解されていないためか引き続いての刊行はなされていない）では、精神分裂病は了解不能のものとされている。そのためかどうかヤスパースは精神病理学の世界から哲学の世界に逃避して行ったとも言われている。現象として表れてこないことについては勝手に研究者の主観で埋め合わせたり、推測をすることをしないために理解に限界があり、了解不能とか不可知論に陥ってしまうのである。この研究理念の精神医学医療についての悪影響（不可知論に由来して統合失調症〔旧・精神分裂病〕患者は何をしでかすか予想出来ない、ということで不当に危険視される理論的根拠となった）については大きな問題なのであるが、本書からあまりにかけ離れてしまうのでここでは割愛するしかない。

チュービンゲン学派は現象を重視することは当然のことながら、心理分析的な発想を大胆に取り入れていくのである。

岩城之徳もかって金田一京助から「知らぬことを想像するな――岩城之徳氏への忠告」と批判されていた

思いがあったのであろう。

のだから、金田一京助の目からは「知らぬこと、わからないことを勝手に推測して想像している」という思いがあったのであろう。

しかし岩城之徳は、かつて啄木の親友であり啄木研究家であった金田一京助とは、異なる見解を勇気をもって展開し妥協をしなかった。岩城之徳に対しても同様に、岩城之徳と異なる見解を勇気を持って公表してもよいであろう。そのような先鞭は岩城之徳がつけてくれたのである。

筆者は岩城之徳のいう以下の説とは異なる見解である。

岩城之徳説では「啄木は、表向きは進歩的思想の持ち主のようであったが、家庭内では封建的専制君主的であったのではないか」となっている。しかし筆者はむしろ啄木は「恐妻家」だったのではないか、という所感を得ているが、そのことについては前書『石川啄木　悲哀の源泉』で述べている。

また、啄木の誕生日に二つの説（明治一九年二月二〇日と明治一八年一〇月二七日）があることについては本書の第一章で述べている。岩城之徳は明治一九年説を支持しているようであるが、筆者は明治一八年説論者である。その理由については本書の第一章を参照していただきたい。

筆者は岩城之徳から「戸籍の誕生日があるのに、不確かな資料で勝手に誕生日を想像するな！」と言われているような気がするのだが、筆者の想像を捨て去ることはとても出来ない。

啄木の中学中退事情についての理解についても岩城之徳と筆者では些か異なっていることも本書の第二章で触れている。

筆者が何よりも岩城之徳のとらえ方で納得し難いのは、一禎がカツを入籍しなかったのは「当時の住職の習慣であった」と簡単に処理していることである。筆者はこの問題こそ啄木の人格に決定的に大きな影響を与えた大問題であって、「当時の習慣」として簡単に済まされない問題、という所感を得ている。少なくとも「当時の因襲」と書いているならまだしもである。

実際にそのような習慣があったかどうかについては、筆者には具体的には調べようがない。だから実際にそうであったかも知れない。筆者の耳学問による雑学では、あったらしいことは別に「大黒様」のところで触れている。しかしそうであったからと言って、そのことの意味が軽いものではあるまい。曹洞宗の寺の住職が、実際には妻帯していながら妻帯していないことにしていたとしたら、そのため生まれた子供を認知することも出来ないとしたら、しかもそれが習慣となっていたとしたら、その理由があるハズであり、その理由には理想と現実のギャップや嘘と誤魔化しが含まれているであろう。

・生まれにし日にまず翼きられたるわれは日も夜も青空を恋う（明治四一年のノートより）

生まれた日にまず翼をきられた、とは啄木が生まれたその日から人為的にハンデを背負いこまされたことを意味するであろう。そのハンデとは、私生児として生まれたことにされたこと以外には考えられない。完璧主義の傾向があり、鋭敏な神経の持ち主である啄木が、自分が社会的には私生児としてしか処遇されてこなかったことについて、それを無視していたとはとても思われないのである。これが筆者の論考である。

岩城之徳ほどの啄木研究家が主張しているのだから「それに間違いはないであろう」とか「岩城之徳の説に反する説を主張するなんてとても出来ない」などと啄木研究者が捉えるならば、困ったことになる。筆者は啄木に取り組んでまだ二年にもならず、啄木研究者を自認するものではない。ただ精神科医師として啄木の人格像に興味を持つだけの者であり、研究者としての岩城之徳の足下にも及ぶ者ではないが、それでも納得し難いことには異をとなえておきたい。

## 四　啄木の現代的価値

小田切秀雄の「啄木で文筆商売をする売文屋」について一言述べておきたい。売文屋はそれなりのプロであろうからいい加減な取り組みではない筈であろう。筆者は売文屋であろうとなかろうと、どんなものであっても啄木に関する著書や文献はいくら発行されてもよい、という見解を持っている。価値のないものはそれなりに読者に見破られるであろうし批判もされるであろうから、もし価値のないものであったとしてもその害毒の影響が大きいものになっていくとは思えない。

むしろ若い人々から新進気鋭の啄木研究家が現れて瑞々しい感覚で、これまで明らかにされて来なかった新しい啄木像を示してくれることが望まれる。若者の最大の長所は権威を恐れぬことであり、そのことは啄木から学ぶべきことであろう。一番困るモノは、権威者と目される者が書く、いささかピント外れの論であるが、それでも時間経過でいずれは克服されて行くものと思われる。

筆者の所感では、啄木関係の著書はどんな内容であっても一定の啄木マニア的ファンの間では売れるようである。しかし一定の啄木ファンの枠を破って爆発的に売れる著書は中々出現していないように思える。そのような著書は既存の権威者ではなく、これからの若者が書く著書からしか出現しないことであろう。

筆者は精神科医師としてオマンマを食っているので文を売って稼ぐ必要はない。筆者が啄木について書くのは精神科医師として啄木の人格に興味があるからで、文筆を職業としている人には申し訳ないようなものだが半ば趣味みたいなものである。それでオマンマが食べられなくなる訳ではないから誰にも遠慮なく自由に書けるという利点がある。批判も自由に受けることが出来る。その批判のために筆者の社会的身分に動揺を来すこともない。潰されてオマンマが食べられなくなることもないので恐れることは何らない。筆者の啄木観がより豊かになればそれで満足出来る。

ところで啄木流に言うならば、啄木関係の本などは売れない方がよいのである。

啄木の魅力について「一握の砂」の序文で当時の朝日新聞社会部長の渋川玄耳が藪野椋十のペンネームで次のように書いている。

「さうぢゃ、そんなことがある、斯ういふ様な想ひは、俺にもある。二三十年もかけはなれた此の著者と此の讀者との間にすら共通の感ぢゃから、定めし総ての人にもあるのぢゃろう。然る處俺等聞及んだ昔から今までの歌に斯んな事をすなほに、ずばりと、大膽に率直に詠んだ歌といふものは一向に之れ無い」

啄木の歌の魅力は、読者に共感を抱かせることを端的に述べている。そしてまた読者はこの藪野椋十にも共感出来るのである。草壁焔太は次のように述べている。

「啄木の歌が読みやすいのは、歌の内容が私たちの日常生活の心理的実感に非常に近いために、特定の身構えをしたり、頭脳を作者の頭脳に合わせなくても、いつどこでも、どんな状況にいるときでも、すぐ私たちの心にはいりこんでくるということである」(『石川啄木』講談社)

啄木が時代を越えて、昨今では国境をも越えて幅広い読者を獲得している由縁と思われる。森義真の報告によれば、毎年毎年啄木関係の新しい文献が多数発行されている。国際啄木学会までが組織され、各地にはその地方の啄木会が組織されている。しかしながら筆者の所感では、一定数の熱心な啄木ファンがいても、啄木に心惹かれる裾野の広がりについて、特に若者についてはどういう状況となっているのか、些か気がかりでもある。

若者の間では「一握の砂」や「悲しき玩具」よりも「サラダ記念日」なのである。啄木に魅力を感ずる人は、啄木の悲哀に共感する人たちであろう。近代では高度経済成長政策の下で故郷を捨てざるを得なかった人々の悲哀感が共感を呼ぶ。しかし経済大国と言われるようになった現在、あらためて選別されなくとも誰しもが高校や大学に進学する時代となり、苦学生という言葉が死語になりつつある現在、啄木の悲哀に共感する若者は減少して行っているのではないだろうか。松本健一の次のような一文がある。

「あるカメラマンがその啄木没後七十年のイベントのための仕事で、こんど啄木の生誕地である『渋民』に行くんだ、と懐かしさをこめて語ったところ、中学生だかになる息子が啄木って何、渋民って何処、と不思議そうに問い返したというのだ」（一九八六年三月朝日新聞）。

今から一六年前のことであるから、この中学生も今では三〇歳ぐらいとなっていよう。考えて見れば啄木が体験したと同じような悲哀は体験しない方が幸せであろう。つまり啄木の人気が高まるのは悲哀を感ずる人々が多く発生する時世となった時、経済的に貧しく政治が悪くなった時ということが出来る。別の視点で言えば、啄木の人気が高まり啄木関係の書物などは売れない方が良い世の中である、ということが出来るのである。

しかし筆者は、昨今の世情の状況から、啄木の人気が高まり啄木関係の書物の売れ行きも伸びるのではないか、という悪い予感を抱いている。

啄木はそのあまりの過激性ゆえに生前には公表されなかったが、「時代閉塞の現状」で次のようなことを書いている。

「毎年何百という官私大学卒業生が、其半分は職を得かねて下宿屋にごろごろしてゐるではないか。しかも彼等はまだまだ幸福な方である。前にも行った如く、彼等に何十倍、何百倍する多数の青年は、其教育を享ける権利を中途半端で奪はれてしまふではないか。中途半端の教育は其人の一生を中途半端にする。彼等は実に其生涯の勤勉努力をもってしても猶且三十円以上の月給を取る事が許されないのである。無論彼等はそれに満足する筈がない。かくて日本には今「遊民」といふ不思議な階級が漸次其数を増しつつある。今やどんな僻村へいっても三人か五人の中学卒業者がゐる。さうして彼等の事業は、実に、父兄の財産を食ひ減らす事と無駄話をする事だけである。……財産と共に道徳心をも失った貧民と淫売婦との急激なる増加は何を語るか。将又今日我邦に於て、その法律の規定してゐる罪人の数が驚くべき勢ひをもって増して来た結果、遂に見す見す其国法の適応を一部に於て中止せねばならなくなってゐる事実（微罪不検挙の事実、東京並びに各都市に於ける無数の売淫婦が拘禁する場所が無い為に半公認の状態にある事実）は何を語るか。……今日の小説や詩や歌の殆どすべてが女郎買、淫売買、乃至野合、姦通の記録であるのは決して偶然ではない。しかも我々の父兄にはこれを攻撃する権利はないのである。何故なれば、すべて此等は国法によって公認、もしくは半ば公認されてゐる所ではないか」

啄木が述べたのは明治末期の世相についてである。平成の世相を眺めてみよう。

行き過ぎた高度経済成長の歪みがボロを出し、我が国の経済は破綻し、リストラだけでは済まなくなって倒産企業が激増し、失業者は急増している。二〇〇二年六月の統計では完全失業者は三六八万人である。

ここ数年毎年自殺者は三万名を越え、その理由の第一位は経済と生活問題となっている。

高度経済成長の影で、豊かな自然は破壊される一方で公害の対策が遅れている。筆者の趣味の一つに渓流釣りがあるのだが、いくら養殖放流しても渓流魚は激減している。離婚件数が増えて家庭内暴力や虐待が増え、登校拒否児童が増加したり学級崩壊が言われるように家庭も教育も荒廃している。高校大学で中途退学者が増加し、卒業したとしても若者は定職にありつけずフリーターという半失業状態に追い込まれている。フリーターとはまさに啄木が述べた「遊民」を意味するであろう。更には犯罪の質が巧妙凶悪化して件数も増加して検挙率は低下している。法的には許されていないはずの売春が、風俗産業として公然化していながら警察は取り締まれない現実がある。また文芸面では、昔から好色文学という一つのジャンルはあるのだが、「失楽園」のような不倫ものがそのジャンルを越えてベストセラーとなって売れているのである。

現在のこのような世相は、啄木が明治末期に書いた「時代閉塞の現状」とあまりに似ていることに驚かされる。

筆者は既に還暦を迎えて若者の域をとっくに過ぎてしまったが、これからの高齢者の医療福祉の惨状を予想すると暗澹たる気分に襲われる。しかし現在の世情の大きな歪みは、いずれ現在の若者に大きな悲哀となって覆いかぶさってくることであろう。

啄木の悲哀に共感する若者が増える世の中なんてものは、ろくな世の中ではないのである。啄木ファンが増えるような世の中は変えていかなければならない。しかし悪い世の中を変えていく事業は、啄木のファンになるような若い人々によって成されるのであろう。啄木ファンの増加が世の中を変えていく光明である。啄木ファンが増えなければ悪い世の中を変えていけない。その刺激のためにも啄木論争、大いにやるべし、である。

啄木関係の本は、売れない方が良い世の中だが、悪い世の中では売れた方が好いのである。筆者の啄木流「矛盾の心世界」である。

# 参考文献

『文献　石川啄木』斉藤三郎　一九四二（昭一七）年二月
『悲しき兄啄木』三浦光子　初音書房　一九四八（昭二三）年一月
『石川啄木傳』岩城之徳　東寶書房　一九五五（昭三〇）年一一月
『石川啄木集』新日本少年少女文学全集7　ポプラ社　一九五八（昭三三）年七月
『兄啄木の思い出』三浦光子　理論社　一九六四（昭三九）年一〇月
『回想の石川啄木』岩城之徳編　八木書店　一九六七（昭四二）年六月
『国木多独歩・石川啄木集』日本文学全集　集英社　一九七〇（昭四五）年七月
『石川啄木』日本文学研究資料叢書　有精堂　一九七〇（昭四五）年七月
『啄木歌集』岩波文庫　岩波書店　一九七一（昭四六）年七月
『石川啄木　雲は天才である』日本の文学6　金の星社　一九七三（昭四八）年八月
『石川啄木と青森県』川崎むつを　こころざし出版社　一九七四（昭四九）年八月
『東北の郷土誌みちのくサロン「石川啄木特集」』一九七五（昭五〇）年五月
『石川啄木詩集』現代詩文庫１００４　一九七五（昭五〇）年六月
『啄木と賢治』みちのく芸術社　一九七七（昭五二）年七月
『石川啄木の手帖』「国文学」編集部編　学燈社　一九七八（昭五三）年一一月
『啄木秘話』川並秀雄　冬樹社　一九七九（昭五四）年一〇月
『石川節子　愛の永遠を信じたく候』澤地久枝　講談社　一九八一（昭五六）年五月
『心をひらく愛の治療』西脇巽　あゆみ出版　一九八三（昭五八）年八月
『新潮日本文学アルバム　石川啄木』編集評伝岩城之徳　新潮社　一九八四（昭五九）年二月
『みだれ髪』与謝野晶子　ホルプ出版　一九八四（昭五九）年八月
『人物叢書　石川啄木』岩城之徳　吉川弘文館　一九八五（昭六〇）年五月再刊新装版

『啄木と釧路の芸妓たち』小林芳弘　みやま書房　一九八五（昭六〇）年七月
『石川啄木の世界』岩城之徳　後藤伸行　一九八五（昭六〇）年一一月
『精神医学事典』増補版　弘文堂　一九八五（昭六〇）年一一月
『泣き虫なまいき　石川啄木』井上ひさし　新潮社　一九八六（昭六一）年六月
『兄啄木に背きて　光子流転』小坂井澄　集英社　一九八六（昭六一）年六月
『新聞記者　石川啄木』工藤与志男　こころざし出版社　一九八六（昭六一）年七月
『啄木讃歌』岩城之徳　桜楓社　一九八九（平元）年三月
『石川啄木　国家を撃つ者』近藤典彦　同時代社　一九八九（平元）年五月
『群像　日本の作家7　石川啄木』小学館　一九九一（平三）年九月
『新文芸読本　石川啄木』河出書房新社　一九九一（平三）年一月
『啄木詩集』岩波文庫　岩波書店　一九九一（平三）年一一月
『石川啄木と青森県の歌人』川崎むつを　青森県啄木会　一九九一（平三）年一二月
『啄木日録　かの青空に』関川夏央　谷口ジロー　双葉社　一九九二（平四）年一月
『資料　石川啄木　啄木の歌と我が歌と』佐藤勝　武蔵野書房　一九九二（平四）年三月
『石川啄木入門』監修　岩城之徳　思文閣出版　一九九二（平四）年一一月一日
「青森文学」六三号　川崎むつを　一九九三（平五）年三月号
『新編　啄木歌集』久保田正文編　岩波文庫　一九九三（平五）年五月
『癌より怖いアルコール』西脇巽　同時代社　一九九四（平六）年六月
『石川啄木とその時代』岩城之徳　おうふう　一九九五（平七）年四月
『啄木と岩手日報』石川啄木記念館　一九九五（平七）年七月
『高校生のための石川啄木読本』南條範男　仙台宝文堂　一九九五（平七）年三月
『人格障害』福島章・町沢静夫・大野裕　金剛出版　一九九五（平七）年八月
『啄木文学碑紀行』浅沼秀政　株式会社しらゆり　一九九六（平八）年二月

『人間啄木』伊東圭一郎　生誕一一〇年記念・復刻版　岩手日報社　一九九六（平八）年七月　復刻版
「特別展　啄木研究の足跡』展示資料目録　石川啄木記念館　一九九六（平八）年一〇月
『石川啄木の手紙』平岡敏夫　大修館書店　一九九六（平八）年一二月
『悲哀と鎮魂　啄木短歌の秘密』大沢博　おうふう　一九九七（平九）年四月
『石川啄木詩集』現代詩文庫　思潮社　一九九八（平一〇）年五月第六刷
『21世紀への日本人へ　石川啄木』石川啄木　晶文社　一九九八（平一〇）年一二月
『啄木と教師堀田秀子』岩織政美　沖積舎　一九九九（平一一）年五月
『林中幻想　啄木の木霊』遊座昭吾　八重岳書房　一九九九（平一一）年九月
『啄木短歌に時代を読む』近藤典彦　二〇〇〇（平一二）年一月
『石川啄木　時代閉塞状況と〔人間〕』上田博　二〇〇〇（平一二）年五月
『血脈』（上・中・下）佐藤愛子　文藝春秋　二〇〇一（昭一三）年三月
『石川啄木事典』国際啄木学会編　二〇〇一（昭一三）年九月
『明治の文学第19巻石川啄木』坪内祐三松山巖編集　筑摩書房　二〇〇二（平一四）年一月
『石川啄木　悲哀の源泉』西脇巽　同時代社　二〇〇二（平一四）年三月
『啄木挽歌　思想と人生』中島嵩　ねんりん社　二〇〇二（平一四）年四月

**西脇　巽**（にしわき　たつみ）

1942年6月1日　福井市生まれ
父の転勤関係で神戸、大阪などを経て小学校４年生から高校卒業までを函館で過ごす
1968年、弘前大学医学部卒業、精神医学専攻
1973年、八甲病院副院長、1975年以降院長

**現在職務など**
青森保健生活協同組合八甲病院院長
青森県社会福祉推進協議会会長
明るい清潔な青森市政を作る会会長

**所属学会**
日本精神神経学会・同東北地方会
日本集団精神療法学会　犯罪学会

**その他**
青森文学同人
青森市医師合唱団
ドクターズ・ヨッチミラー合唱団団員（バス担当）

1987年4月　青森市長選挙立候補
1989年4月　青森市長選挙立候補
2001年4月　青森市長選挙立候補

**著書**
『こころを開く愛の治療　１精神病』　あゆみ出版
『こころを開く愛の治療　２ボケとアルコール症』　あゆみ出版
『鉄格子をはずした病棟』　あゆみ出版
『暮らしの中の精神衛生』　同時代社
『青森市長選　奮闘記』　こころざし出版
『イタリア旅日記』　青森文学
『精神病院の愛すべき人々』　同時代社
『愛の崩落』　同時代社
『癌より怖いアルコール』　同時代社
『生まれ変わる精神病院』　萌文社
『精神科医の世界見て歩き』　同時代社
『石川啄木 悲哀の源泉』　同時代社
『西脇巽精神鑑定選集』（全三巻）　同時代社

石川啄木 矛盾の心世界

2003年2月25日 初版第1刷発行

著 者 西脇 巽
発行者 高井 隆
発行所 ㈱同時代社
〒101-0065 東京都千代田区西神田2-7-6川合ビル
電話03(3261)3149 FAX03(3261)3237
印刷・製本 ㈱ミツワ

ISBN4-88683-494-9